ワイルド・フォレスト

おもな登場人物

ラスティ・カールスン――――社長令嬢
クーパー・ランドリー――――ベトナム帰還兵
ビル・カールスン――――ラスティの父親
ジェフ・カールスン――――ラスティの亡き兄
ゴーリロウ父子――――森に住む男たち
メロディ――――クーパーの元恋人

1

全員死亡。

生き残ったのはわたし一人。

そうにちがいないと彼女は思った。

あの激突からどのくらいたったのだろう。どのくらいこうして膝のあいだに頭を埋《うず》めているのだろう。わからない。数秒かもしれないし、数分かもしれないし、もっと長いあいだかもしれない。時間は止まってしまったのかもしれない。

裂けた金属は果てしなく転がり続けるかと思えたが、やがてうめくような音とともに停止した。ずたずたになぎ倒された木々――不運にも墜落の巻き添えを食ったものたち――の震えもやんだ。いまは葉っぱ一枚かさともいわない。すべてが恐ろしいほど静まり返っている。なんの音もしない。

ばかげたことに、彼女は森の中で倒れる一本の木について考えた。木は音をたてるかしら？　たてるはずよ。さっきわたしはその音を聞いた。ということは、わたしは生きているんだわ。

彼女は頭を上げた。髪や肩や背中に、砕けたプラスティックの破片が積もっていた。さっきまでかたわらの窓だったものだ。軽く頭を振ると破片が散り、静寂の中でかさかさと小さな音をたてた。彼女はおそるおそる目を開けた。

悲鳴が喉を突きあげたが、声にならなかった。声帯が凍りついた。恐ろしすぎて声が出なかった。目の前の惨状は航空交通管制官でも想像しえないだろう。

すぐ前の座席の二人の男は死んでいた。大きな声で遠慮なくからかい合っていたから、仲のよい友達なのだろう。彼らはジョークを言うことも、笑うことも、もう決してない。一人の頭は窓から外に飛んでしまっていた。見ようとしたわけではなかったが、目はそれを見てしまった。あたりは血の海だった。彼女は固く目をつぶり、顔をそむけるまで開けなかった。

通路を挟んだ隣で、べつの男が死んでいた。彼の頭は、墜落したとき眠っていたかのように、ヘッドレストに仰向けに載っていた。あの〝一匹狼《おおかみ》〟だ。離陸する前、ひそかにあだ名をつけた。小さな飛行機なので厳しい重量制限があり、搭乗に先立って乗客と荷物が量られた。そのとき、一匹狼氏だけは皆から離れ、くだらないやつらだと言わんばかりに一人で立っていた。そんな態度だったので、狩りの獲物の話に花を咲かせているほかの乗客は、誰も彼に話しかけようとしなかった。彼は無愛想のせいで孤立し、彼女は女であるがために疎外されていた。彼女はただ一人の女性の乗客だった。

そして、いまはただ一人の生存者。

前の方に目をやると、胴体からもぎ取られたコックピットが見えた。それは投げ捨てられた瓶のキャップのように、少し離れたところに転がっていた。パイロットと副パイロット、陽気で冗談好きな二人の若い男は死んでしまったにちがいない。血まみれだった。

彼女は喉に込みあげる苦い液を飲みくだした。あごひげをたくわえたたくましい副パイロットは、乗るときに手を貸してくれて、お世辞を言った。〝当機には女性のお客さんはめったにないんです。たまにあるけれど、ファッションモデルみたいな人なんてこれが初めてだな〟

ほかの二人の乗客、一番前の座席にいた中年の兄弟の体は、シートベルトで席に固定されていた。彼らの命を奪ったのは缶切りのようにキャビンに突っ込んだ木の幹だった。彼らの家族は、事故の悲劇に加えて、このむごい死に方に嘆きを深くすることだろう。

彼女は泣きだした。絶望と恐怖に襲われ、気を失いそうだった。死ぬのが怖かった。そして死なないとしたら、それも怖かった。

ほかの乗客たちの死はあっというまで、苦しむ暇もなかったはずだ。即死だったにちがいない。同じ死なら、彼らのほうがずっと楽だ。わたしが死ぬまでにはきっと長い時間がかかる。奇跡的に無傷だから、ゆっくりと、風雨にさらされながら、渇きと飢えの中で死んでいくのだ。

どうしてじぶんが死ななかったのか不思議だった。最後列にいたということ以外に理由は思い浮かばなかった。ほかの乗客はさっさと乗り込んだが、彼女はグレイト・ベア湖のロッジに残していく人がいた。別れ際の話が長引いて乗るのが最後になり、空いていたのは一番奥のその席だけだった。

副パイロットの手につかまって乗り込むと、がやがやしていた機内がぴたりと静まった。低い天井に身をかがめ、奥に一つだけ空いていた席に向かった。女の乗客は一人だけだったので、ひどく居心地が悪かった。男たちが熱っぽくポーカーに興じる、紫煙立ち込める部屋に足を踏み入れたような感じだった。理屈ではなく、男だけの世界というものがある。そこでは性の平等などというものは通用しない。男が立ち入れない女だけの世界があるのと同じだ。

ノースウェスト准州の、ハンターと釣り客相手のロッジから飛び立つ飛行機の機内は、まさにそういう男だけの世界だった。席に着くと、彼女は極力目立たないようにし、口をつぐんで窓の外に目をやっていた。離陸直後、何げなく首をめぐらすと、通路を挟んだ隣の席の男と目が合った。男があからさまにいやな顔をしたので視線を窓に戻し、二度とそちらを見なかった。

パイロットたちはべつとして、最初に嵐《あらし》に気づいたのは彼女だったろう。濃霧と猛烈な雨に不安を覚えた。まもなくほかの人たちも、がたがたと揺れるのに気づいた。にぎやかな自慢話に、不安まじりの軽口が取ってかわった。暴れ馬をうまく乗りこなそうぜ、とか、御しているのがおれたちの誰かじゃなくパイロットで助かった、と。

しかし、パイロットたちは必死だった。それはじきに誰の目にも明らかになった。口をきく者はいなくなり、皆の視線はコックピットに釘《くぎ》づけになった。地上との無線交信に失敗すると、機内の緊張はいっそう高まった。計器はおかしくなってもはや頼りにならない。厚い雲のために、飛び立ったときから地面は見えなかった。

やがて飛行機はきりもみ状態に陥った。パイロットがうしろの乗客に向かって叫んだ。〝じきに突っ込む。神のご加護を！〟全員が不思議なほど静かなあきらめをもって、その言葉を受け止めた。

彼女は体を二つに折り、膝のあいだに伏せた頭を両腕でかばい、祈り続けた。永遠に落ちていくようだった。

墜落の瞬間の、あの恐ろしい音と衝撃は決して忘れられないだろう。覚悟はしていたが、そんなものはなんの役にも立たなかった。即死しなかったのが不思議だ。小柄なので、シートとシートのあいだに体を押し込むことができたおかげで、墜落の衝撃もいくらか緩和されたのだろう。

だが、いまの状況を考えると、一命を取り留めたのがはたして幸いだったのかどうかわからなかった。グレイト・ベア湖の北西端にあるロッジには空路でしか近づくことができない。そこと目的地のイエローナイフのあいだには広大な原生林が横たわっている。飛行機が飛行ルートからどのくらいはずれて墜落したのか、それは神のみぞ知る。捜索隊がわたしを発見するまでには何カ月もかかるだろう。見つけてもらえるまで――見つけてもらえるとしてだが――たった一人で、じぶんだけを頼りに生き延びていかなければならない。

そう思うと、いても立ってもいられなかった。無我夢中でシートベルトから自由になろうとした。ベルトが音をたててはずれ、のめったはずみで前の座席に頭をぶつけた。狭い通路を、機体が割れてぱっくり口を開けている方へ、のろのろと這《は》って進んだ。

死んだ人たちが目に入らないように、裂けた金属の継ぎ目を見上げた。雨はやんでいたが、黒い雲が重く垂れこめ、いまにもどっと降りだしそうだ。雷が鳴っている。灰色で寒々とした雨模様の空だった。彼女はレッドフォックスのコートの襟を立てて、きつく前をかき合わせた。幸い風はなかった。風があれば寒さはいっそう――ちょっと待って。風がないなら、あの音は何？　彼女は息を詰め、待った。

ほら、また！

かさっ。

周囲を見回しながら耳を澄ました。どきどきと激しく打つ心臓の音が邪魔をする。

彼女は通路を挟んだ隣に座っていた男を見た。あの一匹狼のまぶたがぴくりと動いたように見えた。そうであってほしいと願うあまりの目の錯覚だろうか？　急いで通路を這って戻る。犠牲者の一人の、だらりとぶらさがった血だらけの腕に体がこすれた。さっきは触れないように用心して通ったのだが。

「神様、どうか彼が生きていますように」一心に祈り、彼の顔を見下ろした。いまもぐっすり寝込んでいるように見えた。まぶたは動かない。ぴくりとさえしない。大きな口ひげに隠れた唇からは、うめき声さえ漏れなかった。胸に目をやったが、キルティングのコートを着ているので、呼吸しているのかどうかわからない。

人差し指を彼の鼻孔の下にあてがった。言葉にならない歓声をあげた。湿った空気の動きが感じられる。かすかだが、たしかに。

「神様、感謝します。感謝します」笑いながら、ぽろぽろ涙がこぼれた。彼の頬を両手で軽く叩《たた》いた。「目を開けて。お願い、目を開けてちょうだい」

彼はうめいたが目は開けなかった。失神しているなら、できるだけ早く意識を回復させたほうがいい。それに、生きているのか死にかけているのか、はっきりさせたかった。じぶんが独りぼっちではないということを知りたかった。

冷たい空気に当てれば気がつくかもしれない。男を飛行機の外に運び出そうと決めた。だが、それは難しい仕事だった。彼女より優に五十キロは重そうだった。

シートベルトをはずすと、男の体がずしりとのしかかってきた。まるでセメント袋のようだ。その重みを右肩で支え、ほとんど引きずるようにして通路を前方に歩きだした。

二メートルそこら進むのに、三十分以上かかった。シートの肘掛けから下がっている血まみれの腕が邪魔だった。吐きそうになるのを必死でこらえ、その腕を通路からどけた。両手にべっとりと血がついた。身の毛がよだち、泣きそうだったが、震える唇を噛《か》みしめ、男を引きずって進んだ。数センチ進むのにも四苦八苦しながら、全身の力を振り絞って。

途中でふと気づいた。負傷している人を動かすのは百害あって一利なしだと。だが、ここまで来たのだ。いまさらやめられない。決めたゴールに到達することが何より重要に思えた。たとえ、じぶんが無力ではないということを証明するためだけにでも。この男性を外に運び出すと決めたのだから、たとえ精根尽き果てようと運び出すのだ。

それから数分後、まさに精根尽き果てたと彼女は思った。とにかく運べるところまで運んだ。男はときどきうめき声を漏らすものの、意識を回復する気配はまるでなかった。彼をそこへ置いて、松の木の枝を乗り越えた。機体の左半分は木によって切り裂かれた状態なので、枝の下をくぐって引っ張り出さなければならない。それが問題だった。彼女は素手で折れる枝を片っ端から折り、くぐれるだけの隙間《すきま》を作ってから男のところへ戻った。

脇《わき》のところを持って運べるように男の体を仰向けるだけの作業に、五分はかかった。それからうしろ向きになって引きずりながら、狭い枝のトンネルに入った。針のような葉が顔に刺さった。ざらざらした樹皮が手を引っかいた。だが、着ぶくれしているおかげで、皮膚の大部分は無事だった。

進もうともがいているうちに、息が切れてきた。途中で休みたくなったが、休んだら最後、動く気力が萎《な》えてしまいそうだった。男はしきりとうめき声をあげるようになっていた。苦痛の声にちがいないと思ったが、ここでやめたら昏睡《こんすい》状態に陥ってしまうかもしれない。

ようやく冷たい空気が頬に触れた。彼女は枝のトンネルから頭を出し、外に踏み出した。うしろ向きでよろけながら数歩進み、男を引っ張った。あと少しだ。もうくたくたで、腕、背中、脚の、筋肉という筋肉が悲鳴をあげていた。彼女は思いっきり大きな尻もちをついた。男の頭が膝のあいだに落ちた。

尻もちをついた格好のまま、顔を空に向けて、荒い息が静まるまでじっとしていた。痛いほど冷たい空気を肺に入れながら、そのとき初めて、生きていてよかったと思った。まだ生きていることを神に感謝した。もう一つの生命を助けてくださったことも感謝した。

男を見下ろし、その打ち身に気づいた。左のこめかみの上に大きなこぶができていた。それが失神の原因にちがいない。男の肩を少し持ちあげて、下敷きになっているじぶんの脚を引き抜き、這って脇に回った。彼のコートのボタンをはずしながら、生命にかかわるような傷が現れたりしませんようにと祈った。傷はなかった。下から現れたのはハンターの定番であるフランネルのチェックのシャツで、血の染みはどこにもなかった。タートルネックのアンダーシャツの首のところから編み上げブーツの上まで、出血は見られなかった。

　ほっと安堵《あんど》の息を漏らし、身をかがめて、男の頬をまた軽く叩いた。年齢は四十歳前後と思われるが、よくわからない。やや長めでウェーブのある髪はくすんだ褐色だった。口ひげも。だが、ひげと眉にはブロンドがまじっている。皮膚は日に焼けていた。それも、昨日きょう焼けた色ではない。一年中太陽に焼かれている肌だった。目尻にはかすかなしわがいく筋かある。大きくて薄い唇は、下のほうがややふっくらとしていた。

　このたくましい顔はホワイトカラーの顔ではない。彼は野外で過ごすことが多いのだ。眉目秀麗《びもくしゅうれい》ではないが、悪くない顔だった。厳しさがある。人を寄せつけず、妥協を許さない。そういう人柄は先ほどの彼のふるまいからも察せられた。

　意識が戻り、原生林の直中《ただなか》にわたしと二人きりだと知ったら、どう思うだろう。その答えがわかるまでに、そう時間はかからなかった。まもなく彼はまぶたをひくひくさせ、目を開いた。

　頭上の空のように冷たい灰色の目だった。その目は一度閉じて、また開いた。彼女は言葉をかけたかったが、ひるんで声をのんだ。最初に彼の口に上ったのは、恐ろしく下品な悪態だった。彼女はびっくりしたが、そんな言葉が飛び出したのは苦痛のせいだろうと思った。彼は再び目を閉じ、数秒してまた目を開けた。

そして言った。「墜落したんだな」彼女はうなずいた。「どのくらい前だ？」

「よくわからない」歯がかちかち鳴っていた。寒さのせいではない。怖いからだ。彼が怖いの？　なぜ？「たぶん、一時間くらい前」

彼は片手で頭のこぶを押さえて痛そうにうめき、もう一方の手をついて体を起こそうとした。彼女は、彼が起きあがれるように脇にのいた。

「ほかの人たちは？」

「みんな死んだわ」

膝をつこうとしてよろけた男に、彼女はとっさに手を差し伸べた。だが、彼はそれを払いのけた。「たしかか？」

「みんな死んでしまったこと？　ええ。わたしはそう思う」

男は首をめぐらし、にらみつけるように彼女を見た。「脈を調べてみたのか？」

彼の目に関する考察はまちがっていた。空みたいじゃない。空よりずっと冷たく、ずっと険悪だ。「調べなかったわ」悔やみながら認めた。

彼は落度を責めるような目で数秒彼女を見据え、苦労しながら地面に足をつけた。よろめいたが、背後の木につかまってまっすぐに立った。

「どんな――どんな具合？」

「へどが出そうだ」

彼について一つわかった。彼は控えめな言葉を使わない。「横になっていたほうがいいんじゃない?」

「そのとおり」

「だったら——」

片手で頭を押さえたまま、彼は顔を上げて彼女を見た。「じゃあ、君があそこへ行って、彼らの脈を調べてくるか?」彼女の白い顔がいっそう青ざめるのを見て、嘲笑《ちょうしょう》に口をゆがめた。「そうだろうと思ったよ」

「わたしはあなたを引っ張り出したわ」

「ああ」彼はそっけなく言った。「君はおれを引っ張り出した」手に口づけして感謝してほしいとは思わないが、ありがとうの一言くらいあってもいいだろうに。

「あなたって恩知らずも——」

「ぜんぶ言わなくていい」

彼は木から体を離し、よろめきながら壊れた飛行機の方へ歩きだした。力強く木の枝をかき分けて。そんな力は、彼女には一カ月かかってもかき集められそうにない。

彼女はぬかるんだ地面にしゃがみ込み、膝に顔を伏せた。泣いてしまいたかった。彼がキャビンを動きまわっている音が聞こえる。顔を起こすと、風防ガラスがそっくりなくなったところから、彼がコックピットに入っていくのが見えた。表情一つ変えずにパイロットたちの死体をいじっている。

数分後、彼は倒れた木をくぐって出てきた。

「君は正しかった。全員死んでいる」

答える言葉もなかった。彼は白い救急箱を地面にほうり、そばにしゃがんだ。アスピリンの瓶を取り出し、三錠出して口にほうり込んで、水なしでのんだ。

「こっちに来い」

荒々しく命じられ、急いで横に行くと、懐中電灯を渡された。

「目をまっすぐに照らして。片方ずつ。そしてどうなっているか言ってくれ」

彼女は懐中電灯をつけた。カバーはひび割れていたが、つくことはついた。右目に光を当ててのぞいた。つぎに左目。「瞳孔《どうこう》は収縮するわ」

彼は懐中電灯を受け取って消した。「よかった。脳震盪《のうしんとう》はなし。いまいましい頭痛だけだな。君はどこもなんともないか？」

「ないみたい」

彼は疑わしげな目をしたが、うなずいた。

「わたしはラスティ・カールスン」彼女は礼儀に従って名乗った。

彼は吠《ほ》えるような声で短く笑った。その目は、彼女の髪に向けられた。「さび色《ラスティ》？」

「ええ、ラスティよ」彼女はつんとして言った。

「ぴったりだな」

この男には豚ほどのマナーもないんだわ。「あなたには名前があるのかしら？」

「ああ、あるさ。クーパー・ランドリーだ。だが、いまはガーデン・パーティじゃない。帽子に手をやって、お目にかかれてうれしいなんて言うのは省かせてもらうが、気を悪くしないでくれ」

悲惨な飛行機事故の、たった二人の生存者だというのに、ひどいスタートだった。いまラスティがほしいのは慰めだった。生き残ってよかったと言ってほしかった。この先も生き延びられると励ましてほしかった。でも、彼は嘲《あざけ》りを浴びせるだけ。ひどすぎる。

「いったいなんなの？」彼女は腹を立てた。「墜落したのは、わたしのせいだとでも思っているみたいね」

「かもしれないさ」

彼女は唖然《あぜん》として息をのんだ。「どうして？ あの嵐はわたしが起こしたんじゃないわ」

「ああ。だが君が、不倫相手かパトロンか知らないが、あの男と別れ際にぐずぐず愁嘆場を演じなかったら、嵐につかまらずにすんだかもしれない。どうして先に帰ることにしたんだ？ 痴話げんかでもしたのか？」

「あなたには関係ないことよ」かなりの費用をかけて完璧《かんぺき》に歯列矯正した歯のあいだから

押し出すように言った。

彼の表情は変わらなかった。「関係ないというなら」彼女をじろじろながめた。「君のような女も、ああいう場所には関係ないはずだ」

「わたしがどういう女だっていうの？」

「それはどうでもいい。ただはっきり言って、こっちは君がいないほうがありがたかったな」

そう言いながら、彼はベルトにつけた鞘《さや》から凶器になりそうなハンティング・ナイフを抜いた。わたしの喉をかき切って、邪魔者を消すつもりなのかしら。ラスティは思った。が、彼は背を向けると、倒れた松の枝を払いはじめた。道を開いて機体に近づきやすくするつもりらしい。

「どうするの？」

「彼らを外に出さなくちゃな」

「ほかの――人たちを？　なぜ？」

「ルームメイトがほしいっていうならべつだが」

「埋葬するの？」

「そうだ。ほかにいい考えがあるか？」

もちろんなかった。だから彼女は黙っていた。

クーパー・ランドリーはナイフを振るいながら進み、あとには大きな枝だけが残った。これならまたぐにしろよけるにしろ、ずっと簡単だ。ラスティは手助けをしようと、彼が切った枝を脇に運んだ。「わたしたち、ここにいるの?」

「さしあたりは」

通り道を切り開くと、彼は飛行機の中に入り、ついてくるように合図した。

「彼のブーツを持つんだ。いいな?」

彼女は死んだ男のブーツを見下ろした。できない。そんなことをする心の用意はどこにもなかった。こんな恐ろしいことをしろなんて、嘘《うそ》でしょう!

彼をちらっと見た。容赦のない灰色の目とぶつかると、本気なのが、有無を言わせないつもりなのがわかった。

一人、また一人と、彼らは機内から遺体を運び出した。作業のほとんどは彼がした。ラスティは頼まれたときだけ手を貸した。心をよそにやっておくことで、ようやく身の毛のよだつような作業をすることができた。

彼女は十代で母を亡くした。二年前には兄が死んだ。だが、そのときに彼女が見たのは、やわらかな照明とオルガン演奏の中、花々に囲まれ、サテンを張った柩《ひつぎ》に美しく横たえられている母であり、兄だった。それらの死にはまるで現実感がなかった。亡骸《なきがら》さえ本物ではなく、彼女が愛していた人のよくできたレプリカ、葬儀屋によって上手に作られたマネキンのようだった。

　だが、ここにある遺体は本物だった。

　彼女は、クーパー・ランドリーの感情も抑揚もない命令の声に従って機械的に動いた。彼はロボットなんだわと思った。彼はなんの感情も表さずに、引きずり出した遺体を、ナイフとパイロット席の下の道具箱にあった小さな手斧《ておの》で掘れるだけ掘った共同の墓穴に運んだ。埋葬がすむと、薄い盛り土の上に石を積み重ねた。

「何か言うべきなんじゃない？」ラスティは雑に積まれた灰色の石を見つめた。石を積んだのは遺体が獣に荒らされないようにするためだ。

「言うって何をだ？」

「聖書の言葉とかお祈りとか」

　彼はナイフの刃の汚れを拭《ぬぐ》いながら、無頓着《むとんちゃく》に肩をすくめた。「聖書の文句なんて知らないな。お祈りはとっくの昔に品切れだ」

　彼は墓に背中を向け、機体の方へ引き返した。

　ラスティは急いで祈りの言葉を唱え、あとを追いかけた。また独りぼっちになってしまうのが何より怖かった。目を離したら置いていかれそうで怖かった。

　だが、そんなことはありえない。少なくともいまのところは。彼は疲労でふらふらだ。

いまにも昏倒しそうだった。

「横になって休んだほうがいいんじゃない？」彼女の力もとっくに尽きていた。アドレナリンだけでなんとか動いていた。

「じきに夜が来る。飛行機のシートをはずしておかないとな。体を伸ばして寝る場所を作るんだ。さもないと、君は生まれて初めて野宿を経験することになるぞ」

最後のところを皮肉っぽく言い、また機内に入った。まもなく荒々しいののしり声が聞こえた。外へ出てきた彼は、険悪なしかめっ面をしていた。

「どうしたの？」

彼はラスティの顔の前に手を突き出した。それは濡《ぬ》れていた。

「燃料だ」

「燃料？」

「油だ。燃えるやつだよ」彼はラスティの無知にいらだっていた。「中にはいられない。火花一つでわれわれは中国まで吹き飛ばされる」

「だったら火をたかなければいいわ」

「暗くなれば火がほしくなる」彼はラスティをにらみ、軽蔑《けいべつ》を込めて言った。「それに火花は何からでも起きる。金属の破片と破片がこすれただけで、あの世行きになるさ」

「どうするの？」

「持てるものを持って移動する」

「こういうときには、飛行機のそばにいるべきなのだと思っていたけど。そんなことを読んだか聞いたかしたことがあるわ。捜索隊は墜落機を捜すのだから、現場を離れてしまったら見つけてもらえないんじゃない？」

彼は尊大に頭をぐいとかしげた。「ここにいたいのか？　なら、いればいい。おれは行く。警告しておくが、この近くにはたぶん水がないぞ。おれは明日の朝、真っ先に水を探す」

彼の物知りぶった態度がかちんときた。「水がないって、どうしてわかるの？」

「あたりに獣が通った跡がない。雨水があるあいだはそれでしのげるだろうが、いつまでもつかわかったものじゃない」

獣の通った跡がないなんてことに、いつどうやって気づいたんだろう。わたしはそんな観察をすることさえ頭に浮かばなかった。水がないのも恐ろしいが、獣に遭遇するのも恐ろしい。水を探すって、いったいどうやって探すの？　獣ですって？　もし襲ってきたら、どうやって身を守ったらいいの？

一人では生き延びられない。数秒考えただけでぞっとする結論に達した。彼のサバイバル術に頼るほかないし、こういうときにどうすべきか知っている人間がいてくれるのはありがたいことだ。

「わかった。一緒に行くわ」

ラスティはプライドをのみ込んで言った。彼は目も向けなかったし、聞こえたそぶりも見せない。彼女の決断を喜んでいるのか迷惑に思っているのか、わからなかった。まったく無頓着な様子で、残骸《ざんがい》の中から運び出したものを積みあげている。無視されているのはいやで、ラスティはそばにしゃがんだ。

「何か手伝いましょうか？」

彼は飛行機の荷物室の方へあごをしゃくった。「荷物を調べろ。全員のを。あとで役に立ちそうなものを集めるんだ」

彼はスーツケースの鍵《かぎ》をいくつか手渡した。ということは、埋葬する前に遺体から取り出しておいたのだ。

彼女はスーツケースに目を向けた。墜落の衝撃で蓋《ふた》が開いてしまっているものもあり、犠牲者たちの私物が濡れた地面に散らばっていた。「こんなこと――プライバシーの侵害にならない？　亡くなった人たちの家族がきっと腹を――」

彼がいきなりくるりと振り向いたので、ラスティは危うくうしろに引っ繰り返りそうになった。

「おとなになって、事実を直視したらどうだ？」彼女の肩をつかんで揺さぶった。「あたりを見ろ。この先、生き延びられるチャンスがどれくらいあるかわかっているのか？　はっきり言って、ゼロだ。だがくたばる前に、おれは生きるために戦う。最後の最後まで戦う。それがおれのやり方だ」

　クーパーは顔をぐいとラスティに近づけた。

「いいかい、お嬢さん、これはガールスカウトの遠足で迷子になったのとはちがうんだぞ。おれたちは生きるか死ぬかの瀬戸際にいるんだ。礼儀だの作法だのに、かまっていられるか！　おれにくっついてくるつもりなら、言われたとおりにしろ。わかったか？　おセンチになっている暇はない。涙なんて流したってなんにもならない。彼らは死んだ。おれたちにはどうすることもできない。尻を上げて、さっさと言われたことをしろ」

　彼はラスティを突き放すと、ハンターたちがみやげとして家に持って帰るはずだった戦利品の毛皮を集めだした。ほとんどがカリブーの毛皮だったが、白い狼やビーバーのもの、それに小さなミンクも一枚あった。

　悔し涙とやりきれない気持をこらえながら、ラスティはスーツケースのそばにかがみ、言いつけられたように中身を調べはじめた。彼を引っぱたきたかった。荷物の上に身を投げ出し、大声をあげて泣きたかった。けれど、意気地のない姿をさらして彼を喜ばせるつもりはなかった。それに、置いてきぼりを食う理由を作りたくなかった。少しでも口実があれば、きっと彼はそうするだろう。

　三十分ほどして、ラスティは探し出したものを、彼が積みあげた山の上に載せた。彼は選んだものに満足な様子だった。その中には酒を入れる携帯用の水筒も二つあった。彼女には匂《にお》いだけではなんの酒かわからなかったが、クーパーは種類にはこだわらなかった。水筒の一つに口をつけてうまそうに飲んだ。飲み込むたびに喉仏が上下する。がっしりした太い首、角張ったあご。ラスティは腹立たしい思いで観察した。どこから見ても典型的な頑固者だわ。

彼は水筒のキャップを閉めると、それをラスティが集めた紙マッチや旅行用の裁縫キットや衣類などの上に投げた。よくやったな、とは言わなかった。褒めるかわりに、彼女が抱えている小さなスーツケースをあごで指した。

「それはなんだ?」

「わたしのよ」

「そんなことはきいてない」

彼はスーツケースをひったくって開けた。大きな手が、きちんと詰めたやわらかな色のシルクの防寒下着やナイトガウンやランジェリーを乱暴にかきまわす。彼は親指と人差し指でレギンスをつまみあげた。

「シルクか?」

ラスティは返事をせず、ただ灰色の目を見返した。彼はにやりと笑った。何を考えているのか想像したくもない。

「すてきだ」

笑いはすぐに口ひげの下に消えた。彼はレギンスを投げてよこした。

「持っていくのは防寒用下着二枚、ソックス二組、帽子、手袋、この上着」彼は選び出した衣類の上にスキー・ジャケットを載せた。「替えのスラックス一本、セーター二枚」化粧品と洗面用具が入っている、ビニールで裏打ちしたトラベルポーチのファスナーを開ける。

「それはぜんぶ必要よ」ラスティは急いで言った。

「これから行くところじゃいらないさ」彼は中をかきまわし、高価なクリーム類やメイキャップ用具を、濡れた朽ち葉の中に無造作に投げ捨てた。「ヘアブラシ、歯磨き粉と歯ブラシ、石鹸《せっけん》。それだけでいい。それと、これは情けだと思え」

ラスティは差し出されたタンポンの箱をひったくり、持っていくのを許されたほかのものと一緒にポーチにほうり込んだ。

彼はまたにやりとした。大きな口ひげの下にきれいに並んだ白い歯がのぞき、いかにも意地悪そうな顔つきだ。

「この下衆《げす》野郎と思っているんだろう？　だが、君はお上品すぎて口に出せない」

「そんなことないわ」ラスティの赤褐色の目が怒りにきらりとした。「あなたって、まったくの下衆野郎よ」

　彼はただ笑いを深めただけだった。

「泣きっ面に蜂《はち》か」彼は立ちあがり、暗くなっていく空を心配そうに見上げた。「そろそろ出発したほうがいいな」

　クーパーが背中を向けるやいなや、ラスティは無色のリップクリームとシャンプーと剃《かみ》刀《そり》をポーチに入れた。彼は文明社会に戻る前に顔を剃《そ》らなくてもいいかもしれないが、わたしはそうはいかないだろう。

　彼が振り返ったので、ラスティは悪事を見つけられたかのようにびくんとした。

「撃ち方を知ってるか?」彼は猟銃を差し出した。

　ラスティは首を横に振った。つい昨日、それとそっくりの銃で野生の美しい白い雄羊が撃ち殺されるのを見た。そのおぞましい場面が心に残っていた。狩りの成果を祝う気持にはなれず、殺された羊のために胸が痛んだ。

「だろうと思った。だが、とにかく持っていろ」

　クーパーはずっしりと重いライフルを、革のストラップでラスティに背負わせた。もう一挺《ちょう》をじぶんの肩にかけ、恐ろしげなピストルを腰のベルトに挟む。彼女の警戒するような視線を受け止めて言った。

「こいつは照明弾用の銃だ。コックピットで見つけた。耳を澄まして捜索機の音に注意していろ」

彼はセーターの襟のところを靴紐《くつひも》でとじて間に合わせのリュックサックにし、両袖《りようそで》をラスティの首にかけて結んだ。

「よし」投げやりな目で彼女を点検した。「行くぞ」

ラスティは壊れた飛行機にもう一度悲しげなまなざしを向けてから、あとについて歩きだした。この広い背中をただ追っていけばいいのだ。肩甲骨の真ん中にじっと目を据えて歩くと、半分催眠状態のようになり、あとに残してきた死んだ人たちのことが記憶から遠のいていく。いっそ健忘症にでもなって、みんな忘れてしまいたかった。

ラスティはとぼとぼ歩いた。一歩ごとにエネルギーがなくなっていく。驚くほどの速さで体から力が抜け落ちていく。どのくらい歩いたのかわからなかったが、じきに一歩前に踏み出すのも難しくなった。脚は疲れで震えていた。はね返ってくる枝を払う気力もなくなり、ぴしゃりと体に当たってもどうでもよくなった。

クーパーの姿がだんだんぼやけ、そのうち幽霊のようにかすんでゆらゆらしてきた。まるで、まわりの木々がよってたかって伸ばした触手で、服をつかみ、髪をもつれさせ、足首に絡みついて進むのを邪魔しようとしているようだ。よろけざまに地面に目をやると、大きくせりあがってくる。びっくりした。こんなおかしなことがあるのだろうか？

反射的に近くの枝につかまると、ぽきんと折れて体がつんのめり、思わず小さな悲鳴をあげた。

「クー……クーパー」

ラスティは転んだ。けれど、倒れたまま横たわっているのはうれしくなるくらい楽だった。地面は冷たく、じめじめしていたが。積もった朽ち葉は、頬に湿布を当てたみたいな感じだ。目を閉じるとなんともいえず気持がよかった。

クーパーは小さく悪態をつき、背中の荷物と肩にかけていたライフル銃を下ろした。乱暴にラスティを仰向けにし、両手の親指でまぶたを押し開ける。ラスティは彼を見た。じぶんが死人のように青ざめているとは知らなかった。唇も頭上の空のような灰色だった。

「引き留めてごめんなさい」ぼんやりとした頭の隅で、じぶんの声のあまりの頼りなさに驚いた。唇が動いているのはわかったが、声に出して言えているのかどうかわからなかった。彼の足を引っ張っているのだから、わたしは彼のお荷物なのだから、どうしても詫《わ》びなくてはいけない。「ちょっとだけ休ませて」

「ああ。ああ、いいとも、ラスティ。休んでいいぞ」彼は毛皮のコートに埋まった鉤《かぎ》ホックを探った。

「痛むところはないか?」

「痛むところ?　いいえ。なぜ?」

「べつに」

彼はコートの胸のところを広げ、両手を中に入れた。セーターの下に手を入れ、そっと押すように腹部を丹念に探っている。こんなこと失礼よ。ラスティは朦朧《もうろう》とした頭で思った。

「自覚症状がなくても出血している場合があるからな」

それで説明がついた。「内出血？」ラスティはどきりとし、起きあがろうともがいた。

「わからないが——じっとしていろ！」くるぶしまである長いコートの前がいきなり乱暴にはだけられた。彼の歯のあいだから細く息が漏れた。ラスティは肘をついて半分体を起こし、彼がひどく顔をしかめた原因を見定めようとした。

スラックスの右側が血で真っ赤に染まっている。ウールのソックスから染み出した血が、革のハイキング・ブーツの上まで流れていた。

「いつやった？」彼は鋭い目をラスティの顔に向けた。「どうしてこうなったんだ？」

ラスティは驚き、言葉もなく首を振った。

「けがをしているって、どうして言わなかった？」

「わからなかったの」ラスティは弱々しく言った。

彼は鞘からナイフを抜いた。血で濡れたスラックスの裾《すそ》をつまみ、折り目に沿って一気に刃を走らせた。あっと思ったときには、スラックスはショーツのあたりまですっぱりと裂かれていた。ラスティはショックと恐怖で息をのんだ。

クーパーは彼女の脚をじっと見、長い嘆息を漏らした。「こいつはひどい」

2

ラスティの頭の中で不快な音がしはじめた。吐き気がした。耳たぶが熱くなり、喉は焼けるようだった。頭の毛穴という毛穴が針でつつかれているようで、手のひらと爪先がちりちりうずく。前に一度、歯の根管治療をした直後に気を失ったことがあったので、失神の兆候だとわかった。

でも、いまここで失神していいの？　この男の前で？

「心配するな」彼はラスティの肩に手をかけて地面に横たえた。「けがをしたことに気づかなかったんだな？」

ラスティは黙ってうなずいた。

「だとすると、墜落したときだろう」

「痛みも何も感じなかったわ」

「ショックが大きくて感じなかったのさ。いまはどうだ？」

ラスティはそのときようやく痛みに気づいた。「たいしたことないわ」

彼は本当かどうか探るような目をした。

「本当よ。それほど痛まないわ。でも、出血はすごいわね」

「ああ」顔をしかめ、救急箱の中をかきまわした。「血を拭《ふ》かないと傷口がわからない」

彼はラスティが背負っていた間に合わせのリュックサックを手早く開き、やわらかいコットンのアンダーシャツを取り出した。ラスティは彼の手が押しつけられるのを感じながら、ただじっとして、木々の枝のあいだから空を見上げていた。生きているのを神に感謝したのは早すぎたかもしれない。出血多量で、ここに横たわったまま死ぬのかもしれない。クーパーもわたしも、どうすることもできない。実際問題、彼は厄介払いできてほっとするんじゃないかしら。

彼が小さく悪態をついたので、ラスティはぞっとする想像から我に返った。頭を起こして脚の傷に目をやった。すねの骨に沿って、膝のすぐ下からソックスの上端まで皮膚が裂け、中の筋と肉が見えた。胸が悪くなり、思わずべそをかいた。

「ばか野郎、横になってろ」

ラスティは強硬な命令に、弱々しく従った。「こんなにひどいのに、どうして痛みを感じなかったのかしら」

「トマトが何かにぶつかると一瞬にしてばっと裂ける。そんなふうだったんだろう」

「どうにかできる？」

「オキシドールで消毒する」彼は救急箱から茶色のプラスティックの瓶を探し出し、Tシャツの袖《そで》に液をたっぷりつけた。

「染みる？」

「だろうな」

ラスティがおびえて涙を浮かべているのを無視し、彼は傷口をオキシドールで軽く叩《たた》いた。ラスティは唇を噛《か》みしめて悲鳴をこらえたが、顔は苦痛にゆがんだ。実際苦痛もひどいものだったが、傷口でオキシドールが泡立っているのを想像すると恐ろしかった。

「吐きそうなら口で息をしろ」彼はそっけなく言った。「じきにすむ」

ラスティは固く目をつぶっていた。布を裂く音がしたので目を開けると、彼はもう一枚のTシャツを紐状《ひもじょう》に裂いていた。裂いたそばからラスティの脚にきつく巻いていった。

「いまできるのはこれくらいだ」ラスティにというより、じぶんに言い聞かせるようにつぶやいた。またナイフを手に取った。「腰を持ちあげて」

ラスティは目を合わせないようにしながら、言われたとおりにした。彼はスラックスを腿のところでぐるりと切った。手が腿の下をくぐり、ごつごつした指がやわらかなところに触れたが、恥じらいを感じる必要はなかった。彼はステーキでも切っているような顔をしていたから。

「これじゃ歩くのは無理だな」

「歩けるわ！」ラスティは必死に言った。

置いてきぼりにされたくなかった。彼は立ちあがって足を大きく開き、あたりを見回した。眉をひそめ、口ひげの下で片方の頬の内側を噛みながら何か思案している。

選択肢を秤《はかり》にかけているのだろうか？　わたしを置き去りにするかどうか。あるいは、けがでじわじわ死なせるより、一思いに殺したほうが慈悲深いのではないかなどと。

やがてクーパーは身をかがめ、ラスティの脇《わき》の下に手を入れて起きあがらせた。

「コートを脱いで、スキー・ジャケットを着ろ」

ラスティは黙っておとなしく毛皮のコートを脱いだ。クーパーは手斧《ておの》を使って若木を三本切り倒し、枝を払った。その三本を、横棒がふつうより上の方にあるH形に組み合わせ、交差した部分を生皮挟みで固定した。生皮挟みは埋葬した男たちのブーツから取ってきたものだ。つぎに毛皮のコートを拾いあげ、袖をH形の縦棒の長いほうにそれぞれ通した。そして高価なレッドフォックスのコートの裾《すそ》に斧を振るい、毛皮とサテンの裏にざっくり穴を開けた。ラスティはひるんだ。

彼はちらりとラスティを見た。「どうかしたか？」

ラスティは言いたいことをのみ込んだ。試されているのだとわかったからだ。「べつに。ただ、そのコートはプレゼントにもらったから」

彼はちょっとラスティを見つめてから、さっきの穴と対称になるような穴をもう一つ開けた。そこに縦棒を通す。できあがったのは犬に引かせる橇《そり》のようなものだった。少しでも自尊心のあるアメリカ先住民なら橇とは呼ばないだろうが、ラスティは彼の工夫の才と手際に感心した。それに、邪魔者を置き去りにするつもりも、手っ取り早く片付けてしまうつもりもないらしいことがわかり、大いにほっとした。

その珍妙な乗り物を地面に置くと、彼はラスティを抱きあげて上に寝かせ、べつの毛皮でくるんだ。

「こんな毛をした動物は見かけなかったわ」ラスティはやわらかな短い毛並みを撫《な》でた。

「ウーミングマク」

「えっ？」

「イヌイットは麝香牛《じゃこう》のことをそう言う。〝ひげのあるやつ〟って意味さ。おれが撃ったんじゃない。買っただけさ。その毛はとても暖かい」彼はその毛皮の上にもう一枚毛皮をかけた。「これにくるまって乗っているのも自由。いやなら降りるのも自由だ」

彼は立ちあがり、手の甲で額の汗を拭《ぬぐ》った。顔をゆがめる。こめかみの大きなこぶをこすってしまったのだ。ひどく痛んでいるにちがいない。あんなこぶを作ったら、ラスティなら一週間は寝込んでしまう。

「ありがとう、クーパー」彼女はやさしい声で言った。

彼はぎくりとしたようにラスティを見た。そっけなくうなずいて背を向け、装備をかき集める。リュックサック二つとライフル銃二挺《ちょう》を彼女の腿に載せた。「しっかり持っていろよ」

「わたしたち、どこへ行くの？」

「南東」

「なぜ？」

「辺境の開拓地に行き当たる可能性がある」

「そう」愉快なドライブにはならないはずだ。納得しながらも、ずっしり気が沈んだ。

「アスピリンを一錠もらえるかしら？」

クーパーはポケットからプラスティックの瓶を出し、二粒ラスティの手のひらに振り出した。

「水がないとのめないわ」

「そのままか、ブランデーでのむか、どっちかだ」嘲《あざけ》るような声を出した。

「ブランデーをちょうだい」

彼は携帯用の水筒を手渡し、じっと見ていた。ラスティは飲み口に唇をつけ、思いきってがぶりとのんで、薬を喉に流し入れた。むせて涙が出たが、精いっぱい威厳を保って水筒を返した。

「ありがとう」

彼の薄い唇が笑いたそうにひくりとした。「常識にはまるきり欠けるが、度胸はありそうだな」

クーパー・ランドリーが初めてお世辞らしき言葉を口にしたわ。ラスティは思った。彼は若木の端を脇に抱え込んで、橇を引いて歩きだした。何メートルも進まないうちに、ラスティの歯はがちがちと鳴り、お尻がこすれた。歩いたほうがよほど楽な気がした。ずり落ちないようにバランスを取って橇につかまっているだけでも大変だった。ずるずると進むたびに石が当たる。お尻には青あざ黒あざがいやというほどできているにちがいない。コートのサテンの裏地が地面に落ちている枝にこすれてずたずたになっているところは、想像したくもなかった。

刻々とあたりは暗くなり、寒さも増してきた。空から細かいものが落ちはじめた。塩の粒よりも小さな氷。気象学者はこれを霧雪と呼ぶのだろうか。脚の傷が痛みだしたが、死んでも泣き言は漏らすまいとじっとこらえていた。クーパーの荒い息の音が聞こえる。彼も大変な思いをしているのだ。わたしがいなければ、同じ時間で三倍の距離を進めるだろう。

夜が押し寄せ、まったく様子のわからない地形の中で動くのは危険になった。木々の少ない開けた空き地に来ると彼は足を止め、橇の引き棒を下ろした。「具合はどうだ?」

ラスティは空腹や喉の渇きや気分が悪いことは頭から追い払った。「だいじょうぶよ」

「そうか。で、本当のところはどうなんだ？」しゃがんで毛皮の覆いをはねのけると、包帯は血がぐっしょり染みていた。彼はすぐにまた毛皮をかけた。「そろそろ野営とするか。日が沈んで方角もわからなくなったし」

嘘《うそ》を言っている。わたしの気を楽にしようとしているのだ。ラスティにはわかっていた。一人なら、クーパーはこのまま進むはず。暗闇《くらやみ》など恐れないだろうし、天気が崩れたからといってうろたえはしないはずだ。彼女を乗せた橇を数時間引いてきたにもかかわらず、彼はあと二時間くらい歩けるスタミナが充分残っていそうに見えた。

彼はあたりを歩きまわり、松葉をかき集めた。それを平らに敷きつめた上に毛皮を広げ、ラスティのそばに来た。

「クーパー」

「ん？」彼はラスティを橇から抱えあげようとしながら生返事をした。

「わたし、お手洗いに行きたいの」

暗いので顔はおぼろにしか見えなかったが、彼の目が光ったのがわかった。きまりが悪くて、ラスティはうつむいた。

「オーケー。その脚でだいじょうぶか？　つまりその――」

「ええ」ラスティは急いで言った。

彼は木のあるところへラスティを抱いていき、左足でそっと立たせた。「木につかまるといい」ぶっきらぼうに言った。「用がすんだら呼んでくれ」

思ったよりずっと大変だった。片方のないスラックスのファスナーを上げようとすると、体が萎《な》えて手が震えた。寒さで歯の根が合わなかった。

「すんだわ」

暗闇の中からクーパーが現れ、ラスティを抱きあげた。松葉と毛皮で作ったベッドがこれほど心地よいとは夢にも思わなかったが、横たえてもらうとほっとしてため息が漏れた。

クーパーはラスティを毛皮でくるんだ。「火をたこう。大きなたき火は無理だろう。乾いている木があまりないからな。だが、小さな火でもないよりましだ。お客さんよけにもなる」

ラスティは身震いし、毛皮の中にすっぽり頭までもぐり込んだ。野獣のことを忘れたかったし、ぱらぱら落ち続ける氷の粒のような雪に当たりたくなかった。けれど脚の痛みはひどくなる一方で眠れない。つらくてじっとしていられなくなり、毛皮から頭を出した。クーパーが火をたきつけたようだ。たき火は煙を上げながら、ぱちぱち音をたてていた。地面を浅く掘ってまわりを石で仕切り、松葉の寝床に火が移らないようにしてある。

彼はちらっとこちらを見、コートにたくさんついているポケットの一つのファスナーを開け、何かを取り出すと投げてよこした。ラスティは片手でそれを受け止めた。

「なんなの？」

「グラノーラ・バー」

食べ物と知ったとたん、ラスティの胃が大きくぐうと鳴った。包み紙を破り、丸ごと口に入れかけたが、はっと手を止めた。「あの——もらうの悪いわ」ぽつりと言った。「あなたの食べ物だし、あとで必要になるでしょう」

彼の目が銃身のように冷たく硬質な光を放った。「おれのじゃない。誰かのコートのポケットに入っていたのをいただいたのさ」

じぶんのだったら分けてやったかどうかわからない。そんな言い方だった。彼は冷酷なところを見せつけて喜んでいるように見える。

どういうつもりにせよ、気前よくわたしにくれることにしたのだ。グラノーラ・バーはぱさぱさで、おがくずのような味がした。機械的に噛んでのみ込んだ。なんの味もしないのは口が渇いているせいだ。ラスティの思いを読み取ったかのようにクーパーが言った。

「明日の朝、水を見つけられなかったら大変だ」

「見つけられると思う?」

「わからないな」

ラスティは毛皮にくるまって横たわり、あれこれ思いをめぐらした。「飛行機はなぜ落ちたんだと思う?」

「さあね。たぶん、いろんな要因が重なったんだろうな」

「わたしたちがいまどこにいるのか見当がつく？」

「いや。嵐《あらし》で落ちたんじゃなければ、おおよその見当はつくんだが」

「飛行ルートをはずれてしまったってこと？」

「ああ。だが、どのくらいはずれたかわからない」

ラスティは頬杖《ほおづえ》をつき、いまにも消えてしまいそうな弱々しい火を見つめた。「グレイト・ベア湖にはこんどが初めて？」

「前に一度」

「いつ？」

「三、四年前」

「狩りにはよく行くの？」

「ときどき」

クーパーはおしゃべり好きではないらしい。ラスティは脚の痛みから気をそらすために、彼を会話に引き込みたかった。「わたしたち、見つけてもらえるかしら？」

「たぶん」

「いつ？」

「おれをなんだと思っているんだ？　いまいましい百科事典か？」彼は周囲の木々を震わすような声で怒鳴った。「つぎからつぎに質問するのはやめろ。なんでも答えられるわけじゃない」

「ただ知りたかっただけよ」ラスティは涙声で言い返した。

「おれだって知りたいさ。だが、わからない。言えるのはこれだけだ。フライトプランからそれほどそれていなければ、発見してもらえる可能性は高い。まるきりそれていれば、まず無理だ。わかったか？　そのことはもう言うな」

ラスティは傷つき、口をつぐんだ。クーパーはあたりを歩きまわってたきつけを拾い集めた。木切れを二、三本火に継ぐと、彼女の横へ来た。

「おしゃべりより、傷の手当てをしたほうがいい」

彼はさっと毛皮をめくった。たき火の暗い明かりに、血の染みた包帯がぼんやり浮かびあがる。ハンティング・ナイフを器用に扱って結び目を切り、血で汚れた布をはがしていく。

「痛むか？」

「ええ」

「痛んで当然だ」彼は傷をながめて冷ややかに言った。その表情は硬かった。

ラスティが持つ懐中電灯の明かりの中で、彼は傷口をオキシドールで洗い、シャツを裂いて新たに包帯を巻いた。ラスティは目に涙をにじませ、黒く腫《は》れあがるほどきつく唇を噛みしめていたが、一度も声は漏らさなかった。

「包帯を巻くのが上手ね。どこで習ったの？」

「ベトナム」ぶっきらぼうな返事だった。それ以上きくなということだ。「アスピリンをもう二錠のんでおけ」

彼はじぶんの分を二錠振り出し、ラスティに瓶を回した。何もこぼさないが、彼の頭も割れそうに痛んでいるにちがいない。

「ブランデーも。二口は飲んでおけよ。夜のあいだ、君にはそいつが必要になるはずだ」

「なぜ？」

「脚だよ。明日が一番つらいだろう。そのあとは、たぶん、だんだんと楽になる」

「ならなかったら？」

彼は黙っていた。答えるまでもなかった。

ラスティは震える手で酒の入った水筒を口に運び、少しずつ喉に流し込んだ。クーパーはさっきのたきつけの上にさらに木をくべた。暑くなるほどの火ではないのに、彼がコートを脱ぐのでラスティは驚いた。ブーツも脱ぎ、同じようにしろと言う。彼はコートでブーツをくるみ、それを毛皮のあいだに突っ込んだ。

「どうして脱ぐの？」いまのままでも足は冷たくなる一方だ。

「ブーツの中が汗ばむと、いっそう冷えて凍傷にかかる。そっちへ寄れよ」

「え？」

クーパーはじれったそうにため息をつき、ラスティを押しのけるようにして毛皮の中に入ってきた。

ラスティはぎょっとした。「なんのつもり？」

「寝るつもりさ。君がおとなしくしてくれればな」

「ここで？」

「二つ寝床を作る装備はない」

「だめよ――」

「リラックスしろよ、ミス……なんだっけな？」

「カールスン」

「そう、ミス・カールスン。体をくっつけ合えばあったかい」彼はごそごそと体を寄せ、毛皮を頭の上まで引きあげた。「こっちに背中を向けて寝ろ」

「冗談じゃないわ」

彼が頭の中で十数えるのが聞こえるようだった。「いいか、おれは凍え死ぬのはいやだ。墓穴をもう一つ掘って、君を埋めるのもぞっとしない。だから、言われたとおりにしろ。さあ」

ベトナムではきっと将校だったのね。ラスティは腹を立てながら寝返りを打って横向きになった。彼が腰に腕を回してぐいと引き寄せる。二人は恋人同士のような格好で横たわった。息もろくにできないくらいだ。

「本当にこんなことしなくちゃいけないの？」

「ああ」

「腕を巻きつけてることないわよ。わたし、離れたりしないわ。離れようがないもの」

「意外だな。こういうのが好きだろうと思っていたよ」彼は手のひらをラスティの胃の上に押しつけた。「君はすごい美人だ。そばにいる男はいやおうなくうずうずしてくる。じぶんじゃわからないのか？」

「手を離して」

「その長い髪、目を引く色」

「やめて！」

「丸い小さな尻と、つんととがったバストが自慢なんだろ？　男が震いつきたくなるのはわかる。あの副パイロットもそうだったな。さかりがついたドーベルマンのように、よだれを垂らしてくっついていた。じぶんの舌を踏んづけて転ぶんじゃないかと思ったよ」

「何を言っているのか、さっぱりわからないわ」

彼は胃の上を撫でた。「いや、わかってるはずさ。ほてった頬とセクシーな唇を毛皮の襟に埋《うず》めて君が飛行機に乗ってくると、機内の男たちは息をのんで黙り込んだ。さぞ気分がよかっただろうな」

「なんのつもり？　どうしてそんなことを言うの」ラスティは涙声になった。

彼はののしりの言葉を吐いた。つぎに口を開いたときには嘲るような調子は消えていたが、うんざりしたような声だった。「安心して寝ろよ。夜のあいだにちょっかいを出したりはしない。昔から赤毛は好みじゃないんだ。それに君の体は、別れてきた男のベッドのぬくもりでまだほてってってるんだろう」

ラスティは鼻水をすすり、屈辱の涙をのみ込んだ。「あなたって意地悪で最低だわ」

彼は笑った。「まるでおれがレイプする気がないから、すねているみたいだな。どっちがいいんだ。男がほしくてたまらないなら、付き合ってやらないこともない。体は頭ほどえり好みが激しくないんだ。どのみち真っ暗だし、暗闇の中じゃどんな猫も同じように見えるって言う。だが、おれはもっと安全なところで心地よくやるほうがいい。だから、単に睡眠をとることにしないか？」

ラスティは怒りに歯ぎしりした。体を固く縮めて、二人のあいだにバリアーを作ろうとした。身体的にではなく、心理的なバリアーを。服を通して伝わってくる、彼の体の熱さを意識するまいとした。うなじにかかる息も、ぴったりくっつけられた腿のあいだに隠れているもののことも。しばらくするとブランデーが効いてきて、体がほぐれた。やがてラスティに眠りが訪れた。

ラスティはじぶんのうめき声で目が覚めた。脚が恐ろしくうずいていた。

「どうした?」

クーパーの声はぶっきらぼうだったが、熟睡を妨げられたせいではない。彼が一睡もしていないのは勘でわかった。「なんでもないわ」

「言ってみろ。脚か?」

「ええ」

「また出血してるのか?」

「出血はしていないと思う。濡《ぬ》れている感じはしないから。ただ痛むの」

「ブランデーを飲むといい」

彼は体をちょっと離し、毛皮の中に入れておいた水筒に手を伸ばした。

「いまも頭がぼんやりしているわ」

「それでいい。酒が効いているんだ」

彼は水筒をラスティの口に押し当て、傾けた。飲み込むか、むせるかしかない。

強いアルコールが喉を焼いて胃に落ちていく。少なくともその数秒間だけは痛みを忘れた。「ありがとう」

「脚を開け」

「え?」

「脚を開くんだ」

「あなた、ブランデーを飲みすぎたんじゃない？」

「いいから、言ったとおりにしろ」

「なぜ？」

「おれの脚をあいだに入れる」

それ以上つべこべ言わさず、彼はラスティの腿のあいだに手を差し込んだ。けがをしている右脚を持ちあげ、じぶんの両膝を押し込む。そしてその上にそっとラスティの右脚を載せた。

「こうやって高くしておけば、だるさが減っていくらか楽だろう。それに、眠っているあいだにおれがこすってしまうこともないしな」

ラスティはびっくりしてしまい、また眠るどころではなくなった。それに、彼の体を意識しすぎて落ち着かなかった。寝つけない理由はほかにもあった。ずっと罪悪感を拭えないでいたのだ。

「クーパー、あの人たちの中に誰か知り合いはいたの？」

「あの飛行機にか？　いや」

「最前列にいた二人は兄弟だったわ。荷物の重さを量っているとき、感謝祭には両方の家族で集まろう、ここで撮ったスライドをみんなで見ようって話していたのが聞こえたの」

「そういうことは考えずにいろ」

「考えずにはいられないわ」

「いられるさ」

「わたしにはできない。あれからずっとじぶんに問いかけているの。なぜわたしは死ななかったんだろうって。なぜわたしは生き残ったのかしら？　理不尽だわ」

「なんにでも理由があるわけじゃない」彼は苦々しく言った。「ただの成り行きだ。彼らは死んだ。それだけのことさ。すんだことは忘れろ」

「忘れられないわ」

「無理にでも頭から追い出せ」

「あなたはそうしたわけ？」

「ああ」

ラスティは身震いした。「人の死にどうしてそんなに無関心になれるの？」

「慣れさ」

ラスティは頬をばしりと打たれた気がした。叩きつけるような冷たい言い方。わたしを黙らせようとして言ったのね。いいわ、黙るわ。でも考えるのをやめることはできない。クーパーはベトナムでどれだけの戦友の死を見たのだろう。十人？　二十人？　百人？　だとしても、死に慣れてしまうことなんてあるのだろうか。

　わたしも死に慣れようとしたことがある。でも、彼のようにはいかなかった。死は、意志の力で心から追い払ったり締め出したりはできないものだ。失った家族のことを思うと、いまでも悲しくなる。

「母は脳溢血《のういっけつ》で亡くなったの」ラスティはしんみりと言った。「亡くなったときはむしろほっとしたわ。植物状態になるよりはって。心の準備をする時間が一週間あったし。でも、兄の死は突然だった」クーパーは聞きたいとも思わないだろうが、ラスティは話したかった。

「兄貴がいたのか？」

「ジェフは二年前に車の事故で死んだの」

「ほかに家族は？」

「父だけ」ラスティは小さくため息をついた。「ロッジで一緒だったのは父よ。飛行機に乗る前に別れを告げていたのは、不倫相手でもパトロンでもないわ。父よ」

　詫《わ》びの言葉を待ったが、クーパーはうんともすんとも言わない。彼の体がこわばっていなければ、眠ってしまったと思っただろう。

　しばらくして彼がぼそりと言った。「飛行機が落ちたことを知ったら、おやじさんはどんな気持になるだろうな」

「まあ、なんてこと！」ラスティは反射的にクーパーの手をぎゅっと握った。「いままでそのことを考えもしなかったわ」

ニュースを聞いたときの父のやりきれない悲しみが想像できる。妻を亡くし、息子を亡くし、こんどは娘も。父は悲嘆に暮れるだろう。わたしの身に何が起きたのか、生死もわからず気もおかしくなるだろう。それを思うとたまらなかった。じぶんのために、そして父のために、一刻も早く捜索隊に救出してほしい。

「いかにも有力者という風采《ふうさい》だったな」クーパーが言った。「われわれが発見されるまでしつこく当局をせっつきそうだ」

「ええ。父はわたしがどうなったかわかるまで、決してあきらめないでしょうね」

それはたしかだった。父は力のある人だ。精力的で、物事を成し遂げる頭と手段を持っている。彼の影響力と資力をもってすれば、お役所の形式主義など、ばさりと切って捨てられる。父は草の根を分けてでもわたしを見つけ出す。それがわかっているから希望を持てた。

クーパーが第一印象とはちがって、内向的でも鈍感でもないことも驚きだった。飛行機に乗る前、彼は一人ぽつんとしていた。ほかの乗客と交わろうとしなかった。だが、彼はすべてをちゃんと目に納めていたのだ。遭難者のかたわれとなった彼には、人間性を見抜く目があるらしい。

性といえば、いま、クーパーの男の本性が頭をもたげはじめていた。話しているあいだも、彼の硬くなった欲望のあかしがお尻に当たるのを感じて、ラスティは落ち着かなくなった。

「あなたは結婚しているの？」ラスティは出し抜けにきいた。

「いや」

「一度も？」

「ああ」

「恋人はいるの？」

「やりたいときにはやってる。それでオーケーか？　君が急に好奇心に駆られた理由はわかってるよ。おれだって感じているんだ。だが、どうすることもできない。いや、できないことはないが、さっきも言ったように、この状況ではなんだしな。ほかのやり方も思いつくが、こっちは格好が悪いし、そっちはどぎまぎするだろ」

ラスティは顔を赤らめた。「やめて」

「何を？」

「そんなふうにしゃべるのを」

「そんなってどんな？」

「わかっているでしょう。下品だわ」

「狩猟ロッジからの帰りなんだぜ。下品なジョークの一つや二つ、耳に挟まなかったのか？　猥談《わいだん》だってあっちこっちから聞こえてきただろう？　お下劣な言葉にはもう慣れていると思ったよ」

「あいにく慣れていないの。言っておきますけど、狩猟旅行は父のためよ。わたしは面白くもなんともなかったわ」

「おやじさんが無理やり連れていったのか？」

「まさか」

「行きたくないのに行ったんだろう？　たぶん、例の毛皮のコートが交換条件だったんだろうな」

「ちがうわ」ラスティはいらだった。「旅行はわたしが言いだしたのよ。一緒に行くのはどうって」

「で、いい加減にノースウェスト准州を選んだのか？　どうしてハワイにしなかったんだ？　でなけりゃサンモリッツとか？　地球上でより君に似合いの場所を、楽に千は挙げられる」

ラスティが漏らしたため息は、図星を指されたことを白状していた。わたしが狩猟地にいるなんて、手術室で真っ赤なマニキュアの手を見るように場ちがいだ。

「父と兄はいつも一緒に狩りに行っていたの。毎年四週間。我が家の行事だったわ」悲しみが込みあげ、ラスティは目をつむった。「ジェフが死んで以来、父は一度も狩りに行かなかったから、行ってきたらとせっついたの。父がためらっているので、一緒に行くと言ったのよ」

同情の言葉をつぶやいてくれるか、少しは親孝行を褒めてくれるのではないかと思ったが、彼は不機嫌にこう言っただけだった。

「黙ってくれないかな。おれはちょっと眠りたいんだ」


「やめろ、ラスティ」

夢の中に兄の声が響いた。二人は取っ組み合っていた。ものすごく仲が悪い兄妹《きょうだい》か、あるいはものすごく仲のよい兄妹でなければできないような取っ組み合いだ。ジェフとラスティはむろん後者の部類だった。二人は年子で、ラスティがよちよち歩きを始めたとき以来、無類の仲良しで遊び友達だった。父は愉快がり、母はいらだったものだが、二人はよく派手な取っ組み合いをした。最後はいつも笑っておしまいになったのだが。

けれど、いま、ラスティの上に馬乗りになって両手を押さえ込んでいるジェフの声には、ふざけた調子はまったくなかった。

「やめろ」彼は軽く揺さぶる。「そんなに暴れると傷をひどくしてしまうぞ」

ラスティは眠りから覚めて目を開けた。真上にあるのはなつかしい、大好きなジェフの顔ではなかった。あの男、一匹狼《おおかみ》の顔だった。彼が生きていてくれたのはうれしいが、あまり好きにはなれない。なんて名前だったかしら？　ええと、そう、クーパーだったわ。クーパー……クーパーなんとか。それとも、なんとかクーパーだったか。

「じっとしろ」彼は命じた。

ラスティはもがくのをやめた。肌に触れる空気が冷たい。寝るときにかぶっていた毛皮をぜんぶけとばしてしまったのだ。彼が胸をまたいでいる。両手首はしっかりつかまれ、頭上に留めつけられていた。

「放して」

「もう落ち着いたか？」

ラスティはうなずいた。女が目を覚まし、クーパー・ランドリーみたいな大男が――そう、ランドリーだった――その大男が、大木のようにのしかかっているのを知って、落ち着いていられるものならだけれど。まるで……。その連想にどきりとなり、目をそらした。

「お願い」息が苦しくなった。「わたし、だいじょうぶよ」

のしかかっていた体がどくと、ラスティは大きく息をした。空気は氷のようで、肺がひりひりした。ほてった顔にはその冷たさが気持よい。が、気持よかったのは一瞬で、いきなり悪寒に襲われた。歯がガチガチ鳴った。クーパーは眉間《みけん》にしわを寄せた。心配そうに。あるいは腹立たしくて？　ラスティにはどちらかわからなかった。

「ひどい熱だ」彼はぶっきらぼうに言った。「おれは起きて火をたいていた。君はうわ言を言って、ジェフとかなんとか叫んでわめきだした」

「兄よ」痙攣《けいれん》するように体が震えた。ラスティは毛皮を引き寄せてくるまった。

夜のあいだ雨は降らなかったようだ。たき火は炎を上げていたし、クーパーが積んだ小枝の下には燠《おき》が赤く輝いていた。火が熱すぎて目までじりじり焼けそうだ。

まさか、そんなはずないわ。きっと熱のせいだ。

クーパーが毛皮の足の方をめくった。前と同じように慎重に包帯をほどき、傷口をながめる。ラスティは彼の顔を見ていた。

彼がようやくこちらを見た。口をぎゅっと結んでいる。

「ごまかしたって仕方ない。よくないな。化膿《かのう》している。救急箱に抗生物質があった。こういう場合を考えて取っておいたんだが、この傷に効くかどうかはわからない」

ラスティはなんとか薬をのみくだした。熱で頭がぼうっとしていたが、彼が言っていることの意味は理解できた。肘をついて半身を起こし、脚を見た。喉が詰まった。ぱっくり開いた傷の両側が、ひだを寄せたように気味悪く縮れて腫れあがっていた。どさりと背中を倒し、あえいだ。唇に舌を這《は》わせたが、口は熱で干上がっていて湿りもしなかった。

「わたし、壊疽《えそ》で死ぬのね」

彼は無理に苦笑を浮かべた。「すぐ死ぬわけじゃない。そうならなくてすむように手を打つことだ」

「切断するの？」

「ぞっとさせるな。おれの考えでは、膿《うみ》を出し、傷口を縫い合わせればいい」

ラスティは青ざめた。「それだってぞっとさせられるわ」

「傷口を焼くよりましさ。もしかしたら、そうすることになるかもしれない」

ラスティの顔から血の気が引いて、紙のように真っ白になった。

「だが、いまはナイフでついて膿を出すだけにしよう。ほっとした顔なんてするな」彼は顔をしかめた。「それだってものすごく痛いぞ」

ラスティは彼の目の奥をじっと見た。不思議だった。初めからそりが合わず、ぎくしゃくしてばかりなのに信頼できた。「必要ならなんでもやってちょうだい」

彼はそっけなくうなずき、仕事にかかった。まず、セーターを縛って作った間に合わせのリュックサックから、ラスティのシルクの下着を出した。

「シルクの下着の愛好家だったのがついていたな」

ウエストの折り返しをほどきながら彼がジョークっぽく言う。ラスティは弱々しく微笑を返した。

「傷を縫うのにこの糸を使う」銀の水筒の方へあごをしゃくった。「ブランデーをやりはじめたほうがいいぞ。ついでにそのペニシリンを一錠のむんだ。アレルギー体質じゃないだろうな？　ならいい」ラスティが首を横に振ると彼は言った。「少しずつ休まずに飲め。

いい気持に酔っ払うまで飲み続けるんだ。だが、ぜんぶは飲むな。糸の消毒と、傷口を洗うときにもそれがいる」

まだすっかり酔いが回らないうちに、彼が脚の上にかがみ、火で焼いて消毒したハンティング・ナイフを構えた。

「いいか？」

ラスティはうなずいた。

「なるべく動くな」

ラスティはまたうなずいた。

「気絶するまいなんて頑張るな。失神してくれたほうがどっちも楽だ」

赤く腫れあがった箇所に刃を軽く刺されただけで、ラスティは悲鳴をあげて脚を引っ込めた。

「じっとしていなきゃだめだ、ラスティ」

治療は大変な苦痛を伴い、永遠に続くように思えた。彼は慎重に必要な箇所を切開した。それがすむと傷口全体にブランデーをかけた。ラスティは耳をつんざく悲鳴をあげた。荒療治のあとでは、縫合はさほど苦痛ではなかった。彼は裁縫キットの針を使い、一本一本ブランデーに浸した糸で傷口をしっかりと縫い合わせた。

ラスティは彼の眉間を、黄褐色の眉毛がくっつきそうに寄っているところを見つめていた。寒さの中で、彼の額には汗が浮いていた。ときたまラスティの顔をうかがう以外には手元から目を離さない。苦痛を一緒になめているようだった。同情の表情すら見せていた。大男にしては、心のかわりに冷たく感情のない石を持っている男性にしては、手の動きが驚くほどやさしかった。

彼の眉間が目の中でぶれてかすんできた。横たわっているのに、苦痛とショックとブランデーの効き目で頭がくらくらし、目が回りだした。クーパーの忠告にもかかわらず、ラスティは失神するまいと頑張っていた。意識を失ったら最後、もう目を覚まさないのではないかと怖かったのだ。だが、ついに戦いに負けて、いつのまにか目をつぶっていた。

薄れていく意識の中で思った。死の間際まで勇敢に立ち向かったことを父に知ってもらえないのが残念だわ。

「終わった」クーパーはしゃがんで額の汗を拭った。「見栄えはよくないが、やっただけの効果はあるだろう」

彼はラスティの顔をながめ、満足げな、楽観的な微笑を浮かべた。だが、ラスティは彼の微笑を見なかった。彼女は失神していた。

3

ラスティは目を覚まし、じぶんがまだ生きていることに驚いた。もう夜なのかと思ったが、ちょっと頭を持ちあげると、ミンクの小さい毛皮が顔から滑り落ちた。まだ昼間だった。だが、何時ごろなのかさっぱりわからない。空は陰気に曇っている。

いまにも脚から痛みが突きあげてくるはずだ。おびえながら身構えたが、嘘《うそ》のように痛みはなかった。ゆっくり体を起こすと、ブランデーの酔いが残っているらしく頭がくらくらした。ありったけの勇気をかき集め、脚の方の毛皮をめくった。恐ろしい一瞬だった。痛みがないのは、クーパーが結局、脚を切断したからかもしれないと思ったのだ。

一番大きなカリブーの毛皮をのけると、脚はちゃんとついていた。白いコットンがきっちり巻かれ、新たに血がにじんだ様子はない。マラソンは無理だが、ずっとよくなっている感じだ。

座っているとひどく疲れる。ぐったり体を倒し、毛皮をあごまで引きあげた。肌がほてって乾いているのに、ぞくぞくする。まだ熱があるのだ。もう一回、アスピリンをのんだほうがいいかもしれない。でも、どこにあるのかしら。クーパーにきけばわかるわ。彼は――。

彼はどこ?

ラスティははじかれたように体を起こした。あたふたとあたりを見回した。影も形もない。クーパーは行ってしまったのだ。彼のライフルもなくなっている。もう一挺《ちょう》は地面に、ラスティの手が届くところに置かれていた。たき火は炭になっていたが、まだ赤く、温かかった。

でも、わたしを守ってくれる人は行ってしまったんだわ。

ヒステリーを起こしそうなのを必死でこらえた。早合点だとじぶんに言い聞かせる。彼がそんなことをするはずがない。置き去りにするつもりだったら、あんなに一生懸命に手当てをしてはくれないわ。

そうじゃない?

彼が血も涙もない人間ならべつだけど。

クーパー・ランドリーは、まさにそういう男だと考えられるんじゃない?

ちがう。彼はやさしくないし、粗野で、口が悪い。でも、冷血漢じゃない。わたしを置き去りにするつもりなら、昨日そうしていただろう。

じゃあ、彼はどこにいるの?

彼はライフルを一挺置いていった。なぜ？　それが最後の親切なのかもしれない。傷を手当てして、できる限りのことをしたあと、わたしがじぶんで身を守れるように銃を残して去った。この先は別行動。生き延びるにはそれが最善策ということなのだろう。

そうかもしれないけれど、わたしはきっと死ぬしかない。熱のせいではないとしても、喉の渇きで。水がない。食べ物もない。風雨を避ける場所もない。クーパーが切って火のそばに積んである薪《まき》も、じきに使いきってしまう。気温があとわずかでも下がれば、凍えて野垂れ死ぬ。

そんなのたまらない！

置き去りにしたクーパーに猛然と腹が立った。証明してみせるわ。彼に。父にも。ラスティ・カールスンは簡単にへこたれやしないってことを。骨なしの弱虫じゃないってことを。

毛皮をはねのけ、スキー・ジャケットを着た。左足のブーツはさしあたりお預けだ。毛皮の奥の方にもぐっていて手が届かない。片方が裸足《はだし》なら、どうせはいても同じこと。それに、ジャケットを着ただけでもう精根尽き果てた。

食べ物と水。

その二つは生きるために必須《ひっす》だった。まずはそれらを探さなくては。でも、どこをどう探すの？　精いっぱい気を引き立てても、あたりを見回せばおじけづく。落ち込んでながめれば、恐怖で身がすくむ。三百六十度、目に入るのは人跡未踏の原生林。目の前にある木々の向こうには、梢《こずえ》も見えないほど高い樹木もざらで、そんな光景がどこまでも広がっているのだ。

水を探しに行くにも、立てなくてはどうしようもない。とても無理に思えたが、なんとしても立とうと歯を食いしばった。

いずれ死ぬにしろ、毛皮の下にもぐった姿で発見されるなんて絶対にごめんだわ！

腕をいっぱいに伸ばすと、薪に手が届いた。一本をたぐり寄せ、それにすがって、傷ついた脚を前に伸ばしたまま、無事なほうの膝をついて体を起こす。そこで一休みし、息を整えた。吐く息が顔の前で白い雲のように広がる。

立ちあがろうと頑張った。何度も試みた。だが、だめだった。生まれたばかりの子猫のように力がなかった。それに頭がくらくらする。いまいましいクーパー・ランドリー！わざとたくさんブランデーを飲ませたんだわ。わたしを酔いつぶしておいて、スカンクみたいにこそこそ逃げ出したのだ。

これが最後とありったけの力を振るい、全体重を左足にかけて立ちあがった。地面がぐらぐら揺れた。目をつぶり、棒切れにすがって必死に持ちこたえた。もうだいじょうぶだろうと目を開け、小さく声をあげた。向こうにクーパーが立っていた。

「何をしてる！」彼が怒鳴った。

彼は手にしていたものをライフルもろともほうり出し、怒りでおかしくなった守護天使のように飛んできた。ラスティの脇《わき》に手を差し入れ、杖《つえ》がわりの薪をけとばし、寝床に横たえた。そして震えている彼女の体にすっぽり毛皮をかけた。

「いったいどういうつもりだったんだ？」

「み……水を見つけに」ラスティは歯をがちがち鳴らしながら言った。

彼はまちがえようもないほどはっきりとののしった。手のひらをラスティの額に当てて熱を見る。

「冷えきっているし、顔も青い。いいか、二度とばかな真似《まね》をするな。水を探すのはおれの役目だ。君はじっとしていろ。わかったな？」

当たりの出たスロットマシーンのようにつぎつぎと悪態をつきながら、クーパーはたき火の方に向き直り、腹立たしげに薪をほうり込んでくすぶる火をあおいだ。木が燃えだすと空き地を横切り、さっき地面にほうり出した兎《うさぎ》の死骸《しがい》を拾いあげ、墜落機から持ってきた魔法瓶も手に下げた。そのキャップをひねり、カップを兼ねた蓋《ふた》に水を注《つ》ぎ、ラスティのそばに来てしゃがんだ。

「さあ。喉が渇いてひりひりしてるだろう。だが、焦ってがぶ飲みするな」

ラスティは彼の手ごとつかんで、ひび割れた唇にカップを近づけた。水はとても冷たくて歯に染みたが、気にもしなかった。続けざまにごくごく三口飲むと、彼がカップを引っ込めた。

「焦るなと言ったろう。たっぷりあるんだ」

「水を見つけたの？」ラスティは唇についたしずくをなめた。

それをじっと見ながら彼は言った。「ああ。三百メートルほど向こうに小さい川があった」その方向へ頭をかしげる。「マッケンジー川の支流だと思う」

ラスティは彼の足元に置かれている息絶えた兎に目をやった。「撃ったの？」

「石でやった。どうしても必要でない限り、弾を無駄にしたくないからな。こいつをさばいて料理する。これでおれたちは……おい、どうしたんだ？」

じぶんでもわけがわからなかったが、ラスティはいきなりわっと泣きだした。両手で顔を覆い、体を震わせてむせび泣いた。脱水状態だというのに、涙があふれて指のあいだからこぼれる。

「いいか、こいつじゃなければ、おれたちなんだ」クーパーは語気を強めた。「食わなくちゃ生きられない。そんなことを言っていたら――」

「兎じゃないの」ラスティは泣きじゃくった。

「じゃあ、なんだ？　脚が痛むのか？」

「わたし……置いていかれたんだと思った。脚のせいで――置き去りにされたって。でも、たぶん、あなたはそうすべきなのよ。わたしはお荷物ですもの。わたしやわたしの脚のことがなかったら……あなたは今ごろきっと安全なところに行き着けてたわ」

ラスティは何度かしゃくりあげて続けた。

「でも、けがをしていなくても、たいしてちがわないわ。こういう場所はからきしだめなの。アウトドア・ライフなんて、どこがいいのかわからないわ。わたしは大嫌い。夏のキャンプだって、わくわくしたことなんて一度もないわ。わたし、寒いし怖い。それに、みんなが死んでわたしは生き残ったのに、こんな不平を言っているなんてすごく気がとがめる」

ラスティは肩を震わせて、また激しく泣きだした。クーパーは長いため息を漏らし、悪態をついた。そして彼女ににじり寄り、大きな手でしっかりと肩を包んだ。ラスティは体をこわばらせて離れようとしたが、彼は手をのけようとはしないで抱き寄せた。ラスティはそこにたしかにある慰めに抗《あらが》えなかった。大きな胸にくずおれ、厚いハンティング・コートを握りしめた。

クーパーの服と髪からはさわやかな松の匂《にお》いがした。そのちょっとかびくさいような、湿った葉と霧を思わせる匂いは悪くなかった。気弱になっているラスティには、彼がとてつもなく大きい、童話の中のすてきなヒーローのように思えた。とても力持ちで、強くて、粗野だが情け深く、竜でも怪物でもやっつけてしまうように。

たくましい彼の手が頭のうしろに回されると、ラスティはキルティング地のコートにいっそう深く顔を埋《うず》めた。墜落事故以来初めて――というより、がっかりしている父を残して狩猟ロッジを発《た》って以来初めて感じる安堵《あんど》をむさぼった。

そうしているうちに心が静まった。涙も止まった。抱いてもらっている口実もなくなったので、ラスティは体を離そうとした。きまりが悪かったのでうつむいていた。彼はまだそうしていたいようだったが、やがて両手をそっと下ろした。

「もう、だいじょうぶか?」ぶっきらぼうに言った。

「ええ。ありがとう」ラスティは濡《ぬ》れた鼻を手の甲で拭《ふ》いた。いつもそうしているかのように。

「おれは兎の下ごしらえにかかるよ。横になっていろ」

「寝ているのは飽きたわ」

「じゃあ、よそを向いているんだな。こいつを食ってもらわなきゃならないからな。さばくのを見ていたら、食えなくなるかもしれない」

彼は兎を空き地の向こうの隅に持っていき、さばくために平たい岩の上に載せた。ラスティは目をそむけていた。

「けんかをしたのはそのせいなの」

クーパーが振り返った。「誰と?」

「父と。父は雄羊を撃ったの」ラスティは苦々しく笑った。「美しい獣だった。わたしは胸が痛んだけれど、獲物に大喜びしているふりをしたわ。父はその場で毛皮をはぐためにガイドを雇ったの。そしてガイドが毛皮を損ねないように、ずっと見ていようとしたわ」まばたきして涙を押し戻した。「わたしは見ていられなかった。もう少しで吐きそうだった。父は」言葉を止め、大きく息をついた。「父はわたしに心底がっかりしてしまったの」

クーパーは水で濡らしておいたハンカチで手を拭《ぬぐ》った。「撃ったその場で皮をはぐのに我慢できなかったからか？」

「それだけじゃないわ。あれはとどめの一撃だったのよ。わたしは射撃がまるでへただし、ライフルに寄ってきて鼻をこすりつける動物を撃つなんてどうしてもできなかった。狩りの何もかもが嫌い」ラスティは独り言のようにぽつりとつぶやいた。「ジェフはアウトドア・ライフが好きだったけど、わたしはだめ」

「おやじさんは、君にお兄さんのようになってほしいと思っているのか？」クーパーは生木の枝に刺した兎をたき火の上にかけた。

「そうなればいいと思っていたみたい」

「だったら彼はばかだ。君は体つきからしてハンター向きじゃない」

彼の視線がラスティの胸に落ちた。そのままじっと見つめている。乳房は熱を帯び、まるで母乳が満ちたように、ずっしりと重くなってうずいた。乳首が硬くなった。

ラスティはうろたえた。胸を覆って押しつぶし、元に戻したい衝動に駆られたが、彼がまだ見つめているのでできなかった。ぴくりとも動けなかった。少しでも動いたら、やっと保っている何かが——取り返しがつかないような何かが壊れそうな気がした。うっかり動いたら、とんでもないことになる。後戻りできなくなる。そして、きっとひどい結末になる。

彼が性的なことを匂わせたのは初めてだった。昨夜の下品なおしゃべりはべつとして。昨夜《ゆうべ》はわたしを怒らせたくて言ったのだ。いまそれがわかった。けれど、こんどはまったくちがう。いまは彼自身が、じぶんの言った言葉に呪縛《じゅばく》されている。

クーパーは視線を引きはがして目をたき火に戻した。危うい時間は去った。だが、二人はしばらく口をきかなかった。ラスティは眠りに落ちたふりをしながら、クーパーを見つめていた。まめに動きまわっている彼を見ているうちに、だんだん、本当のキャンプをしているような気になった。彼は石で手斧《ておの》を研ぎ、兎の焼け具合を調べてときどき引っ繰り返している。

巨漢なのに、身のこなしは驚くほど敏捷《びんしょう》だ。彼をハンサムと思う女性もいるだろう。とくにいまなら。あごから頬にかけて覆うひげは、一夜分濃くなっている。大きな口ひげはセクシーと言えるかもしれない……ひげを生やした男性が好きな人にはきっと。ちょうど下唇にかかる長さで、すっかり隠れている上唇を探ってみたい気にさせられる。

ラスティは唇に見とれていて、はっと気づくと横に彼がかがんで何か言っていた。

「えっ……何？」

クーパーは怪訝《けげん》な顔をした。「目がとろんとしている。また錯乱しかかっているんじゃないだろうな？」手のひらをラスティの額に当てる。

ラスティはその手をぴしゃりと打った。彼にも、異性を夢見る思春期の女の子みたいにぼうっとしていたじぶんにも、腹が立った。

「なんともないわ。なんて言ったの？」

「食う気があるかどうかきいたんだ」

「きくまでもないでしょ」

彼はラスティを起こして座らせた。「一、二分で冷めて食べごろになるだろう」兎を串《くし》からはずし、脚の肉を関節からもいで差し出した。

ためらいながら受け取ったラスティは、気味悪そうにながめた。

「食えよ。喉に押し込まれたくないなら」彼は白く強そうな歯でかぶりつく。「けっこういける。本当だ」

ラスティは肉を少しむしって口に入れ、おそるおそる噛《か》んで急いでのみ込んだ。

「そんなにあわててるな。あとで気持が悪くなるぞ」

ラスティはうなずき、もう一口食べた。少し塩があればいっそうおいしいだろう。「ロサンゼルスで評判のいいレストランにも、兎をメニューに載せているところがいくつかあるわ」無意識にナプキンを探り、そんなものがあるはずがないのを思い出すと、肩をすくめて指をなめた。

「ロサンゼルスに住んでいるのか？」

「ええ、ビバリーヒルズよ」

彼はじろじろラスティをながめた。「君は映画スターか何かか？」

アカデミー賞を三回受賞したと言ったとしても、彼は感心一つしなさそうだった。どうやらクーパー・ランドリーは、名声のたぐいにはまったく無関心らしい。「いいえ、映画スターじゃないわ。父が不動産会社をやっていて、南カリフォルニア一帯にたくさん支店があるの。父の会社で働いているのよ」

「有能なのか？」

「これまでのところ順調よ」

彼は肉を頬張り、骨をたき火に投げ込んだ。「社長の娘なら出世コースは当然だろう」

「わたしは勤勉なのよ、ミスター・ランドリー」親の翼の陰でぬくぬくしているんだろうと言わんばかりの口調が不愉快だった。「去年は、会社で最高の売り上げ記録を達成したわ」

「ブラボー」

心にもないことを。ラスティはむっとし、冷ややかにきいた。「あなたは何をしているの？」

彼が黙ってもう一つ手渡した肉を、ラスティは慣れた手つきで裂いた。捕ってきた兎をたき火で焼いて味付けなしで食べるのが、毎日の食事ででもあるかのように。

「牧場をやっている」

「牛の？」

「牛もいるが、主に馬だ」

「どこで？」

「ロジャース・ギャップで」

「それはどこにあるの？」

「シエラネバダ」

「聞いたこともないわ」

「驚かないね」

「牧場だけで暮らしを立てているの？」

「充分やっていける」

「ロジャース・ギャップってビショップの近く？　スキーができるんじゃない？」

「いくつかスロープがある。本気で滑りたいスキーヤーなら、チャレンジしたくなるスロープだ。おれはひそかにアメリカ大陸随一だと思っている」

「だったら、なぜそこのことを一度も聞いたことがないのかしら」

「みんな、広く知られないように気をつけてるのさ。いまのままにしておきたいからな。宣伝はしない」

「なぜ?」ラスティは興味をそそられた。客が食指を動かしそうな不動産であれば見過ごせない。「きちんとした開発業者が手がければ、ロジャース・ギャップは生まれ変わるわ。あなたの言うようにいいスキー場なら、第二のアスペンになるわ」

「冗談じゃない」彼はぼそりと言った。「そこがポイントなんだ。おれたちは地図に載せたくない。おれたちの山にコンクリートのホテルが立ち並ぶなんてごめんだ。ビバリーヒルズあたりから押しかける不作法なスキーヤーに、静かな地域を踏み荒らされたくない。あの景観を壊してロデオ・ドライブもどきにしたがるやからには来てほしくないんだ」

「そこの人たちみんながそういう哲学なの?」

「ああ、ありがたいことにな。でなきゃ、あそこに住んでやしない。風景と静けさ以外にはたいして取り柄のないところだ」

ラスティは肉を食べ終え、骨を火の中に投げた。「話を聞いていると、あなたって昔の遺物みたい」

「そのとおりさ」

「フラワーチャイルドだったの?」ラスティはからかった。「世界は一つって唱えていたのかしら。平和行進や反戦集会に参加したの？」

「いや」

叩《たた》きつけるような返事に、ラスティのにやにや笑いは消えた。

「入隊するのが待ちきれない思いだった。戦争に行きたかったんだ。まったく無知だったのさ。殺すか殺されるのが戦争だってことも知らなかった。捕虜になるとは夢にも思わなかったが、そういうはめになった。七カ月間臭い収容所にぶち込まれ、脱走して国に帰ったら英雄扱いだったな」

最後の部分は吐き出すようだった。

「その捕虜収容所にいた男たちは、たったいま君が口にしたような食い物のために、殺し合いもしかねなかった」灰色の目がナイフのように光り、ラスティに向けられた。「だからな、ミス・カールスン、君がビバリーヒルズのぴかぴかの豪華さをひけらかしたって、おれは圧倒されたりしない」クーパーはいきなり立ちあがった。「水を補給してくる。ここを動くな」

〝ここを動くな〟ラスティは声には出さずに真似た。おごるなと言いたいわけね。わかったわ。でも、わたしは残りの人生を悲嘆に暮れて過ごしたりしない。たくさんの男たちがベトナムで戦い、帰還して前向きな人生を送っている。クーパーが過去を引きずって現実に適応できないのだとしても、それは彼自身の責任だ。彼は苦しみを糧に生き、それを大事に育てているのだ。あんなに孤立して生きているのは、社会に対して貸しがあると感じているからだろう。

そうなのかもしれない。でも、わたしが責められる筋合いはないわ。彼がどんな苦難を味わったにしろ、わたしのせいじゃない。エベレスト山ほど大きい憤懣《ふんまん》を抱えて生きているからといって、人間としてわたしより上等だというわけではないのよ。

クーパーは戻ってきた。だが、ラスティが魔法瓶の水を飲むあいだも、敵同士のように口をきかなかった。用を足しに片足を引きずって茂みの中に行くときも、彼は手を貸してくれたが無言だった。けれど、いまや彼らの世界の中心となっている松葉の寝床に彼女を横たえると言った。「脚の具合を見よう。懐中電灯を持っててくれ」

クーパーが包帯を取ると、不ぞろいの縫い目がむき出しになった。ラスティは寒気を覚えたが、彼はじぶんの針仕事に満足そうだった。ふくらはぎを持ちあげ、じっくりながめた。

「新しく膿《う》んでいるところはないな。腫《は》れも引いている」

「ひどい傷跡」

「これしかできなかったんだ」下唇が薄くなって、口ひげの下に隠れた。「焼かずにすんだだけよかったと思え」

「そう思っているわ」

「ビバリーヒルズの形成外科医に金を積めば、きれいにしてくれるさ」

「いちいち嫌味を言わなくちゃいられないの？」

「そっちこそ浅はかだ」クーパーは墜落機の方へ指を突き出した。「あそこへ残してきた男たちは、みんなすすねの傷ぐらいですませたかっただろう」

そのとおりだ、もちろん。だからといって怒りを抑えることはできず、ラスティはむっつりと口をつぐんだ。彼は傷を消毒し、包帯を巻き直し、ペニシリン一錠とアスピリン二錠をくれた。彼女はそれを水でのんだ。ブランデーでないのがありがたい。

酔うと気が高ぶって、心はあらぬ方へ漂っていってしまう。それがわかっていた。クーパー・ランドリーを実際よりいい人のように思いたくなかった。彼は文句ばかり言ういやなやつ。短気で、世をすねている、ただの怒りんぼうよ。

毛皮の下に横になっていると、やがて彼が入ってきて、昨夜のように腕を回してきた。

「わたしたち、いつまでここにこうしているの？」ラスティは腹立たしげに言った。

「おれは予言者じゃない」

「いつ救出されるのか予言してほしいわけじゃないわ。この寝床のことを言ってるの。小屋みたいなものを作れない？　屋根があって、もうちょっと体を動かせるような」

「お嬢様はこの設備ではご不満か？」

ラスティはいらだってため息をついた。「いいわよ。聞かなかったことにして」

しばらくしてクーパーが言った。「小川のそばに岩場があった。一番大きな岩の片側がえぐられたようになっていたな。ちょっと工夫して手をかければ、差し掛け小屋なら作れそうだ。ここよりいくらかましって程度だが。しかし水には近くなる」

「手伝うわ」ラスティは意気込んで言った。

この寝床に文句があるわけではなかった。昨夜、生命を守ってくれたのだから。ただ、クーパーとぴったりくっついて寝るのが困るのだ。彼はコートを脱いでいるので、背中に当たる筋肉の盛りあがった胸を激しく意識してしまう。背中にわたしだってコートを着ていないのだから。

彼の手がバストとウエストの中間に納まると、ラスティは何も考えられなくなった。おまけに両脚のあいだに差し入れられた彼の膝は、けがをしたほうの脚を高く上げてくれている。今夜はもうだいじょうぶだと言いかけたが、このほうがずっと楽なので、黙っていることにした。

「ラスティ」

「うーん……」熱い息が耳にかかり、ラスティの腕はあわだった。彼女はいっそうクーパーに体を寄せた。

「目を覚ませ。起きるんだ」

「起きる?」ラスティはうめいた。「なぜ?　毛皮をめくらないで。凍えちゃうわ」

「凍えないために起きるんだ。おれたちはびっしょり濡れてる。熱のせいで君が汗をかいて、二人ともすっかり湿ってしまったんだ。起きてよく拭かないと、凍死しかねない」

ラスティは完全に目が覚め、仰向けになった。彼は本気で言っている。毛皮をはごうとしていた。「拭くって?」

「裸になって拭くんだ」彼はフランネルのシャツのボタンをはずしにかかった。

「冗談でしょう?　凍りそうに寒いのに!」

ラスティはまた毛皮をかぶろうとしたが、クーパーが引きはがした。

「服をぜんぶ脱ぐんだ。早くしろ!」

彼はネルシャツを脱ぎ、かたわらの灌木《かんぼく》の枝にかけた。タートルネックのTシャツの裾《すそ》をつかみ、一気に頭から引き抜く。髪の毛がこっけいに逆立ったが、ラスティは笑えなかった。込みあげた笑いは喉につかえた。見たこともないほどたくましい胸を目にしただけで、声も出なくなったのだ。

皮膚の下で彫像のように見事な均整を保っている、岩のように固い筋肉。乳首は寒さのために黒ずみ、まわりの輪とともに小さくなっている。胸板を広く覆う毛は、下に行くに従って細くなっていた。

余分な肉はまったくなく、肋骨《ろっこつ》一本一本が数えられる。腹部は平らでドラムの革のようにぴんと張っていた。セクシーな毛の中に埋まっているおへそはよく見えない。

「さっさとしろ、ラスティ。さもないとおれが脱がすぞ」

脅かされてラスティは我に返り、機械的にセーターを脱いだ。下には彼のとそっくりなコットンのタートルネックを着ていた。その裾をいじりながら、彼が立ちあがってジーンズを脚から引き抜くのを見ていた。下にはいている長い下着はまったく興ざめだった。

だが、クーパー・ランドリーは裸になるのだ。

数秒後、彼の全裸がたき火の薄明かりに浮かびあがった。たくましく、均整の取れたすばらしい肉体。ラスティは思わず息をのみ、ほれぼれとながめた。

彼は脱いだものを低木にかけ、ソックスを両手にはめると、全身をくまなくこすって汗を拭いた。

ソックスをはずしてしゃがみ込み、手早くリュックサックの中の下着を探す。そして、まるで人目を気にせずに立ちあがって下着をはいた。遠慮などかけらもない。

クーパーはラスティを振り返り、まだ脱いでいないのを見るといらだたしげに顔をしかめた。「早くしろ、ラスティ。猛烈に寒いんだ」そしてラスティのセーターに手を伸ばした。ともかくもそれだけは脱いであった。手渡すと、彼はそれを木に干した。そのまま手を差し出してつぎの服を催促する。指を鳴らし、早くしろとせき立てた。「さあ、さあ」

ラスティは不安そうな目で彼を見上げ、Tシャツを頭から脱いで渡した。

息も止まるほどの冷気が体を打ち、たちまち凍えた。体ががたがた震えて、片方しか脚の部分がないスラックスのボタンがはずせない。

「おれにやらせろ。一晩中突っ立っているのはごめんだ」クーパーはラスティの脚をまたいで、じれったそうに彼女の手をどけてボタンをはずし、ファスナーを下ろした。スラックスを脚から抜き、無造作に近くの茂みの方に投げた。

そこでクーパーは急に手を止めた。こんなものが出てくるとは夢にも思わなかったにちがいない。このうえなくフェミニンで、このうえなくちっぽけなビキニショーツ。切ったスラックスからのぞいているレースの縁飾りは目に留めていただろうが、いままで見えたのはその部分だけだった。永遠かと思うくらい長いあいだ見つめたあとで、彼はぶっきらぼうに言った。

「それも脱げ」

「いやよ」

彼の表情が厳しくなった。「脱ぐんだ」

ラスティは断固として首を横に振った。すると、いきなり彼がシルクとレースのちっぽけな三角地帯に手のひらを押し当てた。

「濡れている。脱がなきゃだめだ」

二人の視線が激しくぶつかり合った。だが夜気よりも冷たいクーパーの目を見て、ラスティは湿ったショーツを引きおろした。

「さあ、拭いて」

クーパーはさっき使ったのと同じようなコットンのソックスを渡した。ラスティはそれで下半身を拭いた。顔を伏せたまま、差し出された下着を手探りで受け取った。彼がよこしたのは防寒用のものではなかった。長いと傷口をこする恐れがあるから、前のと同じようなショーツだ。脱いだものは、男子学生社交クラブのビア・パーティの翌朝掲げられる勝利の旗のように、低い枝でひらひら揺れている。

「上もだ」

ブラジャーはショーツとおそろいで、とても薄地だった。ロッジを発つ朝、文明社会に戻るのに適したものを身に着けたのだ。数日着ただけで防寒下着にはうんざりしていた。

前かがみになって背中の鉤《かぎ》ホックに手をやったが、指がかじかんでしまってはずせない。クーパーは悪態をつき、彼女の背中に腕を回して荒々しくむしり取った。ブラジャーがはらりと落ちた。ラスティはストラップを腕から抜き、挑戦するように彼に顔を向けた。

口ひげの下で彼の唇は固く引き結ばれていた。彼はすぐにソックスで乱暴にラスティをこすりはじめた。喉、乳房、おなか。そして向かい合ったまま背中の汗を拭く。彼女の息で胸毛が揺れるほど二人は密着していた。唇が彼の乳首に触れそうになる。寒さでとがったラスティの乳首が彼の肌をこすった。

クーパーはすばやくうしろに下がり、腹でも立てているような手つきで防寒シャツを頭からかぶせた。彼女が腕を通しているあいだに敷いてあった毛皮をはぎ、べつのに替えた。

「前のほどやわらかくないが、湿ってはいない」

「それでかまわないわ」ラスティはかすれた声で言った。

ようやく二人は毛皮の中にもぐり込んだ。しっかり引き寄せられたが、ラスティは逆らわなかった。歯の根も合わないほどがたがた震えていた。少しすると二人とも温まってきたが、どちらの体も混乱に陥っていた。いましがた目にしたもののせいで。エロティックな残像のせいで。

ちゃんと服を着ていてさえ、彼の腕の中で寝るのはひどく落ち着かなかった。下着だけのいまは、感覚という感覚がさいなまれているようだ。もう熱はないのに、燃えるほど体が熱い。

むき出しの脚と脚が触れ合い、うっとりするほど心地よい。ざらざらした毛の感触が好きだった。ブラをしていないので、乳房のすぐ下に置かれている彼の手をはっきりと感じる。

この状態に、クーパーのほうも平気というわけではなかった。彼は大急ぎで服を着替え、毛皮を取り替えるのに骨を折ったが、息が荒くなっているのはそのせいばかりではなかった。ラスティの背中に押しつけられている彼の胸はせわしなく上下していた。

それに、べつの箇所には紛れもない隆起がある。

ラスティは思いきって、小さな声で言った。「あの、きっとだいじょうぶよ――あなたの上に脚を載せていなくても」

彼は胸の奥から低いうめきを漏らした。「そのことは言うな。それに、後生だから動くな」

彼の苦境が伝わってくる。

「ごめんなさい」

「何がだ？　君がいい女なのはどうしようもない。おれは男で、それもどうしようもない。たがいに大目に見るしかないだろう」

ラスティは彼の要望を謹んで受け入れ、筋肉一つ動かさなかった。いったんつむった目を開けることすらしなかった。けれど、唇に小さな微笑を浮かべながら眠りに落ちた。ついうっかりとだろうが、彼はわたしをいい女だと思っていると言った。

4

そんな一夜のあと、二人の関係に変化が生じた。

やむなく裸同然で抱き合って寝たことで親密さが増したのではなかった。むしろ、一種の窮屈さが生じた。翌朝の会話はわざとらしかった。どちらも目を合わせるのを避け、たがいに背中を向けてもぞもぞ服を着た。仕草はぎこちなく、やっと手足を動かせるようになった病人のようにおぼつかなかった。

クーパーは黙りがちだったが、頑丈な枝を削って一対の松葉杖《づえ》を作ってくれた。お世辞にもしゃれているとは言えなかったが、ラスティはとてもうれしかった。これで動きまわれるようになった。寝床でじっとしていなくてもすむ。

お礼を言うと、クーパーは一言ぼそりと答えただけで、下草を踏み分けて水をくみに行ってしまった。彼が戻ってきたときには、ラスティは松葉杖に慣れ、片足を引きずりながらたき火の周囲を歩きまわっていた。

「脚の具合はどうだ？」

「だいじょうぶよ。じぶんで消毒して、薬ものんだわ。だんだんよくなっていくみたい」

ラスティはもう一本あったスラックスに着替え、ブーツもはいていた。腫《は》れがずいぶん引いたので、服がこすれても傷は痛まなかった。

二人は順番に魔法瓶から水を飲んだ。それが朝食がわりだった。

「きょう、小屋づくりに取りかかろう」クーパーが言った。

目覚めたとき、毛皮の上にうっすら雪がかかっていた。悪い知らせだった。単なる粒ではなく、本物の雪、冬の嵐《あらし》の前触れだった。この地域の冬の厳しさはよくわかっていた。捜索隊が来るまでしのぐ小屋がどうしてもいる。もし捜索隊が来なかったら、間に合わせの小屋ぐらいでは役に立たないが、そのことは二人とも考えたくなかった。

「わたしに手伝えることがある？」

「そのスエードの上着を切って紐《ひも》を作ってくれ」クーパーは墜落機の犠牲者のものだった上着の方へあごをしゃくり、ナイフを渡した。「棒を縛り合わせる紐がたくさん必要だ。君がそれをやっているあいだに、おれは夕食が捕れたかどうか見てくる」

ラスティは怪訝《けげん》な顔をした。

「昨日、罠《わな》を仕掛けておいたんだ」

「遠くまで行くの？」ラスティは不安になってあたりを見回した。

「そう遠くじゃない」彼はライフルを肩にかけ、弾の箱がポケットに入っているかどうか確かめた。「たき火の火が落ちる前に戻るつもりだ。だが、ナイフとライフルは常に手近に置いておけ。あたりに熊《くま》の足跡はなかったが、いないという保証はない」

それだけ言うと、クーパーは深い木立の中に姿を消した。ラスティは松葉杖にすがった。鼓動が徐々に激しくなった。

熊？

数秒立ちすくんでいたが、恐怖を振り払った。「ばかみたい」じぶんに向かって言った。「何も襲ってくるはずないわ」

ラジオかテレビがあればと思った。なんでもいいから、苦しくなるほどの静けさを紛らしてくれるものがほしかった。ときたま、小枝が折れる音や葉が鳴る音がするだけだった。姿は見えないが、森の生き物が餌《えさ》を探してうろついているのだろう。ラスティは音の主を探そうと目を凝らしたが、どこに隠れているのかわからない。姿が見えないのでいっそう怖かった。クーパーが言った熊のことが頭を離れない。

「わたしを脅かそうとして、わざと言ったのよ」厚いスエードを切り裂きながら、ラスティは声に出して言った。クーパーに渡されたナイフは、彼が鞘《さや》に入れていつも腰に差しているのより小振りだった。

胃が空腹を訴えている。ラスティは焼きたての、熱い、バターたっぷりのクロワッサンを思い浮かべた。トーストしたベーグルとクリームチーズ、砂糖衣のかかった温かいドーナツ、パンケーキとベーコンとハムエッグ。いっそう空腹が募っただけだった。仕方なく水で空っぽの胃を満たした。

水ばかり飲んでいると、すぐにべつの問題が生じた。できる限り我慢していたが、とうとう手仕事を脇《わき》に置くしかなくなった。苦労してぶざまに立ちあがり、脇の下に松葉杖を抱える。クーパーが消えたのと反対の方に行き、用を足す場所を見つけた。

松葉杖や服の扱いに骨折りながら、地面を気味悪いものが這《は》っていないかどうか確かめる。これが本当にラスティ・カールスンかしら。ビバリーヒルズの不動産業界の花であるわたしが、森の中でおしっこをする場所を探しているなんて！

友達は、気でもどうかしない限り、わたしにこんなことができるなんて思わないだろう。父だって信じないはずだ。でも、もし生きて戻れてこの話をしたら、父はすごく誇りに思ってくれるはず。

スラックスのファスナーを上げていると、近くで何かが動く音がした。首をめぐらし、耳をそばだてた。何も聞こえない。

「きっとただの風よ」じぶんの声がいやに大きく、不自然なほど明るく聞こえた。「それとも鳥かしら。クーパーが戻ってきたのかもしれない。忍び寄って脅かしたりしたら、冗談でも許さないわよ」

また音がした。さっきより大きくて近かったが無視した。たき火のところへ戻ろうと必死で足を急がせた。べそをかいたり、悲鳴をあげたり、臆病《おくびょう》な真似《まね》はするまいと思った。おびえつつも歯を食いしばって、でこぼこの地面をよろめきながら進んだ。

だが、行く手にある松の木のあいだから音の正体が姿を現すと、意地も勇気もちりぢりに飛び去った。落ちくぼんだ小さな目。毛むくじゃらの、いやらしい顔。ラスティは血も凍るような悲鳴をあげた。

クーパーは二羽の兎《うさぎ》をさばいてから急いで戻るつもりだった。昨日、ラスティに見えるところで解体したのは、彼女の根性を試そうと思ったわけじゃない。彼はそうじぶんに言い聞かせた。

しかし、わかっていた。本当はそのつもりだったのだ。意地の悪い魂胆だった。彼女をすくませてやりたかった。吐いたり、金切り声をあげたり、女々しい醜態をさらけ出させてやりたかったのだ。

彼女はそうならなかった。よく頑張った。思った以上にしっかりしていた。内臓を捨て、毛皮の内側をこすってきれいにする。あとで役に立つだろう。この毛は暖かいから、ラスティに何か作ってやるのに。

ラスティ。また彼女だ。ほかのことを考えられないのか？　何を考えても、めぐりめぐって結局彼女のところへ戻ってしまう。いったいいつから、アダムとイブみたいに切り離せないペアになったんだ？　その答えは即座には浮かばなかった。

意識が戻って真っ先に目に入ったものは覚えている。のぞき込む彼女の顔だ。乱れた赤い髪があだっぽく、船乗り言葉の中でももっとも卑猥《ひわい》なやつが頭に浮かんだが、口からは出さずにすんだ。

生きていてうれしかった。けれど、それも一瞬だった。高価な毛皮を着て、セクシーな香水をぷんぷんさせているばか《エアヘッド》が一緒なら、いっそ死んだほうがましだと思った。原生林の真っ直中《ただなか》では、彼女はたき火にかざしたマシュマロほども持ちこたえられない。両方が野垂れ死ぬ前に、おそらく安楽死させてやるはめになるだろう。

それを考えるとやりきれなかった。いやな気持だった。だが、戦場でじぶんの生命を守るためにやったことは、もっと凄惨《せいさん》だった。墜落事故は、クーパーをあのジャングルの法則に、生き延びることが戦いであった日々に引き戻した。

ルールその一、やるかやられるか。どんな手段を使っても生き延びること。陸軍特殊部隊で叩《たた》き込まれたサバイバル戦術には、いっさいの良心を捨てろとあった。あと一分、あと一時間、あと一日生き延びるために必要なら、どんなことでもする。身に染みついたその理論を彼は実践した。思い出したくない数々の残酷な記憶。だが、忘れてしまうには多すぎる。

しかし、あの女には驚かされる。脚の傷は相当痛むはずだが、痛いのつらいのと泣き言を言わない。すきっ腹や喉の渇き、寒さやおびえを訴えたこともない。華奢《きゃしゃ》な見かけのわりにはタフでしっかりしている。状況がよほど苛酷《かこく》にならない限り、頑張り抜きそうだ。

そうなると、当然新たな問題が生じる。クーパーが他人に称賛の念を覚えることはまれだった。ラスティ・カールスンごときを称賛したくなかったが、気づけばそうなっていた。

つまりこういうことだ。心をそそられる女と、現在地の見当もつかない深い森の中で立ち往生している。つまり、当分二人きりで身を寄せ合って、なんとかしのいでいくしかないのだ。

おれの運命を操っている悪鬼どもは、腹を抱えて大笑いしているんだろう。これまでもさんざんからかってくれたが、こんどのはきわめつけだ。この強烈な落ちでおれの人生を冗談にする気なんだな。

ラスティ・カールスンのような女は嫌いだ。銀のスプーンをくわえて生まれてきた、愚かで軽薄な上流階級の娘には我慢がならない。連中はじぶんが住んでいる金ぴかの籠《かご》の外のことは何も知らず、知ろうともしない。だが、ラスティはみじめな状況下で、おれですら感心せずにはいられないくらい頑張っている。おれはついていたのかもしれない。

運命の神ってやつは、もっと意地の悪いことだって平気でする。彼女がおつむは空っぽ、器量はいぼいのしし以下のわがまま娘だった可能性だってある。ガラスが割れそうなきんきん声だったかもしれない。

だが、運命がおれに押しつけたのは目の覚めるような美人だ。あれは悪魔がこしらえた女にちがいない。誘惑そのものだ。男心をそそる、顔を埋《うず》めてみたくなるシナモン色の髪。キャンディのように甘そうな乳首。バターをとろかしそうな声。おれは、彼女が何か言うたびにそう思う。

まったくきついジョークだ。彼女に手を出すつもりはないんだから。絶対にだ。一度で懲りた。流行に目ざとい女には懲り懲りってことだ。着るものだけじゃなく、何についても。メロディに出会ったときは、戦争帰りの男を恋人にするのがはやりだった。彼女はそれに飛びついたが、流行がすたれば終わりだった。

ラスティ・カールスンだって、あのきれいな上面を一枚むけばメロディと同じさ。生き延びるためにおれを頼るしかないから、いまはいい顔を見せているだけだ。よだれが出そうなごちそうに見えるが、中身はメロディ同様、腐って食えない女だろう。

兎の毛皮を肩にかけ、布にくるんだ肉を抱えて、クーパーはキャンプの方に引き返した。彼女のことなど理解できるはずもない。情にほだされている場合じゃないんだ。昨日は涙を大目に見てやった。一度は思いきり泣いて胸の中にあるものを吐き出したほうがいい、彼女はそれに値するだけ頑張ったと思ったからだ。でもあれでおしまいだ。夜、彼女を腕に包んで寝たのはたがいに暖を取る必要があったからだ。だが、これからは距離を置くことにしよう。小屋ができれば、あんなふうにくっついて寝なくていい。勝手に反応するおれの一部を彼女のクッションにされるなんて夜はもうたくさんだ。やめろ。クーパーはじぶんに言い聞かせた。手に触れていた彼女のやわらかさなど忘れてしまうんだ。乳房の形や、ヘアの色も忘れろ。

うめき声をあげ、まともなことを考えようとやっきになりながら、枝をかき分けて進んだ。小屋ができれば、もうくっついていることはないんだ。じぶんの目と手をしっかりコントロール――。

空気をつんざくような悲鳴に、クーパーははたと足を止めた。見えない壁に突き当たったとしても、こうはいきなり止まれなかっただろう。ラスティの悲鳴が再び静寂を破った。よく手入れされた歯車がなめらかに噛《か》んで動きだすように、クーパーは反射的に、ジャングルで戦う兵士の動きを繰り出していた。腰のナイフを抜き、歯をむいて、音をたてずに悲鳴の方へ走った。

「誰……誰なの？」ラスティの手はじぶんの喉をつかんでいた。脈が激しく打っている。男のひげ面に、にやりと笑いが広がった。彼は頭をうしろに振り向けて言った。「おーい、とうちゃん。彼女、おれが誰だか知りたいんだってよ」

ふくみ笑いをしながらもう一人、最初の男を老けさせたようなのが、木立の中から出てきた。二人は口を開けてラスティに見とれた。小さい、黒い、額の奥に押し込められたような目だった。

「こっちこそ、ききてえもんだ」老けているほうが言った。「あんたは誰なんだい、ねえちゃん？」

「わたしは……あの……墜落した飛行機の生き残りなの」

男たちは当惑したように彼女を見返した。

「飛行機が落ちたのを知らなかった？」

「知らねえよ」

ラスティは震える手で指さした。「向こうの方よ。二日前に。六人死んだわ。わたしは脚にけがをして」松葉杖を示す。

「ほかにも女がいるのか？」

ラスティが答える前に、年上の男のうしろからクーパーが飛び出した。長く伸びたあごひげがかかる喉に鋭く光るナイフの刃を当て、腕をねじあげて肩甲骨のあいだに留めつけた。男の猟銃が足元に落ちた。

「彼女から離れろ。さもないとこいつの命はないぞ」クーパーは肝をつぶしている連れに言った。

若いほうの男は、地面を突き破って地獄から魔王が現れたかのようにクーパーを見つめていた。ラスティですら、クーパーの目に浮かぶ威嚇に身がすくんだほどだ。やがて安堵《あんど》すると同時に体がわなないた。

「彼女から離れろと言っているんだ」

クーパーの声はナイフに負けないほど残忍な響きを帯びていた。抑揚も感情も、かけらもない。若いほうははじかれたように二歩あとずさった。

「銃を下に落とせ」

相手もしょせん人間だと気づいたのだろう。若い男は面白くなさそうに顔をゆがめた。

「とうちゃん、なんでおれが――」

「言われたとおりにしろ、ルーベン」

彼はしぶしぶ猟銃をほうり出した。クーパーは二挺《ちょう》の銃を遠くへけり、ゆっくりと羽交いじめにしている腕を緩めた。男の脇を回り、二人と向き合ってラスティのそばに立った。

「ラスティ？」

ラスティは飛びあがりそうになった。

「だいじょうぶか？」

「ええ」

「何かされたか？」

「びっくりして怖かっただけ。この人たちには脅かすつもりはなかったんでしょうけど」

クーパーは油断のない目を片時も男たちから離さなかった。「何者だ？」

ラスティのおどおどした質問とはちがい、彼の怒鳴り声は威力満点だった。年かさの男がすぐに答えた。「クイン・ゴーリロウ。それに息子のルーベンだ。おれたちはここに住んでる」

クーパーはまばたき一つしない。

「深い谷の向こうに」男は続けて言って、その方向にあごをしゃくった。

クーパーが昨日、見つけた谷だ。その谷底の流れから水をくんできたのだ。ラスティを長く一人にしておきたくなかったので、きょうも谷の向こうは調べに行かなかった。行かなくてよかった。こいつらはまったく無害かもしれない。その反対もありうる。慎重さのおかげで、これまで一度ならず命拾いしているのだ。敵ではないことがはっきりするまで、敵と見なしておいたほうがいい。いまのところは無害だとしても、若いほうの男の目つきが気に食わない。天女でも見るように、ラスティを見つめている。

「どうして谷のこっちへ来た?」

「たき火の煙が見えた。昨夜《ゆうべ》と今朝。で、調べに来たのさ。おれたちの森に、ほかの人間が来ることはめったにないからな」

「乗っていた飛行機が落ちたんだ」

「そう言ってたな。その嬢ちゃんが」

ねえちゃんから嬢ちゃんに昇格。ラスティは胸中でクーパーに感謝した。さっきから若い男の目つきに不安を感じていたので、クーパーのそばに寄り、腕のうしろに隠れた。

「最寄りの町までどのくらいあるの？」

「百六、七十キロってところだ」

ラスティの希望はしぼんだ。がっくりした顔を見て、男は言った。

「だが、川までならそんなには遠くない」

「マッケンジー川のこと？」

「そうだ。川が凍っちまう前に着けば、舟をつかまえてイエローナイフへ行ける」

「川までの距離は？」

男は円錐《えんすい》形のスキー帽をかぶった頭をかいた。「二十キロか二十五キロか。そんなとこだよな、ルーベン？」

ルーベンはラスティを見ているみだらな目つきはそのまま、頭だけこくりとうなずかせた。クーパーは警戒の色を強くにじませた目でルーベンをにらんだ。

「その川まで案内してもらえるか？」

「いいよ」年かさのゴーリロウが言った。「明日な。きょうはあんたらの腹をくちくしよう。ゆっくりするといいさ。一緒におれたちの小屋に来るか？」

ラスティは期待を込めた目でちらっとクーパーを見上げた。彼は無表情を張りつけたまま油断なく男たちを観察している。ようやく彼は言った。

「助かる。出発する前に、ラスティはしっかり食べて休む必要がある。あんたらが先に行ってくれ」

クーパーはじぶんのライフルで小屋の方を示した。男たちはかがんで銃を拾いあげた。ラスティは彼の筋肉が警戒してこわばるのを感じた。だが、父と子はそれぞれ銃を肩に下げ、指された方へ歩きだした。

クーパーはラスティに目をやり、口の端で小さく言った。「くっついていろ。渡したナイフはどこだ?」

「向こうに置いて――」

「必ずいつも持っていろ」

「どうかしたの?」

「べつに」

「あまりうれしそうじゃないわね。わたしは喜んでいるわ。あの人たちのおかげでここから脱出できるんですもの」

「ああ」

クーパーの返事はそっけない一言だけだった。

ゴーリロウ父子《おやこ》はクーパーの工夫の数々に感心した様子だった。彼らは毛皮や、クーパーとラスティが墜落機から運んできた装備をまとめるのに手を貸した。この辺境にあっては、無駄にするものは一つもない。ルーベンはたき火に石をけり入れ、火が完全に消えたのを確かめた。

一行はクインを先頭に、そのうしろにルーベンがくっついて出発した。クーパーはラスティとゴーリロウ父子の両方に目を配れるようにしんがりを務めた。ラスティは松葉杖をつきながらで歩みは遅かったが、よく頑張っていた。

男たちは悪人ではなさそうだ。だが、クーパーは苛酷な経験から学んでいた。どんな人間も信じるなと。子供たちがにこにこしながら手渡した手榴弾《しゅりゅうだん》で兵士が木っ端みじんになるのを何度も目にした。

小川に着いて一休みした。ラスティの肺はいまにもつぶれそうだった。心臓がふだんの二倍の速度で打っていた。松葉杖の上部には当たりを和らげるパッドがわりに布が巻いてあったが、それでも脇がこすれ、ひりひり痛かった。

「だいじょうぶか?」クーパーは魔法瓶のキャップを取って手渡した。

「ええ」ラスティは無理に微笑した。

「脚は痛むか?」

「いいえ。でも重くて、一トンもあるみたい」

「もう、そう遠くないはずだ。着いたら一日寝ているといい」

ゴーリロウ父子は近くに立って、ラスティの息が整い、出発できるようになるのを辛抱強く待っていた。

「一番楽なところを渡ろう」父親のほうがクーパーに言った。

彼らは流れに沿って数百メートル歩いた。こんな場合でなければ、ラスティは風景に心を奪われたにちがいない。水は水晶のように澄んでいる。威勢よい音をたてている流れ。岩は大量の水に長いあいだ磨かれ、鏡のようになめらかだ。頭上にあるのは巨木の枝が織り成す天蓋《てんがい》。常緑樹の緑はあまりに深くて青くさえ見え、落葉樹の葉は鮮やかな黄から深紅まで、ありとあらゆる色合いに輝いている。迫りくる冬に木々はすでにたくさんの葉を散らし、足元には落ち葉のカーペットが敷きつめられていた。

ゴーリロウ父子がようやく立ち止まった。ラスティは息が切れて、胸が焼けつきそうだった。松葉杖を地面に横たえ、助かったと思いながら流れのそばの岩に腰を下ろした。その地点で流れは浅くなっていた。谷の向こう岸にはヒマラヤのように斜面がそそり立っている。

「ここで渡る」クインが言った。「おれが先導するよ。ルーベンが女を運び、あんたは荷物だ」

「ルーベンが荷物、おれが女だ」クーパーがぴしりと言った。

クインは肩をすくめ、息子にクーパーの荷物を持つように言った。ルーベンはそうしたが、不機嫌そうな顔でクーパーを見た。クーパーは彼をにらみ返した。ルーベンがどう思おうが関係ない。あの汚い手をちょっとでもラスティに近づけてなるものか。

　ゴーリロウ父子が声の届かないところへ行くと、クーパーは身をかがめてささやいた。

「ナイフを使うのをためらうな」

　ラスティはぎょっとして彼を見た。

「あのよきサマリア人たちが何か仕掛けてきた場合はだ」松葉杖をラスティの膝の上に載せ、彼女を抱えあげた。

　ゴーリロウ父子はすでに谷を上りはじめていた。クーパーはあとに続いた。片目を男たちに、もう一方の目を足元の悪い急勾配《きゅうこうばい》の斜面に向けながら。もし転べばラスティも巻き添えだ。彼女は平気を装っているが、脚はかなり痛むはずだ。

「クーパー、わたしたち本当に明日、ここを脱出できると思う？」

「かなりのチャンスはありそうだ。川にたどり着いて、運よくボートをつかまえられれば」

　彼は荒い息をしていた。額に玉の汗を浮かべ、歯を食いしばっている。

「ひげを剃《そ》る必要があるわね」

　何げなく口からこぼれたのだが、その一言で、彼の顔を念入りにながめていたことを知られてしまった。彼が目だけをちらっと下に向けた。ラスティはきまりが悪くなり、目をそらしてつぶやいた。

「ごめんなさい。わたし、ずいぶん重くて」

「君は重くない。風袋が重いのさ」

つまり、クーパーはわたしの衣類の分量がどれだけで、肉と骨の分量がどのくらいか知っているということだ。彼は服を着ていないわたしを見たんだもの。何を話しても気詰まりになりそうだから、黙っているのが無難。ラスティはそう決めた。

それに、もう谷の上に着いていた。クインは噛みたばこをくちゃくちゃと噛んでいる。ルーベンは脱いだスキー帽で顔をあおいでいた。脂まみれの黒い髪がぺったり頭皮に張りついている。

クーパーはラスティを地面に下ろした。クインが無言で彼に噛みたばこを差し出す。クーパーが首を横に振って断ったので、ラスティはほっとした。

「あんたらが一息入れるまで待とう」クインが言った。

クーパーはラスティを見た。疲労のにじんだ青い顔をしている。脚が痛むんだろう。湿った風が吹きだし、気温がぐっと下がってきた。急がずに彼女に楽をさせてやりたかったが、万事を考慮すると、できるだけ早く屋根の下に連れていき、食べさせ、横にならせたほうがいい。

「待たなくていい。行こう」クーパーはそっけなく言った。

ラスティを立たせて脇に松葉杖をあてがった。彼女が痛そうに顔をしかめるのに気づいたが、クーパーは心を鬼にして、男たちに出発の合図をした。

少なくとも小屋までの道は平坦《へいたん》だった。だが、たどり着くころにはラスティは精根尽き果て、ぼろ人形のように、たわんだポーチに座り込んだ。

「女を中に入れよう」クインがドアを押し開けた。

ぐらぐらしたドアは革の蝶番《ちょうつがい》で枠に留めつけられていた。小屋の内部は、獣の巣穴のようで気味悪かった。ラスティは隙間《すきま》からのぞいてぞっとした。一目見ただけで、野宿のほうがましかもしれないと思った。

クーパーは無表情のままラスティを抱きあげ、薄暗い屋内に運んだ。小さな窓があったが、煤《すす》やほこりで真っ黒に汚れ、外の光はほとんど入ってこない。たき火が煙を上げながらぼんやりあたりを照らしていたが、いっそ暗闇《くらやみ》で何も見えないほうがよかったかもしれない。

小屋は不潔きわまりなかった。しけたウールと油の腐ったような悪臭と、風呂に入らない男たちの体臭で鼻が曲がりそうだ。唯一の取り柄は暖かいことだった。

クーパーは炉辺のそばの、クッションのない背もたれのまっすぐな椅子にラスティを下ろした。アルミのバケツを逆さにして、けがをしている足を載せた。鉄の火かき棒で火をつつき、炎が立つと、炉の上の木箱にあった薪《まき》を足した。

ゴーリロウ父子が足音も荒々しく入ってきた。ルーベンがドアを閉めると、室内はいっそう暗くなった。火が燃えて暖かいにもかかわらず、ラスティは身震いしてコートの中で身を縮めた。

「腹が減ってるだろう」クインは片隅の料理用ストーブのところへ行き、ことこと煮えている鍋《なべ》の蓋《ふた》を持ちあげて中をのぞいた。「シチューが煮えてる。食うかい？」

ラスティは断りそうになったが、クーパーが彼女の分も答えた。「ああ、ごちそうになろう。コーヒーはあるかな？」

「あるとも。ルーベン、コーヒーを沸かせ」

入ってきて、クーパーたちの持ち物を戸口のそばに置いてからずっと、ルーベンはラスティから目を離さずにいる。

クーパーはルーベンのふぬけた視線をたどって、ラスティに目をやった。暖炉の火が彼女の髪を背後からきらめかせている。よくないな、と思った。やつれて青ざめた顔に瞳はひときわ大きく見え、かよわい女の風情たっぷりだ。人里離れた森に父親と二人きりで暮らしているらしいあの若者は、美人であろうとなかろうと、女を見ればよだれを垂らしそうだ。ましてラスティなら、夢の女が実物になって現れたようなものにちがいない。

ルーベンは缶を取りあげてじかに手を突っ込み、コーヒーの粉を一つかみして琺瑯《ほうろう》のポットにほうり込んだ。流しのポンプで水を満たし、ストーブにかける。

じきに得体の知れないシチューを盛った皿が渡された。なんの肉か知らないほうが喉を通りやすいと思い、ラスティはきかないでおいた。噛んで、急いでのみ込む。何はともあれ、熱くて、空腹を癒《いや》してくれる。コーヒーは濃すぎ、苦くて思わず顔をしかめたが、それでもほとんど飲み干した。

食べているあいだ、クーパーとラスティは格好の見世物になっていた。年かさの男の視線は息子のより控えめだったが、観察眼は勝っているようだ。深くくぼんだ目が一挙一動を見守っていた。

ずっと黙っていた父親がきいた。「あんたら、夫婦かい？」

「ああ」クーパーはすらすらと嘘《うそ》をついた。「五年になる」

ラスティは口に入れたものを喉に詰まらせそうになり、ゴーリロウ父子に気づかれはしなかったかとひやりとした。クーパーが返事をしてくれてよかった。どぎまぎして、とても答えられなかっただろう。

「がきはいないのかい？」

クーパーが返事に詰まったので、ラスティが答えるしかなかった。「いないわ」

この答えをわたしの〝夫〟は気に入ったかしら。なぜあんな嘘をついたのか、あとで彼に尋ねよう。彼の警戒心はいささか異常に思えるが、どちらを信用するかといえば、むろんゴーリロウ父子よりクーパーだ。

クーパーは食べ終え、皿とカップを脇に置いた。小屋の中をぐるりとながめた。

「最近、飛行機の音を聞かなかったか？」

「聞かなかったな。ルーベン、おまえは？」

クインはラスティに見とれている息子の膝をこづいた。息子はしぶしぶ彼女から目を引きはがした。「飛行機？」間の抜けた顔できいた。

「われわれの飛行機は二日前に落ちた。当局はそのことをすでに知っているはずだ。捜索機が飛んだんじゃないかと思って」

「飛行機の音は聞かなかった」ルーベンはぶっきらぼうに言い、再びラスティを見つめた。

「こんな辺鄙《へんぴ》なところによく住んでいられるわね」こんな寂しい場所を好きこのむなんて、ただもう驚きだ。都会の便利で快適な設備なしに暮らすなんて、ラスティには想像することもできなかった。ときどき町に出ていける程度の田舎暮らしですら我慢できそうにない。でも、わけあって社会との接触を避けているとしたら――。

「おれたちは年に二度、川まで歩いて通る舟をつかまえ、イエローナイフに行く」クインが言った。「四月に一度、十月に一度な。二、三日向こうにいて、毛皮を売って、必要なものを買う。また舟をつかまえて帰ってくる。外の世界と付き合うのはそれだけでたくさんだ」

「でも、どうして？」ラスティはきいた。

「町や、町の人間にはうんざりだな。昔、エドモントンに住んでいて、貨物の積みおろしの仕事をしていた。ある日親方が、おれに盗みの疑いをかけやがった」

「盗んだのか？」

ラスティはクーパーがぶしつけなのにびっくりした。が、そうきかれても、クインは気を悪くした様子はなかった。ねばねばしたたばこの汁を、ぺっと炉に向かって吐き出しただけだった。

「裁判所に行って無罪を証明するより、消え失《う》せるほうが簡単だった」クインは返事をはぐらかした。「ルーベンの母親は死んじまってたしな。こいつとおれは、さっさとおさらばしたよ。有り金と着るものだけ担いでな」

「どれくらい前の話だ？」

「十年。しばらくあっちこっち流れ歩いて、そのうちここに来た。気に入ったんで落ち着いた」クインは肩をすくめた。「おれたちは町に戻りたいと思ったことは一度もない」

クインはそう言って話を締めくくった。ラスティは食べ終えた。しかしゴーリロウ父子は、まだ飽かずに二人をながめるつもりらしい。

居心地の悪い沈黙がしばらく続いた。やがてクーパーが言った。「妻の脚の傷を調べたいんだが、かまわんかな？」

妻という言葉は、クーパーの口からすらすらと出てきたようだった。けれど、ラスティの耳には嘘っぽく響いた。二人はわたしたちが夫婦だなんて信じるかしら。

クインは食器を流しに持っていき、ポンプの水をかけた。「ルーベン、おまえの仕事をしろ」

息子は口答えしたそうだったが、父親はきつくにらみつけた。息子はのろのろとドアのところへ行き、コートを着、帽子をかぶって外へ出た。

ラスティはそばにしゃがんだクーパーの方へ身を寄せた。「どう思う?」

「何をだ?」

「あの人たちのこと」

クーパーはラスティのスラックスの裾《すそ》をつまみ、ナイフですっぱり膝のところまで切り裂いた。ラスティは腹が立った。

「どうして? もうスラックスの替えはないのよ。つぎつぎに切り裂かれたら、着るものが何もなくなるわ」

彼は頭を上げた。その目は冷ややかだった。「脱いで、あるかないかわからないちっぽけな下着をルーベンに見せたいのか?」

ラスティは口を開いたものの、言い返す言葉が見つからず、クーパーが包帯を解いて縫った傷を調べているあいだ黙っていた。歩いたことで悪い影響は出なかったようだ。だが、また痛みだした。包帯を巻かれながら顔をしかめたので、嘘をついても仕方なかった。

「痛むのか?」

「ええ、少し」

「きょうはもう、じっとしていることだな。ここに座っていてもいいし、寝床を作るから横になっていてもいい」

「寝床？　あのベッドはどうかしら？」

ラスティは、壁際に二つあるベッドの方へ目をやった。

「どっちかをわたしに提供してくれると思うけど」

クーパーは笑った。「ルーベンは大喜びで一緒に寝てくれるだろうさ。だが、しらみをうつされたいならべつだが、やめておいたほうがいいんじゃないか」

ラスティは急いで脚を引っ込めた。クーパーって本当にいやなやつ。仕方なく一緒にいるけれど、こんな人と親しくはなりたくない。金輪際ごめんだわ。

5

なかなか寝る時間にならなかった。夕方の早いうちに、ゴーリロウ父子《おやこ》も一緒にもう一度食事をした。マッケンジー川への徒歩の旅をどうするか、食べ終わったあとも話し合いが長々と続いた。

「道はないんだ。地面が悪いからめいっぱい一日歩くことになるだろうな」クインが言う。「夜が明けしだい出発しよう」

クーパーはラスティから目を離さないようにしていた。午後中、鋭い目で見守っていた。いま、彼女は背もたれのまっすぐな椅子にかけ、彼はかたわらの床に座って、所有権を誇示するように片方の腕を彼女の腿の上に投げ出している。

「荷物は少なくする。ぜんぶは持っていかない。必要最低限のものだけだ」

「女はどうする?」クインがきいた。

ラスティは腿に置かれているクーパーの腕の筋肉がこわばるのを感じた。「どうするとは?」

て出た。


「一緒だと遅くなる」

「とうちゃん、おれが彼女とここに残ってもいいよ」ルーベンがいそいそとその役を買って出た。

「いや」クーパーは切って捨てるように言った。「彼女も行く。ゆっくり歩くことになってもかまわない」

「おれたちはどっちでもいい」クインは彼ならではのやり方で肩をすくめた。「あんたが友達や家族に、早く連絡をつけたがっているんじゃないかと思っただけさ。みんな心配しているだろうから」

ラスティはクーパーの頭に目をやった。「クーパー」彼が見上げる。「ここに一人で残ってもかまわないわ。松葉杖《づえ》のわたしがいなければずっと速く進めるはずだし、そのほうが理にかなっているでしょう？　電話があるところに着いたら、すぐ父にかけて。父が誰かを迎えによこすわ。そうすれば、明日の夜にはすべて解決よ」

クーパーは彼女の焦がれるような表情をじっと見た。一緒に行くんだと言えば、どんなにつらくても、彼女は歯を食いしばってついてくるだろう。だが、脚のけががなかったとしても、森の木々をかき分けながら二十五キロ近く踏破するのは難しいだろう。彼女が悪いわけではないが、こっちの足は限りなく引っ張られる。一晩、野宿するはめになるかもしれない。

だとしても、クーパーはラスティを置いていくのは気が進まなかった。いくら度胸があっても、それは身を守る足しにはならない。この環境の中では、彼女は蝶《ちょう》のように無力だ。おれは感傷的になっているわけじゃない。彼はじぶんに言い聞かせた。彼女は恐ろしくつらい目に遭いながら、ここまでよく頑張った。生還の可能性が夢ではなくなったいま、彼女の身に何か起きたら気分が悪い。それだけのことだ。

クーパーは彼女の膝頭をしっかりと握った。おれは君を守る。「朝まで待って、君の具合を見てから決めよう」

それからの数時間はのろのろと過ぎた。どうしてゴーリロウ父子は気がおかしくならずにいられるのだろう。ラスティにはわからなかった。何もすることがない。本もなければ、テレビやラジオもない。見るものといったら相手だけ。たがいを見るのに飽きると、みんなは、ちっとも明るくないわりに黒く臭い煙を出して雑音ばかり大きい石油ランプを見つめた。

こんな辺鄙《へんぴ》なところの住人なら、外の世界の出来事をむさぼるようにきくのがふつうだろうに、ゴーリロウ父子は外界には一かけらの興味もないらしい。

体が汚れていて気持が悪い。ラスティは思いきって、ボウルに水をもらえないかと言ってみた。ルーベンはボウルを渡そうとしてじぶんの足につまずき、ラスティの膝に少し水がかかった。

ラスティはセーターの袖《そで》を肘のところまで押しあげ、クーパーが装備の一つに認めてくれた石鹸《せっけん》で顔と手を洗った。手のひらに水をすくって気持よく心ゆくまで洗いたかったが、三対の男の目がじっと見ていた。クーパーが濡《ぬ》れた手にTシャツを押しつける。しぶしぶ受け取って顔を拭《ふ》いた。

ヘアブラシを取りあげて髪に当てようとしたが、髪は恐ろしく汚れているうえに、くしゃくしゃにもつれていた。ほぐそうとしていると、クーパーが乱暴にブラシを取りあげた。

「それで充分だ」

ラスティは食ってかかろうとしたが、石のように冷ややかな彼の表情を見て口をつぐんだ。一日中、彼のふるまいはおかしかった。いつにも増して。いったい何をそんなにぴりぴりしているのかききただしたかったが、ここで言い争うのはまずいと思ってやめた。けれど、怒っていることをわからせるためにラスティは彼の手からブラシをひったくり、貴重品となった化粧ポーチにしまった。この世界のどこかに、お湯やクリームリンスや香水、バブルバスやハンドローションがいまも存在することを思い出させてくれる唯一のよすがだ。

ようやく寝ることになった。ラスティはこの二晩と同じように、クーパーと一緒に寝た。横になり、傷のある脚を上にして火の方に顔を向けた。寝床は持ってきた毛皮を敷いてしつらえた。ベッドを使うようにクインが勧めたが、クーパーは如才なく断った。

今夜、彼は丸くなって体を寄せてはこなかった。仰向けになり、全身を緊張させている。いっときも気を緩めない構えだ。

「ぴりぴりするのはやめて」三十分ほどしてからラスティは声をひそめて言った。「どうしたっていうの？」

「黙って寝ろ」

「あなたこそ寝たら？」

「眠れない」

「なぜ？」

「ここを脱出できた暁には教えてやる」

「いま教えて」

「それはできない。じぶんで考えろ」

「わたしたちが夫婦だと言ったのもそれに関係あるの？」

「大いに関係ある」

ラスティは少し考えた。

「たしかにあの人たちはちょっと薄気味悪いわね。わたしたちからずっと目を離さなかったし。でも、物珍しかったからじゃないかしら。それに、もう二人ともぐっすり寝てるわ」大いびきのコーラスがしているのだから、ゴーリロウ父子を警戒することはないだろうに。

「そうだな」クーパーはそっけなく言った。「君も寝たほうがいいぞ。おやすみ」

ラスティは腹を立てながら横向きになった。そのうちに深い眠りに落ちた。だがそれもつかのま、クーパーにつつかれた。目を閉じてほんの数分しかたっていないような気がした。不満そうにうめいたが、きょうはこの試練の最後の日になるはずだと思い出し、起きあがった。

小屋の中はまだ真っ暗だったが、クーパーとゴーリロウ父子の黒い影が動いているのが見えた。クインはストーブにコーヒーをかけ、シチューの鍋《なべ》をかきまわしている。始終何かしら加えているから、あの鍋が空になることはないにちがいない。悪い菌を持って帰ることにならなければいいけれど。

クーパーがそばに来てしゃがんだ。「どんな気分だ？」

「寒いわ」

ラスティは両手をすり合わせ、腕をこすった。抱き合って眠らなかったが、寝ているあいだはクーパーの体温でぬくもっていた。彼はいままで使ったことのあるどんな電気毛布より性能がいい。

「健康状態をきいているんだ。脚は？」

「こわばっているけれど、昨日ほど痛くないわ」

「本当か?」

「ええ」

「試しに少し歩いてみよう」

彼は手を貸してラスティを立たせた。コートを着て松葉杖をつくと、二人は外に出た。用を足しに。小屋の中にはトイレがなかった。

ラスティが屋外便所から出てきたときには夜が明け、空は淡い灰色に変わっていた。明るくなって彼女の憔悴《しょうすい》がいっそうはっきりした。小屋からトイレへ行くだけでも大仕事なのだ。荒い息が頭のまわりに蒸気の雲を作っていた。

クーパーは小さく悪態をついた。

「どうしたの?」心配そうに彼女がきく。

「ラスティ、君にはとうてい無理だ」彼は両手を腰に当て、腹立たしげに白い息を吐いた。「君をどうしたものかな?」

やさしさも同情も感じさせない口調だった。邪魔者だとはっきり言っているも同然だ。

「そう。このうえあなたに迷惑をかけるのは忍びないわ、ミスター・ランドリー。わたしを熊《くま》の罠《わな》の餌《えさ》にでもしたら? そうすれば川まで軽くジョギングで行けるわよ」

クーパーは歩み寄り、ラスティの顔前に顔を突き出した。

「いいか、底抜けの楽天家の君には考えもおよばないだろうが、川に着けば楽勝ってわけじゃない。もっと危ないことが山とあるんだ」

「あら、そうかしら」ラスティは言い返した。「あなたに羽が生えていて、まっしぐらに川へ飛んでいってもらったとしても、それでももどかしいくらい。早くこんなところから脱出して、あなたともさよならして、じぶんの家に帰りたいわ」

クーパーの唇が薄く引き結ばれて、口ひげの下に隠れた。「わかった」

彼はくるりと背を向け、大股で小屋の方に歩きだした。

「君を引きずっていなければずっと早く川に着ける。君はここに残れ」

「ええ、いいわよ」ラスティは彼の背中に向かって言った。

クーパーに負けじとあごをこわばらせ、休み休み小屋への傾斜を上った。ラスティが戸口に着いたとき男たちは議論の最中で、クーパーが急いだからか腹立ち紛れだったからか、戸は少し開いていた。ラスティは体を横にし、肘で隙間《すきま》をこじ開けて中に入った。

「それが道理だろう、ゴーリロウ」クーパーが言っている。「ルーベンはあんたより二十は若い。おれは急いでいる。だから彼が一緒に行く。あんたはおれの……妻と残る。彼女を一人置いては行けないからな」

「でも、とうちゃん――」ルーベンが不平の声をあげた。

「彼の言うとおりだ、ルーベン。おまえのほうがずっと速く歩ける。うまくいきゃ、午後が半分過ぎたころには川に着けるだろうよ」

ルーベンはまったく気に入らない様子だった。彼はラスティに物欲しげな目を向け、ぶつぶつ言いながら、のっそり外へ出ていった。クーパーも面白くなさそうな顔をしていた。彼はラスティをかたわらに引き寄せて照明銃を渡し、ぶっきらぼうに使い方を説明した。

「扱えそうか？」

「ばかにしないで」

クーパーはけんかをふっかけそうな顔をしたものの、気を変えた。「飛行機の音が聞こえたら、大至急外に出て、まっすぐ空に向かって撃て」

「いままでどおりあなたが持っていたら？」

クーパーは墜落機から持ってきた照明銃をいつも手元に置いていた。「歩いている人間より小屋の屋根のほうが見つけやすい。これも持っていろ」

彼はラスティのスラックスのウエストバンドを引っ張り、隙間に皮はぎ用の鞘《さや》入りナイフを滑り込ませた。あっというまの出来事だった。なめらかな革が肌に当たって冷たかった。ラスティは息をのんだ。それを見てクーパーは冷笑を浮かべた。

「その分なら、これがここに入っていることがしっかり頭に染みついただろう」

「なぜ、染みつけておかなくちゃならないの？」

クーパーはラスティの目をじっと見た。「わけを知らないですむなら、それに越したことはない」

ラスティはクーパーを見つめ返した。この瞬間になって、本当の気持に気づいた。置いていかれるのはいや。怖い。いくら強がってみても、松葉杖にすがって原生林を長距離歩く気力はなかったから、クーパーが一人で行くほうを選んだことにほっとしてもいた。けれど、いま、彼が本当に行ってしまうのだと思うと、置いていかないでとすがりついて哀願したくなる。

むろん、そうはしなかった。軽蔑《けいべつ》されるだけだ。彼はわたしを過度に甘やかされた都会の娘だと思っている。たしかにそうだわ。なぜって、わたしときたら彼が戻ってくるまでの一日かそこらが心細くて、こんなにおびえているのだもの。

クーパーは引きはがすように目をそらし、腹立たしげに悪態をついて背中を向けた。

「クーパー！」

彼が振り向いた。「なんだ？」

「気……気をつけてね」

心臓が一つ打つか打たないかのうちにクーパーの胸に強く引き寄せられ、唇が押しつけられた。魂まで焦がすようなキスだった。ラスティはふい打ちによろけて胸に倒れ込んだ。彼は両腕を腰に回して抱きあげる。爪先が浮いて、彼のブーツの上でぶらぶらした。ラスティはコートにしがみついた。

唇がちぎれそうだった。強引で荒々しい唇。けれど、彼の舌はやわらかくて、熱くて、湿っていた。それはラスティの口を満たし、まさぐり、くすぐった。丸三日間のあいだに積もった欲望が鉄の意志を負かしたのだ。だが、自制心の留め金ははじけても、彼はじぶんを失ってはいなかった。ひたむきだが、ロマンスのかけらもないキス。露骨な、肉欲むき出しの、相手の気持などどうでもいいというキスだった。

ラスティは片腕を彼の肩に回し、頭をのけぞらせ、いっそう濃密なキスを誘った。ひげでざらざらしたあごが肌にこすれたが気にならない。口ひげはびっくりするほどやわらかだった。絹のようだわ。むずむずとくすぐったい。

あまりにもあっけなく、彼はキスを終わらせた。いきなり頭を起こしたので、ラスティの濡れた唇は、まだ物足りなそうに開かれていた。

「できるだけ急いで戻る。じゃ、ハニー」

ハニー？　ハニーですって？

彼は抱擁を解き、戸口へ向かった。そのときラスティは気がついた。クイン・ゴーリロウがテーブルの前に座り、くちゃくちゃたばこを噛《か》みながら、ひそかに獲物を狙《ねら》っているアメリカライオンのように執拗《しつよう》な目でこっちを見ていた。

心が沈み込んだ。クーパーはあの男の面前を繕うためにキスをしたのだ。彼の気持とは関係なく。わたしの気持とはもっと関係なく。

ドアをくぐって出ていく広い背中に、ラスティは恨みを込めた視線を投げた。ドアがばたんと閉まった。行ってくれてせいせいだわ！　よくも——。

　そのとき、クインの目がまだ注がれているのに気づき、よき妻らしく、心もとない微笑を作った。

「無事に行き着けるかしら？」

「ルーベンはじぶんの仕事を心得てる。あいつにまかせておけばだいじょうぶさ」彼は炉の前に敷いたままの毛皮の寝床を指さした。「まだ早い。もう一眠りしちゃどうだね」

「いいえ、あの」ラスティは咳払《せきばら》いした。「すっかり目が冴《さ》えてしまったし、しばらくここに座っているわ」

「コーヒーはいるかい？」彼はストーブの方へ行った。

「いただこうかしら」

　飲みたくなかったが、間が持つし、時間つぶしになるだろう。ラスティは松葉杖と照明銃を炉床の上のすぐ手が届くところに置き、椅子に腰を落とした。ナイフの鞘が下腹部をこすった。クーパーが抱きすくめたとき、ぐさりと刺さらなかったのは——。

　思い出すと胸がざわざわした。あのとき腹部に感じたのはナイフの固さだけではなかった。あんなふうにわたしを屈服させて、クーパーはさぞ大喜びしたことだろう。

　むらむらと怒りがわき、ラスティはナイフをウエストバンドから引き出して炉床に置いた。湯気の立つコーヒーのカップをクインから受け取り、待つ覚悟を決めた。きょうは人生で一番長い日になりそうだ。

まだ二キロと進まないうちに、ルーベンがしゃべりはじめた。クーパーは十キロでも二十キロでも、一言もしゃべらずにいられる。だが、しゃべっていれば時間がたつのが早い。それにラスティのことから気をそらせるだろう。

「あんたらにはどうして子供がいないんだ?」ルーベンがきく。

クーパーの勘はフル稼働していた。全神経が警戒態勢を取っていた。首のうしろがずっとちくちくしているのは気をつけろという信号だ。そういうときは必ず何かがおかしい。ラスティの悲鳴を聞き、そばにいるゴーリロウ父子を見たときから、彼らを怪しいと見ていた。あらぬ誤解かもしれない。二人は正直者なのかもしれない。だが油断は禁物だ。おれたち二人が無事に保護されるまでは、おやじにも息子にも気を許さない。信頼できることがはっきりしたら、一生恩に着る。それまでは——。

「なあ、どうしてなんだ?」ルーベンが詮索《せんさく》する。「どうして——」

「聞こえている」クーパーはルーベンのあとについて歩いていた。あまり離れないように、接近しすぎないようにしていた。「ラスティは仕事を持っている。二人とも忙しいんだ。もう少しすれば子供のことを考えられるだろう」

この話は終わりにしたかった。子供や家族の話題はいつも避けていた。いまはどんな話もしたくない。一分一秒でも早く川に着くことに、全エネルギーを注ぎたかった。

「おれが彼女と五年結婚してたら、五人のがきができてたぜ」ルーベンが得意げに言う。

「だが、君はしてない」

「もしかして、ちゃんとやってねえんじゃねえのか？」

「何を？」

ルーベンは肩越しににやりとウィンクした。「わかってるだろう。セックスだよ」

おぞましい虫が体をのたくっているようだった。言葉自体はどうということはない。クーパーはずっと卑猥《ひわい》なやりとりを毎日のように聞いていた。ラスティのことを言われたのが我慢ならなかった。事故に遭った日の晩、じぶんが彼女に汚い言葉を浴びせたのは忘れていた。きょうが終わる前に、ルーベンの顔を叩《たた》きつぶすはめにならなければいいが。このうえくどくどラスティを汚すようなことを言ったらこいつ――。

「彼女がおれの女なら――」

「彼女はおまえの女じゃない」クーパーは生皮の鞭《むち》を鳴らすようにぴしゃりと言った。

「ところがさ、なるんだ」

ルーベンはそう言うといきなり振り向き、おかしな人のように笑いながら、クーパーの胸にライフルの狙いを定めた。クーパーは小屋を出たときから、こういう危険が待ち受けていることを頭のどこかで察知し、油断なく構えていた。一瞬遅れてじぶんの銃を上げたが、先に撃ったのはルーベンだった。

「いまのは何?」ラスティは驚いて背を伸ばした。椅子にかけたまま、いつのまにかうつらうつらしていたのだ。

クインはさっきと同じ場所に――テーブルのところに座っていた。「ああん?」

「何か音がしたでしょう」

「おれにゃあ何も聞こえなかったぜ」

「たしかに聞こえたわ。あれは――」

「炉の薪《まき》が崩れた。その音さ」

「そう」それだけのことだったの。ラスティは気が抜けて、また背中を丸くした。「うとうとしてしまったみたい。二人が出かけてからどのくらいになるのかしら?」

「まだそうたっちゃいない」

クインは腰を上げてラスティのそばに来ると、しゃがんで炉に何本か薪を投げ込んだ。ぬくもりが肌に染みとおり、ラスティのまぶたがまたゆっくりと閉じはじめた。粗末なむさくるしい小屋だが、ともかくも屋根があり、寒い西風から守ってくれる。それはありがたかった。二、三日外で過ごしたあとには――。

クインの手に触れられるのを感じ、ラスティはぱっと目を開けた。彼はすぐ前にしゃがみ込み、片手で彼女のふくらはぎを握っていた。

「昨夜《ゆうべ》みたいに脚を上げておいたほうが楽じゃねえかと思ったんだ」

声は聖者のようにやさしげだったが、眼窩《がんか》の奥にはめ込まれた小さい目はいやらしく光っていた。ラスティは恐怖にとらわれた。しかし、常識が警告した。おびえを表に出してはいけない。

「いいえ、いいの」か細い声で言った。「そのへんをちょっと歩いてくるわ。歩く練習に」

ラスティは松葉杖に手を伸ばしたが、クインが先につかんだ。「おれが手を貸してやる」

いきなり腕をつかまれ、ぐいと椅子から引き離された。ふいをつかれ、はずみでよろけてクインの胸にぶつかった。ラスティはとっさに身を引いたが、クインの手が背中に回って抱き込もうとする。

「やめて！」

「おれは手を貸そうとしているだけじゃねえか」

クインはやにさがって言う。じりじり怖がらせて喜んでいるのだ。

「だったら手を離して、ミスター・ゴーリロウ。じぶんで立ってるわ」

「助けがなきゃ無理だ。おれがあんたの亭主のかわりになろうってんだ。世話を頼むと言ってた。そうだろうが？」

クインの手がヒップを撫《な》でる。ラスティは背筋が凍った。

「やめて。触らないで」もがいて必死で離れようとするあいだも、クインの手があちこちを撫でまわす。「その手をどけなさい！」

「おれの手のどこが悪いんだ？」クインの顔が下品にゆがんだ。「きたねえから触るなっていうのか？」

「いえ……その……クーパーがこんなことを知ったら――」

「クーパーは何もしねえだろうよ」クインはにやりと不吉な笑いを浮かべた。「これからは触ろうがどうしようが、おれの好きにできるのさ」

クインがぐいとラスティを引き寄せた。彼がどういうつもりなのか、こんどは疑う余地もなかった。ラスティは必死で逃れようとした。手でクインの肩をつき、背中を反らし、迫ってくるいやらしい口から身をかわした。

松葉杖は床に転がっていた。やむを得ず傷ついた脚を踏ん張ると、縫った傷口に激痛が走った。ラスティは悲鳴をあげた。

「わめけよ。いくらわめいたってかまやしねえ」

臭く熱い息が顔にかかる。ラスティは顔をそむけた。クインはあごをつかんでじぶんの方へ向けようとする。おぞましい口が目の前に迫ったとき、外でどかどかと足音がした。

「助けて」ラスティは叫んだ。

「ルーベンか？　ちょうどいいところに帰ってきたな」

クインは戸口に顔を向けた。だが、飛び込んできたのは息子ではなかった。汗みどろのクーパーの顔は憎悪にゆがんでいた。髪には小枝や枯れ葉が絡みつき、頬と両手には引っかき傷で血がにじみ、服にも血が飛んでいた。だが、ラスティにはこの世の誰よりもすてきで立派に見えた。

クーパーは仁王立ちで吠《ほ》えた。「不潔な獣め、彼女から離れろ」

突き放され、ラスティは床に転げた。振り向きざまに、クインはズボンのうしろに手をやった。一瞬何が起こったのかわからなかった。がつっと固い音がした。見るとクインの胸の真ん中にナイフの柄《つか》が刺さっていた。刃は完全に埋まっていた。

クイン・ゴーリロウの顔には驚きの表情が浮かんでいた。胸を探った手でナイフの柄をつかみながら膝からくずおれた。そのままうつぶせに床に倒れ、動かなくなった。

ラスティは手足を縮めて体を丸めた。両手で口を覆い、うつろな目を見開いて、動かない男を見ていた。息さえできなかった。

クーパーは椅子やテーブルをなぎ倒して部屋を横切り、彼女のそばにかがみ込んだ。

「だいじょうぶか?」肩に手を置くと、彼女はおびえるように身を縮めた。

クーパーの体は凍りついた。目の表情がスレートのように硬くなった。

「礼はいらない」

ラスティは少しずつ手を下ろし、詰めていた息を吐いてクーパーを見た。恐怖のために唇まで白くなっていた。「彼を殺したのね」口は動いたが、声は出なかった。

「やらなければ、こっちがやられた。見ろ！」クーパーは死んだ男の背中を指さした。ズボンのうしろに小型の拳銃《けんじゅう》が差してある。「まだわからないのか？」彼は怒鳴った。「やつらはおれを亡き者にして、君を奪う魂胆だったんだ。おやじと息子と二人で、君を共有するつもりだったんだ」

ラスティは身を震わせた。「嘘《うそ》よ！」

「嘘じゃない」

彼はラスティに腹を立てながら立ちあがり、死んだ男を引っ繰り返した。ラスティは顔をそむけて、ぎゅっと目をつぶった。死体を戸口の方に引きずっていく音がした。ポーチの階段に、クインのブーツがごつんごつんとぶつかるのが聞こえた。

どのくらいのあいだ身を縮めて床に転がっていたのだろう。わからなかったが、クーパーが戻ってきたときラスティはまだそうやってじっとしていた。彼が上からのぞき込んだ。

「何かされたのか？」

ラスティはしょんぼり頭を振った。

「返事をしろ！　あいつが何かしたのか？」

ラスティは顔を上げてクーパーをにらんだ。

「いいえ！」

「君はレイプされるところだったんだぞ。わかっているのか？　それとも君の目は節穴で、何も見えないのか？」

節穴かどうか知らないが、ラスティの目には涙がわいた。いまになってどっと恐怖が襲ってきた。「あなたがここにいるのはどうして？　なぜ戻ってきたの？　ルーベンはどこ？　彼が戻ったとき、なんて説明するつもり？」

「何も。ルーベンは戻ってこない」

ラスティはわなわな震える唇を噛みしめ、目をつぶった。涙が頬にこぼれた。「彼も殺したの？　そうなのね？　そこについているのは血なのね」

「ああ。くそっ！」クーパーはラスティに向かって顔を突き出した。「おれは撃った。正当防衛だ。おれたちを引き離すために森に連れていったんだ。適当なところへ来ると、あいつはおれに銃を向けた。おれを殺して、君をじぶんの〝女〟にする計画だったのさ」

ラスティは信じられず、頭を振った。クーパーは見る見る腹を立てた。

「驚いたようなふりはよせ。やつらをその気にさせたのは君だ。知っていてやったんだろう」

「わたしが？　どういうこと？　わたしが何をしたっていうの？」

「髪にブラシをかけただろうが！」

「髪にブラシを――」

「女がいるだけで、あいつらは目がくらんでいたんだぞ。そのうえあんな仕草を見せつけてみろ！」

「怒鳴らないで！」ラスティはすすりあげた。「わたしは何もしてないわよ」

「してない？　おれは人を二人、殺すはめになったんだぞ！」クーパーは叫んだ。「やつらを埋めに行っているあいだにそのことをよく考えろ」

彼は足音荒く出ていった。炉の火が燃え尽きて小屋の中はしんしんと冷えてきた。だが、ラスティはそんなことはどうでもよかった。


クーパーが戻ってきたとき、ラスティはまだ床に丸まってむせび泣いていた。疲れ果てていた。地面に寝たからか、松葉杖をついて歩かなければならないからか、クイン・ゴーリロウにがむしゃらに抱きつかれたせいか、体中どこもかしこも痛かった。

ちゃんとした食べ物がほしかった。コップ一杯の牛乳とマセラッティを喜んで交換するだろう。服もあちこち破れていた。木の枝に引っかけたり、ともに遭難したごろつきみたいなこの男に切り裂かれて。あんなに大事にしていた毛皮のコートは担架がわりにされてしまったし。

それに、たくさんの人の死を見た。

飛行機が落ちて六人。もう二人は、いまわたしのそばにしゃがんだ男が殺した。その男が節くれ立った手をあごの下に入れ、乱暴に顔を上に向けさせた。

「起きて顔を拭け」彼は命令した。「赤ん坊みたいに一日泣いているわけにはいかないんだ」

「ほうっておいて！」ラスティは首をひねってクーパーの手から逃れた。

彼は激怒していた。怒りに唇を引きつらせながらこう言った。「ルーベンやおやじと楽しくやるつもりだったんなら、一言そう言ってくれるべきだったな。お楽しみを台無しにして悪かったよ」

「あなたって最低よ」

「言ってくれさえすれば、おれは喜んでこのパラダイスに君を残したさ。せいせいして、一人でさっさと川を目指した。そうだ、このことを言っておかなくちゃな。ルーベンはぞろぞろがきを作る気だったぞ。当然、君はじぶんが産んだのがルーベンの子かおやじの子かわからないってことになったわけだ」

「うるさいわね！」ラスティは引っぱたこうと手を上げた。

クーパーはその手を宙でとらえた。二人は目に火花を散らしてにらみ合った。やがて彼はつかんでいる手をゆっくりと放した。悪態をつきながら立ちあがり、かたわらの椅子を怒りにまかせて向こうの壁までけとばした。

「やるかやられるかだった」クーパーは怒りに震える声で言った。「ルーベンが先に撃った。おれは運よく、間一髪やつの銃身をそらした。仕方なかったんだ」

「殺さなくてもよかったんじゃない？」

「じゃあ、どうすればよかった？」

とっさには思い浮かばない。よく考えればほかにやり方があったことがわかるはずだ。でも、いまは彼の言うことを認めるしかない。ラスティは目を伏せた。「なぜ、そのまま行かなかったの？」

クーパーは険しい目でラスティを見据えた。「ああ、そうすりゃよかったよ」

「ほんと」ラスティは苦々しく言った。「あなたとさよならする日が待ち遠しいわ」

「言っておくがこっちだってそうだ。だが、当分はたがいに我慢するしかない。いま真っ先にやる課題は、ここの掃除だ。もう一晩だってこんな臭いごみためで寝るのはごめんだからな」

ラスティは驚き、口をあんぐり開けた。むさくるしい小屋をながめまわした。「ここを掃除するですって？　そう言ったの？」

「ああ。さっそくかかったほうがいい。日が短いんだ」

彼はけとばした椅子を起こし、昨夜ルーベンが寝ていた汚らしい寝床の方へ歩いていく。

ラスティは笑いだした。ヒステリックな笑いが込みあげてくる。

「冗談でしょう？」

「おれはしごく真面目《まじめ》だ」

「今夜もここで過ごすつもり？」

「今夜も、そのつぎもそのつぎも、救出されるまでずっとだ」

ラスティは松葉杖の片方にすがり、自力で立ちあがった。クーパーは二つのベッドから寝具をはがし、床の真ん中に積みあげている。

「川のことはどうなったの？」

「あんな話は嘘かもしれない」

「マッケンジー川は実在するわよ、クーパー」

「だが、どっちの方角だ？」

「あの人たちが言っていた方へどんどん行けば見つかるんじゃない」

「行くことは行けるが、完全に迷ってしまう危険もある。けがをして動けなくなるかもしれない。一緒に行くとなると、初雪が降る前に着くのは難しいだろうな。そうなれば二人とも凍死だ。君をここに残していったとして、おれの身に何かがあれば、君は冬が終わる前に餓死するだろう。だいいち、ルーベンが案内した方角が正しいかどうかもわからないじゃないか。この小屋から三百六十度、どの方角にも可能性はあるわけだ。そのぜんぶを試すのは一年がかりでも無理だ」

彼はラスティの方を向き、腰に両手を当てて向き合った。

「ほかの案がいいとは思えない。だが、ここをきれいにして住めれば、われわれは生き延びられる。ビバリーヒルズ・ホテルとはいかないが、雨風はしのげるし、新鮮な水には困らない」

嘲《あざけ》りの口調にかちんときたラスティは反発を顔に出した。一から十まで言って聞かせなければ何もわからないばかな女、そう言っているわけね。いいですとも、挑戦を受けて立つわ。今朝のわたしは意気地がなかった。でも、もう決して弱音は吐かない。彼女はセーターの袖を押しあげた。「わたしは何をしたらいい？」

「ストーブから始めろ」

クーパーはそう言うなり、不潔な寝具を一まとめに抱えて外へ出ていった。

ラスティは黒い鉄製の料理用ストーブに猛然と取り組み、てっぺんから底まで徹底的に磨いた。石鹸より、根気を使った。石鹸のほうが貴重だったから。力がいったし、片方松葉杖をつきながらなのでいっそう重労働だった。ストーブがすむと流しを磨き、つぎに窓、それから家具をぜんぶきれいに拭きあげた。

クーパーは外にあった大釜《おおがま》で寝具を煮沸して干した。気温が下がれば乾くより凍りつくことになるだろうが。中に入ると炉を洗った。薪の山の下は虫の墓場になっていた。炉床は掃除をした形跡がまるでなかったから、虫たちが寿命をまっとうしたのはまちがいない。ドアと窓をぜんぶ開け放ってこもっていた空気を入れ替えた。ポーチを支柱で補強し、悪天候に備えて薪を小屋の南側に積みあげた。

ラスティはじぶんでは床を掃けなかったが、クーパーが掃き出したあと、四つん這《ば》いになって雑巾《ぞうきん》でこすった。きれいに形を整えていた爪がつぎからつぎに折れた。ついこのあいだまでは少し欠けただけでも震えあがっていたのに、肩をすくめただけでこすり続け、労働の成果に満足した。

クーパーは夕食用に、頭を落としてさばいた鳥を二羽持ってきた。鳥の種類はわからなかった。ラスティはゴーリロウ父子が貯蔵していた食料を調べ、缶詰めがたくさんあったのでうれしくなった。父子が十月の旅でイエローナイフに行ったのは本当らしい。そして、しっかり冬支度を整えてきた。ラスティは料理が得意ではなかったが、鳥の肉にベジタブルの缶詰め二個分と塩を加えて煮るくらいなら、たいして料理の腕はいらなかった。シチューができるころには、そのいい匂《にお》いで口の中に唾《つば》がわいた。暗くなる前にクーパーは寝具を取り入れた。

「しらみはだいじょうぶ？」料理用ストーブにつきっきりのラスティが振り返ってきいた。

「と思う。かなり煮たからな。まだ乾いていないが、外に出しておくと凍っちまう。食事のあとで調べて、乾いていなければ火の前に干すことにしよう」

彼は流しで手を洗った。前に比べると流しは格段にきれいだった。

二人はテーブルに着いた。それも清潔に磨いてある。かつてはソックスで、いまはナプキンの顔をしている布を膝に広げながら、クーパーはにやっとした。だが、ラスティの工夫の才については何も言わなかった。真ん中に置いた紅葉をいけた鉢に気づいているだろうに、それについても一言も言わない。彼はシチューをおかわりしたが、その感想も述べなかった。

ラスティはがっかりした。一言ぐらい、よくやったと言ってくれてもいいのに。子犬だってときどき頭を撫でて、褒めてやる必要があるのよ。

つんとしてブリキの食器を流しに運んだ。ポンプの水をかけて洗っていると、クーパーが背後に来た。

「きょうはよく働いたな」

やわらかい、低い声が頭の上でした。彼はすぐうしろに立っていた。男の大きな体にたじろぎ、ラスティは震えそうになった。「あなたも」

「褒美にとっておきの楽しみがあってもいいと思うが、どうだ?」

胃が風船のように軽くなって体の中で上下した。今朝のキスの記憶がよみがえった。あんなキスがもう一度ほしいという、焼けつくほどの思いが体中を駆けめぐる。ラスティはゆっくり振り返り、彼を見上げた。そして、かたずをのんできいた。

「どんなことを考えているの、クーパー?」

「風呂だ」

6

「お……お風呂？」

〝オズの魔法使いさん？〟そう尋ねたときのドロシーでも、これほどの畏怖《いふ》と憧《あこが》れを言葉に込めはしなかったはずだ。

「湯と石鹸《せっけん》、本物の風呂だ」クーパーは戸口に行ってドアを開け、大きな洗濯だらいを転がしながら戻ってきた。「裏で見つけた。きれいに洗っておいたよ」

父からのプレゼントを開いて、薄紙に包まれたレッドフォックスのロングコートを目にしたときも、これほど感激はしなかった。ラスティはあごの下で両手を握りしめた。「ああ、クーパー、ありがとう」

「そうおおげさに騒ぐな。風呂に入らないと、われわれもゴーリロウたちのように臭くなる。だが毎日じゃないぞ」

木で鼻をくくるように言われてもラスティは機嫌を損ねなかった。クーパーは人に感謝されるのが嫌いなのだ。ありがとうの一言も受けつけない。そう、そこが彼の問題点だ。

彼はさまざまな気遣いを示してくれた。だから感謝している。感謝以上だ。それは当然ではないだろうか。彼がわざと下衆《げす》な人間を演じているとしても、わたしが心から恩義を感じているのはわかるはずだ。

ラスティはありったけの鍋《なべ》とやかんにポンプで水を入れた。クーパーが料理用ストーブに運んで、早く沸くように火に薪《まき》を足した。つぎに大きなたらいを引きずって、炉の正面に据えた。ブリキは氷のように冷たかったが、しばらくすると火で温まった。

ラスティは彼が支度を整えるのを期待を込めてながめていたが、心配にもなった。「あの、わたしはどうやって……」

無言で、表情も変えずに、クーパーは煮沸して風に当てた木綿のシーツの一枚をばさりと広げた。小屋の梁《はり》はむき出しだった。ゴーリロウ父子《おやこ》が肉を吊《つ》るすのに使っていたのだろう、黒くすすけた木に鉤《かぎ》がいくつか取りつけてあった。

クーパーは椅子に上り、鉤の一つにシーツの端を引っかけた。椅子の位置を何度かずらしながら、ほどなくたらいの前にカーテンのようにシーツを垂らした。

「ありがとう」シーツのカーテンができたのはありがたかったが、うしろに炉があるので透けてしまう。たらいのシルエットが見えるということは、中に入っている人間も見えるということだ。

クーパーもそれに気づいたらしく、目をそらし、腹立たしそうに両手をズボンにこすりつけた。「もうすぐ湯が沸くんじゃないかな」

ラスティは貴重な化粧品――香水入り化粧石鹸、旅行用の小さいボトルのシャンプー、それに剃刀《かみそり》を、たらいのそばの椅子の上にそろえた。

午後のあいだに、わずかに残った衣類をクーパーとじぶんのとに分け、きちんとたたんでべつべつの棚に整理しておいた。中から防寒用の下着とタンクトップを取り、椅子の背にかけた。

用意ができると、ラスティはぎこちなく立って待った。クーパーが、沸騰している重たい鍋を注意深く持って部屋を横切り、たらいに熱湯を注いだ。湯気がもうもうと立ったが、熱いくらいのほうがいい。四日分の汚れと疲労をさっぱり流すのだ。それに家にいるときには、毎日数分熱い湯につかるのが習慣だった。

「何で体を拭《ふ》いたらいいかしら？」

クーパーはさっき取り込んだ洗濯物の山の中から、ごわごわの黒ずんだタオルを投げてよこした。「小屋の外の釘《くぎ》に二枚吊るしてあった。煮沸消毒ずみだ。ゴーリロウは柔軟剤なんてものは知らなかったんだろうな。だが、ないよりましだ」

タオルというより紙やすりのようだったが、ラスティは黙って受け取った。

「これでよし」クーパーは最後のやかんの湯をたらいにあけると言った。「注意して入れよ。火傷《やけど》をしないように」

「ええ」

二人はたらいを挟んで向かい合った。立ちのぼる湯気を通して目を合わせた。湯気に当たってラスティの髪は波打ちはじめ、頬はしっとりとしたばら色になった。

クーパーはいきなり背を向け、手荒くカーテンを払いのけて立ち去った。カーテンは揺れて元に戻った。でこぼこの床を踏み鳴らすブーツの音がした。彼は外に出ていき、ドアが音をたてて閉まった。

ラスティはあきらめのため息をついた。彼はひねくれ者なのだ。それだけのこと。気にしないで四日ぶりの入浴を堪能《たんのう》しよう。彼がいくら不機嫌になっても、この楽しみを台無しにしたくない。

片足立ちで服を脱ぐのは厄介だったが、なんとかなった。たらいに体を沈めるのはもっと苦労した。けがをしているほうの脚を体に引きつけ、腕で体重を支えてゆっくりしゃがんだ。

天国だ。こんなに気持がいいとは期待以上だ。クーパーが注意したように湯は熱かった。けれど、その熱さが心地よかった。お尻に当たるたらいの底の波形が最初少し気になったが、熱い湯に全身つかれるうれしさに、すぐにそんなことは忘れた。

たらいの縁に頭を預け、できるだけ体を沈めて目を閉じた。身も心も溶けるようにくつろいだせいで、クーパーが外から戻ってきた音がしても、べつに狼狽《ろうばい》しなかった。ドアから入ってきた冷たい空気にちょっと眉をひそめただけだった。

しばらくして湯のしたたる腕を伸ばし、椅子の上の石鹸を取った。気前よく泡立てたかったが、やめにした。この一個をできるだけ長くもたせなくてはならないのだから無駄はよそう。必要なだけ使って全身を洗った。

片足ずつ縁に載せ、クーパーが縫合したところに剃刀が触れないように注意しながら、脚の毛を剃《そ》った。醜い傷が残ってしまったのを悲しく思ったが、すぐにつまらない虚栄心を恥じた。生きているだけでも幸運なのに。ビバリーヒルズに戻ったら、真っ先に形成外科で、このぶざまな傷をなんとかしてもらおう。クーパーは悪気があって汚く縫ったのではないけれど。

耳障りな大きな音がしたので、ラスティはどきりとした。「クーパー、何をしているの?」

「ベッドの支度さ」力んだ声が返ってきた。「フレームが頑丈な樫《かし》で、一トンありそうだ」

「ベッドで寝るのが待ち遠しいわ」

「期待するな。地面とたいして変わらない。マットレスなしで麻が敷いてあるだけだからな。マットレスにはしらみがいるだろうから、これで我慢するしかない」

剃刀を置いてシャンプーのボトルを取り、頭を湯に沈めて髪を濡《ぬ》らしてから、手のひらに一滴絞った。シャンプーは石鹸よりもっと節約しなければならない。少量で頭皮を隅々までごしごし容赦なくこすり、豊かな髪全体に間に合わせた。頭を沈めてゆすいだあと、できるだけ水を絞った。

ラスティは再びたらいの縁に頭をもたせかけ、乾かすために髪をうしろに広げた。しずくが落ちて床が濡れるだろうが、水ならべつに汚くはない。

湯のぬくもり、石鹸とシャンプーの花の香り、心地よい清潔感にうっとりと目を閉じた。湯が冷めてきた。そろそろ上がらなくては。クーパーはたぶんもう寝ているだろう。今朝は暗いうちに起きたのだから、疲れきっているはずだ。いまが何時なのかわからない。墜落で二人の時計は壊れてしまった。日の出と日没で見当をつけるしかなかった。冬が迫って日脚は短いが、きょうは長い一日だった。身も心もくたくただ。

両腕をたらいの縁にかけ、体を持ちあげようとしてラスティは困り果てた。腕がふやけたヌードルと化したように頼りない。湯に長くつかっていたせいで筋肉が弛緩《しかん》してしまったのだ。何度もやってみたが、だめだった。まるで力が入らない。ほかの方法も試したが、けがをしている脚に体重をかけられないので、やはりだめだった。

寒くなってきたため、それ以上ぐずぐずしてもいられず、恥を忍んでクーパーを呼んだ。

「なんだ？」

うるさそうな返事だったが、頼むしかない。「出られないの」

ずいぶんたってから、彼が言った。「えっ？」

ラスティはぎゅっと目をつぶり、ばかにされるのを覚悟してもう一度言った。「たらいから出られないの」

「入ったときの要領で出たらどうだ」

「お湯につかったせいで腕に力が入らなくなって、立ちあがれないの」

火のような悪態。シーツのカーテンが燃えあがらないのが不思議なくらいだ。クーパーの足音が近づいたので、ラスティは両腕で胸を覆った。カーテンが横に払われ、冷たい空気が濡れた肌を撫《な》でた。彼の視線を感じながら、ラスティはまっすぐ炉の方に顔を向けていた。

クーパーは無言でそこに立っていた。息が詰まって胸が張り裂けそうになったとき、ようやく彼は言った。

「脇《わき》のところを支えるから左足で立ちあがれ。そして、おれが抱えているあいだに、その足を外に出すんだ。いいな?」

クーパーの声は低く、彼がくれたタオルと同じくらいざらついていた。紙やすりのようだ。

「ええ」ラスティは少し腕を浮かせた。心の準備はしていたものの、濡れた肌に彼の手が触れた瞬間ぞくっとした。いやだったのではなく、その反対だった。

力強い手がしっかりと脇のあたりを支えた。彼はたらいをまたぐように脚を広げ、ラスティの体を持ちあげた。ラスティは鋭く息をのんだ。

「どうした？」

「あの……脇が」ラスティは小さな声で言った。「松葉杖《づえ》ですれて痛いの」

クーパーはまた悪態をついた。耳をふさぎたくなるほど下品な言葉だった。

彼の手が濡れた肌を滑り、肋骨《ろっこつ》の下に添えられた。「じゃあ、こうしてみよう。いいか？」

ラスティは言われたように、傷ついた脚はぶらりと垂らしたまま、クーパーに支えられて左足で湯の中に立った。

「いいか？」

ラスティはうなずいた。

「いくぞ」

ラスティはまた黙ってうなずいた。

クーパーはラスティを両手で抱えあげた。彼女は左足をたらいの外に出し、床に下ろした。

「あっ！」

「こんどはなんだ？」

手を離されたとたん、ラスティが声をあげて小さくのめった。クーパーはとっさに乳房の下に腕を回した。

「床が冷たくて」

「そんなことで脅かすな」

「ごめんなさい。びっくりしたの」

まったくそのとおり。それぞれが胸の中でつぶやいた。

ラスティは椅子の背につかまり、急いでタオルを取って前を覆った。そうしたからといってうしろは丸見えだが、彼が紳士らしくふるまってくれるほうにかけた。

「だいじょうぶか?」

「ええ」

彼の手は胸の下から脇へ移動したが、完全には離れなかった。

「離していいな?」

「ええ」ラスティはかすれた声で言った。「だいじょうぶ」

彼が手を引っ込めたので、ラスティはほっと息を漏らした――が、安堵《あんど》するには早すぎた。

「これはどうしたんだ?」

ラスティはあえいだ。クーパーの手がヒップに当てられ、親指が濡れたお尻の片方をゆっくりと伝う。もう一方の側も同様に検分された。

「いったい何をされたんだ？　やつには痛めつけられなかったと言ったんじゃなかったか？」

「なんのこと？」胸苦しさを感じながら首をめぐらし、クーパーを見た。眉間《みけん》に深いしわが寄り、ひげの下の口はへの字になっていた。

「あちこち黒やら青やらになってる」

ラスティは肩越しにうしろを見下ろした。クーパーの日に焼けた手とじぶんの青白い肌のコントラストがとても官能的だった。彼がまた親指を動かしたので、あざが見えた。

「ああ、それ。あの間に合わせの橇《そり》に乗ったときにできたのよ」

クーパーが目を上げた。そのまなざしは熱く、射るようだった。彼の手はまだラスティの肌に触れている。彼の声は、肌に触れている手と同じようにやさしかった。「言ってくれればよかったんだ」

ラスティはそうつぶやいた彼の口ひげの動きに見とれた。そのせいで、返事がささやきになった。「言ったところで、どうなるものでもなかったでしょう」

ラスティの髪がいく筋かクーパーのひげだらけのあごに引っかかり、フィラメントのように二人をつないでいた。けれど、そんな懸橋は不要だった。視線と視線が絡み合っているのは明白だった。長いあいだそうしていた二人は、炉の薪がはぜる音に、悪いことでもしたかのようにたじろいだ。

クーパーはまたしかめっ面に戻り、うなるように言った。「そんなことはない。なんとかできたはずだ」

そう言うなり、彼はシーツのカーテンを翻して向こうに行った。ラスティは激しく震えていた。寒さのせいだわ。彼がなかなか行かないから湯冷めしたんだわ。そうじぶんに言い聞かせ、タオルで手早く体を拭いた。タオルがあまりに固いので肌がすりむけて痛んだ。デリケートな部分、とくに乳首が痛い。乳首は異様に赤らみ、とがっていた。うずいていた。熱く脈打っていた。

「タオルのせいよ」シルクの下着をはきながら、ラスティはつぶやいた。

「こんどはなんだ?」カーテンの向こうでけんか腰の声がした。

「えっ?」

「何か言うのが聞こえたぞ」

「このタオルは、たわしのかわりになりそうって言ったのよ」

「いまはそれしかないんだ」

「不平を言ったんじゃないわ」

「珍しいこった」

ラスティは向こうに聞こえないように用心深く声をひそめ、クーパーの人格を下品な言葉でけなした。

腹を立てながら、タンクトップを頭からかぶって乱暴に引きおろした。乳首が黒っぽく透けて見える。固いタオルのあとだからか、乳首に触れるシルクのやわらかさが変にくすぐったい。

ラスティは洗面道具をポーチにしまって椅子に腰を下ろした。身をかがめて髪をぜんぶ前に垂らし、タオルでごしごし拭いてはブラシを当て、拭いてはブラシを当てた。五分ほどそうしてから、勢いよく頭を起こして、まだ湿り気の残る赤い波打つ髪を肩に流した。おしゃれなスタイルではないけれど清潔。前よりはずっとましだ。

ヘアブラシをポーチにしまおうとして、爪がひどい状態なのに気づいた。どれも折れたり割れたり。ラスティは思わずうめいた。

たちまちカーテンがめくれ、クーパーが立っていた。

「どうした？　脚か？　傷が――」

ラスティが痛みを訴えたのではないのがわかって、クーパーは言葉をとぎれさせた。いや、そうではなく、黄金色の炉の火を背に、波打つ赤い髪をオーラのように輝かせて座っている彼女の姿に声をのんだのかもしれない。タンクトップを着ているのが、裸よりも誘惑的だった。透けて見える乳首が、磁石のように彼の目を吸い寄せた。ついさっき彼女を抱えたときの、ずっしりした乳房の重みをいまも腕に感じることができた。

血が溶岩流のように熱く彼の体を駆けめぐった。欲情が怒濤《どとう》のように突きあげた。それはごく自然な反応だったが、いまは無用のものだった。その猛々《たけだけ》しさが苦しかった。

苦しさを払うために、彼はやり場のない性欲をべつの形で解き放った。激しい怒りという形で。顔がどす黒く染まった。炉の火明かりの中、ふだんより明るい色に見える太い眉がぎりぎりと吊りあがった。彼女の唇を求めてうずいている舌は、毒舌に変わった。

「くだらん爪のことなんかで、文句を言ってるのか？」彼は怒鳴った。

「ぜんぶ割れたり欠けたりしてしまったのよ」ラスティは言い返した。

「首じゃなくて幸いだったと思え、ばか者」

「そんなふうに呼ぶのはよして。わたしはばかじゃないわ」

「君は、あの山男どもがレイプしたがっているのもわからなかった阿呆《あほう》だ」

ラスティが怒って唇を突き出すと、クーパーはいっそう腹が立った。キスをしたくてたまらなくなったからだ。はけ口のない欲情が、汚い、辛辣《しんらつ》な言葉を吐かせた。

「君はわざとやつらの気を引いたんだ。そうなんだろう？　目や肌の色をきれいに見せようとして火のそばに座った。静電気が起きるまで髪をブラシでといた。そういうことが男心をくすぐるのを知っていた。男がやりたくてたまらなくなるってことをな」じぶんの長広舌が告白も同然なのにふと気づき、クーパーはせせら笑った。「昨夜《ゆうべ》、君が服をかなぐり捨ててルーベンのまぬけ面の前でヌードを見せびらかさなかったのが驚きだ」

涙がラスティの目を刺した。そんなに軽蔑《けいべつ》されているとは思わなかった。彼はわたしを無能なだけではなく、売春婦同然に思っているのだ。

「わざとじゃないわ。そんなひどいことを言うけれど、本当はあなただってわかっているはずよ」ラスティは、身を守るように両腕で胸を抱いた。

クーパーはいきなり膝を落とすと彼女の腕を乱暴にほどき、同時に腰に差している皮はぎナイフを鞘《さや》から抜いた。悲鳴をあげるラスティの左手をつかみ、強く光る刃を当てた。そして爪を、指先のところでまっすぐ手際よく切った。彼が離した手を、ラスティは後悔した様子でながめた。

「ひどい有様」

「ここではおれ以外に見る者はいない。おれはまったく気にしない。もう片方もよこせ」

ラスティはおとなしく従った。仕方なかった。腕相撲を挑んだところで勝てるはずがなかった。それにいまは、胸のふくらみが彼の非難のまなざしにさらされていた。けれど、ぞっとするような爪の手入れをしてくれている途中で彼が目を上げたとき、そこには非難の色はなかった。冷ややかな軽蔑の色もなかった。それどころか、彼は男が女を欲しているときの熱い目をしていた。心から欲しているときの目を。ラスティの胃は屋上にも地下にも行き着かないエレベーターに乗ったように、その中間でせわしなく上昇と下降を繰り返した。

右手にはかなり時間がかかった。左手の爪よりもよほど慎重に切る必要があるかのようだった。彼の顔はラスティの胸の正面にあった。口汚くののしられたばかりだというのに、ラスティは乱れた彼の長めの髪に指を走らせたくなった。

彼の唇はいま固く引き結ばれているが、キスをしたときびっくりするほどやわらかかったのを、しっとりとして熱かったのを、つい思い出してしまった。それに口ひげの感触がなんともすてきだった。あのひげが上唇に触れただけであんなにすてきだったのだから、体のほかのところだったらどんなふうに感じるだろう。喉に触れたら？　耳だったら？　彼の唇が、赤ちゃんがお乳をむさぼるように乳首を吸ったら、口ひげがくすぐったくて――。

クーパーは爪切りを終え、ナイフを鞘に納めた。だが、ラスティの手を放そうとはしなかった。つかんだまましばらく見つめ、それからラスティの腿の上に置き、押しつけるようにじぶんの手を重ねた。ラスティは胸が破裂しそうなほど苦しくなった。

彼は顔を起こさず、腿の上の重ね合わせている手を凝視していた。ラスティの目の位置からだと、彼のまぶたは伏せられているように見えた。三日月形の濃いまつげ。口ひげや眉もそうだが、先の方が金色だった。きっと夏には太陽にさらされて、髪にも自然な濃淡の筋がまじるにちがいない。

「ラスティ」

彼が名前を呼んだ。声はかすかに硬かった。その声のうしろで、きわどい感情が不満のうめきをあげていた。ラスティは身じろぎもしなかったが、心臓があまりに速く激しくとどろくのでシルクが波打ち、タンクトップは体を隠す役をなさなかった。

クーパーは重ねていた手を離し、両手を椅子のシートの両端について、ラスティのヒップを挟み込んだ。拳《こぶし》を押しつけるようにして。そうしながら、なおも腿の上のラスティの手を見つめている。いまにもその手に頬を寄せるのではないかと思われた。あるいは頭を傾けてやさしくキスをするか、あるいは爪を切ってくれたばかりの指を軽く噛《か》むか。

彼がそうしたとしても、ラスティは拒まないだろう。それはたしかだった。想像しただけで体が熱く湿ってくる。何が起こっても平気だった。

だが、つぎに起きたことは予想外だった。

クーパーはいきなり立ちあがると言った。「もうベッドに入ったほうがいいぞ」

百八十度の転回。ラスティはあっけに取られた。いましがたまでのムードは砕け散り、親密さも霧散した。一言文句を言ってやりたかったが、やめた。だいいち、何を言うの？〝クーパー、もう一度キスして〟それとも〝わたしに触って〟？

わたしの評価をますます下げるだけだ。

冷たく拒絶された気がして、ラスティは持ち物をまとめ、汚れた衣類も一抱えにして、たらいのそばを離れてカーテンを回った。二つのベッドにはそれぞれシーツと毛布が広げられ、毛皮が足の方に置かれていた。我が家のベッドはデザイナーブランドのシーツに覆われ、羽毛の詰まった枕《まくら》がいくつも重ねられているが、この粗末なベッドほど心地よさそうに見えたことは一度もない。

ラスティは化粧ポーチを片付け、ベッドに腰を下ろした。そのあいだにクーパーは残り湯をバケツで外へ捨てに行った。何往復かして残り少なくなると、たらいをポーチに引きずり出し、傾けて空にした。また引きずって中に戻り、カーテンの向こうに置いた。流しのポンプで鍋ややかんに水をくんでいる。

「あなたもお風呂に入るの？」

「何か文句があるか？」

「いいえ」

「久しぶりに薪割りをしたんで背中が凝った。それに体が臭くなってるだろう」

「気づかなかったけど」

彼は鋭い目を向けたが、ラスティが正直に言ったのだとわかると、ちらっと微笑した。

「いまはきっと臭《にお》うぞ。じぶんがきれいになったからな」

やかんが沸騰しはじめた。クーパーはストーブから二つ持ちあげ、たらいの方へ歩きだした。

「もんでほしい？」ラスティは何げなく声をかけた。

彼はつまずきそうになり、熱湯が脚にかかって悪態をついた。「なんだって？」

「もんであげましょうか?」

彼はぎょっとしたようにラスティを見た。

「あなたの背中」

「あ、ああ……」クーパーは彼女をながめた。あらわな喉と肩を、赤みがかった褐色の豊かな髪がケープのように覆っている。「いや」彼はそっけなく断った。「もう寝ろと言っただろう。明日もたくさんすることがある」

クーパーは荒々しく湯をたらいにぶちまけた。

彼ときたら礼儀のかけらもないうえに、人の親切さえ受けつけないのね。勝手にするといいわ!

ラスティは腹を立てながら冷たいシーツのあいだに足を入れ、横になった。けれど目はつぶらなかった。クーパーをじっと見ていた。彼はほかの鍋の湯が沸くのを待つあいだじぶんのベッドに腰かけ、ブーツの紐《ひも》をほどいた。脱いだソックスを、ラスティがまとめておいた洗濯物の山の上にほうった。シャツのボタンをはずしはじめる。きょうは一枚しか着ていなかった。外で重労働したからだろう。そのシャツの裾《すそ》をジーンズから引っ張り出し、脱いだ。

ラスティは勢いよく起きあがった。「どうしたの、それ?」

クーパーはシャツを洗濯物の山の上に投げた。なんのことだとはきかなかった。痛み具合からして、ほの暗い中でも見えるくらいのあざになっているのだろう。

「この肩とルーベンのライフルの銃身が接触したってことさ。肩で払うしかなかった。手はじぶんのライフルを構えるのに必要だからな」

ラスティは顔をしかめた。鎖骨の外側の拳大の青黒いあざは見るからに痛そうだった。

「痛む？」

「ああ、すごく」

「アスピリンをのんだ？」

「いや。万一のときのために取っておかないと」

「でも、ひどく痛むなら――」

「けつのあざのために、君ならアスピリンをのむか？」

ラスティは言葉を失ったがそれは一瞬で、すぐに言い返した。「でも、あなたは二錠のむべきだと思うわ」

「無駄にしたくない。君がまた熱を出すかもしれないしな」

「あらそう？　あなたがアスピリンをのまないのは、わたしが熱を出して無駄に服用したからなのね」

「無駄に使ったとは言っていない。おれは――」彼は口ごもり、礼儀のある人同士のあいだでは決して口にすべきではない言葉を吐いた。「もう寝ろ」

クーパーは上半身裸でストーブの方へ行った。鍋の湯はまだ沸騰していなかったが、それでいいことにしたらしい。たらいに運んであけた。ラスティは横になったが、目はカーテンの向こうの影の動きを見つめていた。彼はジーンズを脱ぎ、裸になって、たらいに入っている。想像力は眠っていてもかまわなかった。横向きの姿だったからなおのこと、彼のシルエットはくっきりとあますところなく映し出される。

湯に体を沈めながら、彼が低くののしるのが聞こえた。ラスティにはちょうどよかったが、彼にはたらいが小さすぎるのだ。

寝ろですって。あんなに派手に見せながらよく言えるものだ。湯は音をたてて床にこぼれた。立ちあがって体をすすぐころには、たらいの底にはあまり残っていないだろう。

シルエットを見つめるうちに、ラスティの喉はからからになった。彼は上半身をかがめ、手のひらに湯をすくっては体にかけ、石鹸を流している。たらいから上がると、男らしい大ざっぱさで体を拭いた。髪はタオルで一撫でし、指で梳《す》いている。そのタオルを腰に巻いて入浴は終わった。

また何往復かして湯を外に捨て、最後にたらいをポーチに引きずり出した。すっかり冷えて震えあがっているにちがいない。彼は炉のそばに戻り、丸太を何本か火にくべた。つぎに椅子に上がって梁の鉤からカーテンがわりのシーツをはずす。それをたたんで、壁に据えつけられている棚の上に置き、テーブルのランプを吹き消した。最後に腰のタオルをむしり取り、彼はベッドに滑り込んだ。

クーパーは一度もラスティの方を見なかった。おやすみすら言わないので彼女は傷ついた。とはいえ、返事をしないですんでよかったかもしれない。

ラスティの口は干上がっていたから。

羊を数えても無駄だった。

頭の中で詩を暗唱してもだめだった。空で言えるのはみだらな戯《ざ》れ歌ばかりだから、なおさらいけない。

仕方なく、クーパーは両手を頭の下に敷いて天井をながめながら、いつになったら硬くなった下腹部が毛布を押しあげるのをやめて寝かせてくれるのかと考えていた。疲労困憊《こんぱい》していた。酷使された筋肉が休ませてくれと悲鳴をあげている。だが、欲望は言うことを聞かない。体とは別物のように元気だ。体が欲しているのは消灯らっぱなのに、そこだけは起床らっぱを待つように元気で威勢がいい。よすぎるくらいだ。

やけになり、片手を毛布の下に入れた。もしかして……彼は急いで手を出した。いや、だめだ。押さえつけたりすれば、よけいに始末が悪くなる。

元凶のラスティに腹を立てながら、横向きになった。それだけの動きでも、ありがたくない衝撃が襲ってきた。思わずうめきが漏れ、ごまかすためにあわてて咳《せき》をした。

どうしたらいい？　どうにもならない。考えをほかにやるしかなかった。彼は努力した。何時間も。だが、思考はめぐりめぐって、結局ラスティのところへ戻ってしまった。

彼女の唇――やわらかだ。

彼女の口――無防備だったがいやでもなさそうだった。すぐに飢えたようにおれを受け入れた。

じぶんの舌が彼女の口を満たしたときのことを思い出し、彼は歯を食いしばった。くそっ、彼女はうまい。もっと続けたかった。少しずつ奥へ侵入し、彼女の味はこれだと納得するまで味わいたかった。だがそれは無理だろう。きりがないだろう。彼女の味はじつに独特だから。

キスなんかしなければよかった。ゴーリロウ父子をだますためとはいえ。誰が誰をだましているんだ？　クーパーはじぶんを嘲《あざけ》った。彼女にキスをしたのは、そうしたかったからだ。あんなばかな真似《まね》はすべきでなかった。一度キスをしたら、それだけではすまなくなるだろうと思っていたのに。いま、まさしくそうなっている。

やれやれ！　おれは何を血迷っているんだ？　妙に熱くなって眠れないのは、いまは女は彼女しかいないからだ。ああ、そうとも。

たぶん。ひょっとしたら。おそらく。

とはいえ、彼女はものすごい美人だ。セクシーな赤い髪、むしゃぶりつきたくなるような体。男を喜ばせるために作られたような乳房。小さなかわいいヒップ、脚はたまらなく誘惑的だし、そのあいだには——。

よせ！　理性がさえぎった。そんなことを考えちゃいけない。さもないと、奇跡的にこれまで自制してきたことを、今夜やるはめになる。

もういい。たくさんだ。終わりだ。祭りは終わり。おしまいだ。もう寝ろ。こんなことでうじうじするのはよせ。まるでセックスに取りつかれたがきか、せいぜいよく言っても、こちこちの性差別主義者だ。

クーパーは目を閉じ、そのまままつぶっていようと懸命に精神の集中に努めた。そのため、隣のベッドから泣き声が聞こえてくるのは幻聴だろうと思った。だがラスティが毛布をはねのけ、飛び起きた。それは目の錯覚ではなかったし、ただならぬ様子だったので、彼は狸《たぬき》寝入りを決め込むわけにはいかなかった。

「ラスティ？」

「あれは何？」

小屋の明かりは消えかけている炉の火だけだが、彼女の目が恐怖に見開かれているのがわかった。悪い夢を見たのだろうとクーパーは思った。「寝ろ。怖がることは何もない」

彼女はあえぎ、胸元できつく毛布を握りしめている。「あの音はなんなの？」

おれがたてたのか？　うめきをごまかせなかったんだろうか。「音って――」

きこうとしたとき、むせぶような咆哮《ほうこう》がした。ラスティは両手で耳を覆い、膝に顔を埋《うず》めた。「我慢できないわ！」彼女は叫んだ。

クーパーは夜具をはねのけて彼女のそばに行った。「なんでもない。狼《おおかみ》さ、ラスティ。森林狼だ。声は近いが、あいつらは遠くにいる。それに、おれたちに危害を加えることはない」

そっとラスティの両手を下ろし、横たえた。彼女は顔を恐怖にこわばらせ、おびえた目で小屋の暗い隅々を、夜の魔物がひそんでいはしないかと探るように見回している。

「狼？」

「やつらはあれをかぎつけて――」

「遺体ね」

「ああ」クーパーはしぶしぶ答えた。

ラスティは悲鳴のような声をあげ、両手で顔を覆った。

「しーっ。墓は石でしっかり保護しておいたから暴かれやしない。狼どもはそのうちあきらめて行ってしまうさ。さあ、静かにして、もう寝よう」

クーパーは自身の辛苦に責めさいなまれていたので、森をうろつく獣の吠《ほ》える声にはまるで気づかなかったのだ。が、ラスティが心底おびえているのはわかった。彼の腕をつかんで、あごの下でひしと抱きしめている。子供が、いま見た怖い夢を追い払おうとしてテディベアにすがるように。

「こんなところ大嫌い」彼女はつぶやいた。

「わかってるさ」

「わたし、勇気を出そうと頑張ったわ」

「君は勇敢だ」

彼女は大きく首を振った。「ちがう。わたしは意気地なしよ。父にはそのことがよくわかったの。だから、わたしに予定より早く帰るように言ったのよ」

「動物が殺されるのを見ていられない人間はたくさんいる」

「きょうはくじけて、あなたの前で泣いたわ。わたしは役立たずよ。あなたは最初から知っていたわよね。わたし、こういうことにはぜんぜん向いていない。向く人間になりたいとも思わないわ」ラスティは叩《たた》きつけるように言ったが、口調とは裏腹に、涙が頬にあふれていた。「あなたはわたしを最低だと思っているんでしょう」

「いや」

「いいえ、思っているわ」

「思ってないさ。本当だ」

「だったら、さっきなぜあんなひどいことを言ったの？　わたしがあの人たちの気を引こうとしたなんて」

「腹を立てていたからだ」

「どうして」

それは君がおれの気を引くから、そしておれは気を引かれたくないからだ。クーパーは彼女にはそう言わなかった。かわりにつぶやいた。「忘れろ」

「家に帰りたい。清潔で、暖かくて、なんの心配もないところへ帰りたいわ」

ロサンゼルスの街だってそんなに安全じゃない。クーパーは反論したかったが、いまはからかっている場合ではなかった。たとえ、本気でなくても。

褒めるのは不本意だが、彼女は褒めるに値するだけのことをした。「君はじつによく頑張っている」

彼女は涙に濡れた目でクーパーを見た。「いいえ、わたしはだめよ」

「予想したよりずっとよくやっている」

「本当?」ラスティは一縷《いちる》の望みにすがるようにきいた。

かすれた声、訴えるような女の顔。クーパーには荷が重すぎた。「本当さ。さあ、狼のことは忘れてもう寝ろ」彼は腕を引き抜いて背中を向けた。だが、足を踏み出す前にまた狼が吠えた。彼女が悲鳴をあげてしがみつき、振り返った彼の胸に身を投げかけた。

「臆病《おくびょう》でもなんでもいいわ。わたしを抱いて。お願いだから抱いて」

クーパーは反射的に彼女に腕を回した。この前、泣いているラスティを抱いたときにもこんな気持になったが、いまもまたお手上げだった。どんな理由にしろ彼女を抱くのは愚かもいいところだ。だが、突っぱねるのは血も涙もない行為だ。半ば苦行のように彼女を抱き寄せ、豊かな髪に唇を埋めた。

彼はその髪に向かって本当に思っていることを言った。こんな目に遭っているのはかわいそうだ。早く助け出されることを願っている。無事に家に帰してやりたい。おびえているラスティが哀れだ。この苦境から抜け出すためにできることがあるなら、なんでもする、と。

「あなたはできることはすべてやったわ。でも、もう少しだけわたしを抱いていて」

「いいとも」

クーパーはラスティを抱いていた。腕を彼女に巻きつけていた。だが、手は動かさなかった。背中でも撫でようものなら、歯止めがきかなくなりそうだった。あらゆるところに触れたかった。乳房をつかみたかった。温かくてやわらかな内腿をまさぐりたかった。欲望で体が震えた。

「あなた、すごく寒いのね」ラスティは鳥肌が立っているクーパーの腕に手を滑らせた。

「だいじょうぶだ」

「毛布の下に入りましょう」

「いや、いい」

「ばかね。風邪をひくわよ。どうってことないでしょう?　わたしたち、もう三晩も一緒に寝たんですもの。さあ」ラスティは毛布をめくった。

「その、おれはじぶんのベッドに戻る」

「抱いていてくれると言ったじゃない。お願い。わたしが寝つくまで」

「だが――」

「お願い、クーパー」

　悪態をついたが、クーパーは一緒に夜具の下に入った。ラスティが身を寄せ、安心を求めるように胸毛に顔を埋める。彼女の体がしなやかに絡み、彼は奥歯を噛みしめた。

　安堵して寄り添っていた彼女が、いきなり体を離した。「あっ！」と小さく叫んだ。「忘れていたわ。あなたが――」

「そう、裸だ。だが、いまさら手遅れだ」

7

男の衝動がクーパーを駆り立てていた。体を重ね、彼女の口を唇で覆った。深く、長い、飽くなきキスにふけった。頭を右に左に傾け、熱い貪欲《どんよく》な舌で彼女の口をむさぼった。ラスティを最初に襲ったのはショックだった。彼のすばらしい裸体に度肝を抜かれ、その驚きにまだぼうっとしているうちに、暴風雨のようなキスに見舞われた。

つぎにきたのは内からの火のような切望だった。それは体の芯《しん》から突きあげ、ハートも理性も焼き尽くした。甘美なテクニックを駆使して口を探っているクーパーの存在以外、何もわからなくなった。両腕を彼の首に巻きつけ引き寄せながら、もっと触れ合いたくて背中を弓なりにした。硬くなっている彼の下腹部に体をこすりつけた。

彼は苦痛にさいなまれているようにうめき、ラスティの肩のくぼみに顔を埋《うず》めた。

「いまにも爆発しそうだ」

「どうしてほしいの、クーパー？」

彼はざらついた声で笑った。「わかりきっているだろうが」

「それはわかっているけれど、でも、どうしてほしいの?」

「ありとあらゆるところに触るか、さもなければどこにも触るな」

熱く荒い息がラスティの頬にかかる。

「どっちにしても、いますぐ決めてくれ」

ためらったのは心臓が一つ打つか打たないかのあいだだけで、ラスティは片手を彼の髪の中に深く差し入れ、もう一方の手でカールした胸毛を分けて、うっとりと筋肉をまさぐった。

二人の唇がまた激しく合わさる。彼はラスティの下唇を舌でなめ、つぎにじぶんの唇のあいだにとらえてそっと吸った。その刺激にラスティはうっとりした。クーパーは彼女が小さく漏らしたうめきに鼓舞され、口を下の方へ、喉から胸へと這《は》わせた。彼は許しを請うような男ではなかった。いきなりむんずと乳房をつかみ、押しあげた。

「君がほしくて頭がおかしくなりそうだった」クーパーは荒い息をしながら言った。「気がおかしくなるかと思った」

タンクトップを押しあげるやわらかな乳房に口をつけ、吸い、軽く嚙《か》んだ。ついばむようにキスを浴びせながら、親指の腹をゆっくりと両方の頂に往復させた。乳首が硬くなると愛撫《あいぶ》は加速し、ラスティは我を忘れて声をあげた。

「やめて、クーパー」あえぎながら訴えた。「息が止まりそう」

「おれは君を、息もできないようにしたいんだ」

彼は頭を下げ、固くとがった乳首をタンクトップの上から舌でなぶった。ラスティは足を突っ張り、ベッドから背中を浮かせた。だがそんなに大胆に愛撫に応《こた》えても、彼は満足しなかった。

「おれがほしいと言え」低い、震えるような声で言った。

「あなたがほしい。ほしい。ほしいわ」

奔放な、抑えのきかない飢えがラスティを突き動かした。クーパーの体を押しのけ、自ら侵略者になった。彼の喉、胸、腹の上と唇を走らせながら、焼けつく肌の大地にところかまわずキスの雨を降らせた。毛深い肌に口が触れるたびに、彼の名前をささやいた。キスするごとに熱が増すさまは、あたかも祈りの儀式のようだった。

「あなたってすばらしい。すばらしいわ」彼のおへそにささやいた。頭をもっと下にずらし、黒く密生している毛に頬をすり寄せ、ため息を漏らしながらつぶやいた。「クーパー」

彼女が惜し気もなくさらけ出す情熱に、クーパーは呆然《ぼうぜん》となった。頭だけ起こして彼女を見た。波打つ髪が腹の上に広がっている。彼女の息が体毛をくすぐる。恐ろしく官能的なリズムで詠唱のように繰り返される熱いささやき。彼女の唇は……彼女の唇は、くそっ……草むらを濡《ぬ》らす露のように、おれの肌を濡らしている。

ラスティの頭の動きは猛烈にエロティックで、たとえようもなく美しかった。クーパーは恐ろしくなった。彼女を押しのけ、ベッドから転がり出た。彼はベッドのそばに立って激しく震えながら、うなるように悪態をついた。

放縦《ほうしょう》な、欲望のたぎるままのセックスならいい。だが、これはちがう。彼は思慕だの情だの心だのを絡めたくなかった。そういうのはごめんだ。女とはいろいろ付き合ったが、すべて体だけの関係だった。それにしても、こんなふうに正直に情熱を外に表す女に出会ったのは初めてだ。ラスティは、二人のあいだに肉欲を超えた親密さが存在するかのように愛撫した。

クーパーにはそんなものはいらなかった。恋愛感情なんてなくていい。愛もなくていい。くれると言ってもいらない。

いま、ラスティ・カールスンの生死はおれにかかっている。彼女の命を守る責任は感じるが、感情まで背負い込む気は毛頭ない。セックスならオーケーだ。だが、体の欲求を満足させるだけの行為につまらない意味をくっつけてほしくない。体ならいくら求めてもいい。どんなにみだらになっても、それは大歓迎だ。しかし、そこまで。誰にしろ、おれの感情の領域に踏み込むことは許さない。

ラスティは当惑し、傷つきながらクーパーを見上げた。

「どうしたの？」じぶんのあられもない姿をふいに意識して、あごまでシーツを引きあげた。

「べつに」

クーパーは部屋を横切り、炉に薪《まき》を一本投げ込んだ。火の粉が上がり、つかのま部屋を照らした。その明かりの中でラスティは見た。彼の下腹部はまだ力に満ちていた。

ラスティの目は問いかけていた。幻滅していた。「寝ろ」クーパーは腹立たしげに言った。「狼《おおかみ》は行ってしまった。それにさっきも言ったが、やつらが君に危害を加えることはない。赤ん坊みたいに泣くのはやめろ。二度とおれを困らせるな」

彼はじぶんのベッドに戻って耳まで夜具をかぶった。たちまち汗にまみれた。いまいましい。体はまだ火がついたままだった。

ちくしょう。どうして彼女はあんなふうになったんだ？　あれは本物だった。ふりでも演技でもなかった。彼女の口は拒まなかった。彼女のキスは惜しみなかった。乳房はとてもやわらかく、乳首は硬くなっていた。

思い出して、クーパーは奥歯を噛みしめた。おれはばかじゃないのか？　あれほど無条件にすべてを差し出してくれる女をものにしないなんて、ばかもきわめつけじゃないか？

いや、それがまずいんだ。無条件なんてことはない。本当にそうなら、おれはいまこんなふうにじぶんの汗に浸ってやしない。彼女のやわらかな脚のあいだに身を沈めている。夢でも見ているようなあの顔を見ればわかる。彼女はただ、さかりがついているんじゃない。おれの中にあるはずのないものを深読みしようとしているんだ。

やれやれだ。ラスティのきれいな体にすっぽりおれを埋め、双方が満足いくまで肉体を喜ばせることならできる。だが、心まで投げ出すのは無理だ。彼女はそれを望んでいる。ひょっとして、それに値する女かもしれないが、おれには投げ出そうにも何もない。おれの心は不毛の砂漠だ。感情が干上がっている。

いま彼女が傷ついているとしても、それだけですむほうがいい。女の気持につけ込むより、いま最低の男でいるほうがいい。あとを引く関係はごめんだ。面倒な関係はなおさらだ。ここを脱出した暁には、彼女とおれはもうなんのかかわりもない。

それまで、おれは生きる。世間では、苦しいことが続くと死ぬなんて言うが、そんなのは作り話だ。人間そう簡単に死ぬものじゃない。楽ではないとしても、おれは生きる。

つぎの朝、ラスティの目は泣いたせいで腫《は》れあがり、開かないくらいだった。やっとまぶたをこじ開けると、隣のベッドは空だった。夜具はすでにきちんと平らに整えてあった。よかった。いまのうちに腫れた目に冷たい水をかけて、彼に気づかれないようにしよう。弱さをさらけ出した昨夜のじぶんに猛烈に腹が立っていた。ばかみたいだが、狼の遠吠《とおぼ》えに震えあがった。あの声に、じぶんを取り巻いている脅威のすべてをはっきりと思い知らされ、この状況の危うさが身に迫って感じられた。

どうしたことか、恐怖心から欲望のお化けが出てきた。クーパーはわたしの誘いに応じ、わたしも彼の求めに応じた。引き返せなくなる前に彼が正気を取り戻してくれて本当によかった。

けれど、先に正気に返ったのがわたしだったらよかったのにと思わずにはいられない。クーパーはわたしが〝彼〟を求めたと、勘ちがいしているんじゃないかしら。実際は誰でもよかった。そばに彼しかいなかったというだけ。彼がもしそれ以上のことだと思ったとしたら大まちがいだ。

クーパーを真似《まね》てベッドを整えた。彼のほうがサバイバルの技術が上だなんて言わせるものですか。流しへ行ってポンプで水をくみ、歯を磨いて顔を洗った。昨日と同じスラックスをはき、切り裂きジャックが風通しよくしてくれたわとぼやきながら、フランネルのシャツは新しいのを着た。髪をブラッシングし、靴紐《くつひも》でうしろに一つにまとめた。ソックスをはこうとして、松葉杖《づえ》をつかずに動いていることに気がついた。ぜんぜんと言っていいほど痛みがない。見栄えはよくないが、クーパーが縫ってくれたおかげで傷はよくなっている。

でも、いい人だなんて思いたくもない。ラスティは料理用ストーブのところへ行き、小さい薪を何本かくべた。やかんに水をくみ、スプーンでコーヒーを入れながら、我が家のキッチンにあるデジタルタイマー付きのコーヒーメーカーを思い出し、悲しくなった。込みあげるホームシックを抑えつけ、朝食のオートミールを作りはじめた。備蓄食料の中にあった筒状の箱に書いてある作り方を読むと、湯を沸かして分量のオーツ麦を入れれば、料理の腕がなくてもできあがるのがわかりほっとした。

だが、あいにくラスティの思惑ははずれた。

どかどかと入ってきたクーパーが、おはようの挨拶《あいさつ》もなしで言った。

「朝食はまだできてないのか？」

「できてるわよ。座って」ラスティは愛想のかけらもなく言った。

テレビのコマーシャルのように、湯気の上がるクリーミーなオートミールを彼の前に出したかった。だが、鍋《なべ》の蓋《ふた》を取ってのぞくと、そこには色も見た目もコンクリートのような代物があった。おまけにごろごろした塊まで。

当惑したが顔には出さず、胸を張ってスプーンでたっぷりすくい、二つのブリキの器によそった。オートミールはぼとんと器の底に落ちた。鉛みたいだ。ラスティは荒削りな板のテーブルの上に叩《たた》きつけるように器を置き、向かいの椅子に座った。

「コーヒーは？」

何様のつもり？　ラスティは唇を噛んだ。立ってコーヒーを注《つ》ぎ、テーブルに戻ったが、一言も口をきかなかった。彼の主人面を苦々しく思っていることを、ボディランゲージで知らせてやった。

クーパーはオートミールをスプーンですくい、いやに重いのを怪しむようにラスティを見た。ラスティは無言のまま、わたしが作ったオートミールに文句があるのという顔で見返した。彼はスプーンを口元に運んだ。

そのつぎにはどうするのか教えるように、ラスティも一口食べた。とたんに吐き出しそうになった。だが、彼がじっと見ていたので、吐き出すかわりに噛んだ。噛んでも噛んでも減らず、量が増えていくみたいだった。とうとう最後にはのみ込むほかなくなった。胃はゴルフボールが入ってきたと思っただろう。急いでコーヒーを飲むと、舌が焦げるほど熱かった。

クーパーはスプーンを器に打ちつけた。「このざまはなんだ?」

じゃあ、昨夜《ゆうべ》のあなたのざまはなんなの? ラスティは言い返したくなったが、男のベッドでの無能を当てこすったら殺されかねないと思い直し、分別のある返事をした。「家ではほとんど料理をしないから」

「あっちの店こっちの店と、しゃれたレストランを渡り歩くのに忙しいってことか」

「ええ」

クーパーはしかめっ面をしながら、もう一口まずそうに飲みくだした。「これはな、テディベアや兎《うさぎ》ちゃんの絵のついたかわいい箱に入ってる、塩味や砂糖味のついたオートミールじゃない。本物だ。つぎに作るときには湯に塩を入れろ。オートミールの量はこの半分にして、できあがりにぱらぱらと砂糖を振る。ほんの少しだ。食料は倹約しなきゃならないからな」

「料理にそんなに詳しいなら、なぜあなたがしないのかしら？　ボーイスカウトの団長さん」ラスティは猫撫《な》で声で言った。

クーパーは器を乱暴に脇《わき》に押しやり、テーブルに両腕を載せた。

「理由は、おれは猟をしたり魚を釣ったり薪割りをしなくてはならないからだ。だが、考えてみてもいいな。料理のほうがずっと楽だ。役を交換したいか？　それとも仕事はぜんぶおれに押しつけて、君はぶらぶらしながら爪が伸びるのをながめて暮らすつもりなのかな？」

いきなりラスティは椅子を床にきしらせて立ちあがり、テーブルに身を乗り出した。

「じぶんの仕事をするのはちっともいやじゃないわ。いやなのは、精いっぱいの努力の結果に、いちいちけちをつけられることよ」

「これが精いっぱいの努力の結果だとすると、一週間以内におれたちは飢え死にだな」

「だんだんうまくなるわ」ラスティは叫んだ。

「待ちきれないな」

「あらそう！」

ラスティはくるりと背中を向けた。ボタンをかけていなかったフランネルのシャツが翻って前がはだけた。その瞬間クーパーの手が伸び、ラスティの腕をつかんだ。

「それはなんだ?」彼はシャツの内側に手を入れ、キャミソールのストラップを引きおろした。

　彼の視線を追って目を落とすと、ふくらみの上部に色が変わっている箇所があった。ラスティはその丸いあざを見、目を上げてクーパーを見た。「これはあなたが……キス……」言いよどみ、あとは手の仕草でごまかした。「昨夜」

　クーパーはすばやく手を引っ込めた。禁断の木の実の味を知って罪の意識におびえるアダムのように。ラスティは首に血が上ってくるのを感じた。彼があちこちながめまわすので顔中が熱くなった。クーパーは、彼女の口のまわりや喉が不精ひげでこすられて赤くなっているのに気づき、顔をしかめてじぶんのあごに手をやった。しんとした中にひげがこすれる音がした。

「悪かった」

「いいのよ」

「その……痛むか?」

「ちっとも」

「だがそのときは……きっと」

　ラスティは首を振った。「そのときには気づかなかったわ」

　急いでたがいに目をそらした。クーパーは窓のところへ歩いていった。外は霧雨だった。

ときおりみぞれがまじってガラスを打った。

「昨夜のことを説明しておいたほうがいいな」クーパーがぼそりと言った。

「説明することはないわ。本当に」

「インポテンツか何かだと思われたくない」

「あなたがインポテンツじゃないことはわかっているわ」

彼が頭を振り向けた。二人の視線が絡み合った。「おれはいつでもできたし、それを隠しておくのは無理ってものだ」

ラスティは唾《つば》をのんで顔を伏せた。「そうね」

「やる気の問題だ」

ラスティはうつむいている。しばらく間を置いて、クーパーは続けた。

「どうして途中でやめたのか、気にもならないってことか?」

「気にならないとは言ってないわ。説明する必要はないと言っただけよ。つまり、わたしたちはそういう関係じゃないってこと。おたがい、説明だの釈明だのをする義務はないわ」

「だが、君は気にしている」クーパーは非難がましくラスティの方に指を突き出した。

「おれがやめた理由をあれこれ詮索《せんさく》しているに決まっている」

「あなたの帰りを待っている人がいるんでしょう。女の人が」

「女なんていない」クーパーは噛みつくように言った。驚いているラスティの顔を見て苦笑を浮かべた。「男もいない」

ラスティはぎこちなく笑った。「そのことは考えもしなかったわ」

だが、ユーモアの介入は長続きしなかった。クーパーは苦笑からしかめっ面へと表情を変化させた。「おれは君と寝る気はない」

ラスティはつんとあごを上げた。「わたしだってそんなことを頼んだ覚えはないわ」

「頼まなくても同じさ。君とおれと、ここにたった二人きりでいれば——いつまでいるのかは神のみぞ知るだが——当然そういうことになる。おれたちはすでに、そうでなくても、あらゆることでたがいを当てにしている。これ以上ややこしい関係になる必要はない」

「まったく同感」

ラスティは快活に言った。彼がじぶんを拒む理由がのみ込めたわけではなかったが、傷ついていることを表に出すつもりはなかった。

「わたし、昨夜はどうかしていたのよ。とても怖くなって。じぶんで思っている以上にまいっていたのね。あなたがそばにいて、やさしく慰めてくれたから、なんだかおかしくなってしまったんだわ。あれは、それだけのことよ」

クーパーの唇がいっそう固く引き結ばれた。「そのとおり。べつの場所で出会っていたら、どっちもはなも引っかけないだろうからな」

「まったくね」ラスティは笑った。無理をして。「あなたはわたしが付き合っているコスモポリタンな仲間とは、まるでしっくりいかないでしょうし。ぜんぜんタイプがちがうもの」

「しゃれた服で着飾った君は、おれの山じゃお笑い草だ」

「じゃ、そういうことでいきましょう」ラスティはつんとして言った。

「けっこう」

「決まりね」

「そう」

「これで問題解決」

そのはずなのに、なぜか二人はこれから勝負に臨むプロボクサーのようににらみ合った。空気に敵意が匂《にお》っていた。合意し、平和協定にサインしたはずだが、どちらもまだぴりぴりして身構えていた。

クーパーが先に背中を向けた。肩に怒りが漂っていた。彼はコートを着、ライフルを取りあげた。「魚が捕れたかどうか、川を見に行ってくる」

「あなた、魚を撃つつもり？」

その皮肉にクーパーは眉を吊《つ》りあげた。

「君が惰眠をむさぼっているあいだに、おれは延縄《はえなわ》を仕掛けておいたんだ」彼は反駁《はんばく》する暇を与えずに続けた。「それに外の大釜《おおがま》の下に火をたいておいた。洗濯しておけ」

ラスティは彼の視線を追ってうずたかく積まれた汚れ物に目をやり、仰天した。これをぜんぶ！　振り返ると、彼が立っていたところはもう空っぽだった。足を引きずって精いっぱい戸口に急いだ。

「あなたに言われなくても洗濯くらいするわよ」森の中に消えていくクーパーの背中に向かって叫んだ。聞こえただろうに彼は知らぬ顔だった。

ラスティは呪《のろ》いの言葉を吐きながら、怒りにまかせてドアを叩きつけた。まずテーブルを片付けた。オートミールを煮た鍋をこすってきれいにするのに三十分近くかかった。こんどから、よそったあとすぐにお湯を張っておこうと、肝に銘じた。

つぎに、恨みを込めて洗濯物の山にアタックした。クーパーが帰るまでに、じぶんの分担と思える仕事はぜんぶ終えておきたかった。昨夜めそめそしたのは気の迷いだったことを、何がなんでも彼に証明しなくては。

コートを着て、まず汚れ物を一抱え外に運んで大釜にほうり込んだ。いぶるたき火の上にある黒い鉄のこんな代物は、映画の中だけに存在するものだと思っていた。ラスティは棒で洗濯物をつついたりかきまわしたりした。きれいになったと思われるころに棒に引っかけて釜から出し、前の日にクーパーが洗っておいた籠《かご》に移した。

この昔ふうな方法でぜんぶを洗い終えるころには、疲れて腕に力が入らなくなった。洗ったものを絞り、小屋の角と一番近い木のあいだに張り渡したワイヤーに吊るして干すと、もう腕が抜けそうだった。手はかじかんで感覚がなくなり、寒さで始終鼻水がしたたり落ちた。脚もまたうずきはじめた。

達成感がみじめさを少しだけ救ってくれた。よくやったという気持に慰められた。ラスティは小屋に入ると炉で手を温めた。指に血のめぐりが戻ると、ブーツを脱ぎ、疲れきってベッドに這いあがった。こんなに働いたんだもの、夕食前に一眠りしても許されるはず。

ちょっとうとうとするつもりが、ぐっすり寝入ってしまったらしい。クーパーが大声で彼女の名を呼びながら、ドアを突き破りそうな勢いで飛び込んできた。あわててはね起きたので立ちくらみがし、目の前に黄色い点が点滅した。

「ラスティ！」彼はわめいた。「ラスティ、聞いたか——ちくしょう、ベッドで何をしてるんだ！」コートの前をはだけ、髪を乱し、頬を赤らめている。ずっと走ってきたらしく息をはずませていた。

「ベッドで何をしているかですって？」ラスティは大きなあくびと一緒に答えた。「寝ていたのよ」

「寝てた！　寝てただと！　飛行機の音を聞かなかったのか？」

「飛行機？」

「人の言うことをいちいち繰り返すのはよせ！　照明銃はどこだ？」

「照明銃？」

「照明銃はどこにある？」クーパーは口から泡を飛ばして言った。「飛行機が上を旋回してる」

ラスティは床に飛びおりた。「わたしたちを捜しているのかしら？」

「そんなことがおれにわかるか！」クーパーは小屋の中を走りまわり、手当たりしだいにものを引っ繰り返し、焦って照明銃を捜した。「あれはどこに……あった！」

彼は銃を振りあげながら、外に駆け出し、ポーチの手すりを飛び越え、空を仰いだ。ラスティはソックスをはいただけで、右足を引きずりながらクーパーを追いかけた。

「見えた？」

「静かにしろ！」

クーパーは首をかしげて聞き耳を立てた。二人は同時に紛れもないエンジン音を聞いた。急いで体の向きを変えたが、目に入ったのは気のめいる光景だった。

たしかに飛行機だった。低いところを飛んでいたから捜索機にちがいなかった。だが、まるでちがう方向を飛んでいる。照明銃を撃っても、弾を無駄にするだけだ。二対の目は、機影がしだいに小さくなって消えるまで見つめていた。遠ざかるエンジンの音に耳を澄ませていた。あとには、耳が痛くなるほどの静けさしか残らなかった。何も聞こえなくなり、救出される望みも消えた。

クーパーがじりじりと寄ってきた。彼の目は冷たく、色を失い、狂暴な光を帯びている。ラスティは思わずあとずさった。

「いったいどうして居眠りなんかしていた?」

いっそ怒鳴ってくれたほうがいい。怒鳴ったりわめいたりなら反駁のしようがある。けれど、ささやくような、蛇が出す不吉な音にも似た声に、ラスティは背筋が寒くなった。

「あの……洗濯がすんで」あわてると言葉がつかえた。「すごく疲れてしまったのよ。それで一休み――」

ふいにラスティは、しどろもどろに言いわけする義理はないのだと気づいた。最初から、照明銃はクーパーの受け持ちだった。墜落機を離れたときからずっと彼が持っていたのだ。

ラスティは腰に両手を置き、けんかを受けて立つ姿勢になった。「よくわたしに責任をなすりつけられるわね! どうして持っていかなかったの?」

「朝、出かけたときは、腹が立っていたからだ。だから持つのを忘れた」

「だったら照明弾を撃てなかったのはあなたの失敗よ。人のせいにしないで!」

「あのときかんかんだったのは君のせいだ」

「じぶんの短気もコントロールできないくせに、わたしにはいろいろ言ってくれるわね」

クーパーの目の色が黒ずんだ。「おれがこの銃を持っていて撃ったとしても、彼らの目には留まらなかったかもしれない。だが、煙突の煙なら見えたはずだ。しかし、あいにく君は美容のためにご休憩中だった。居眠りをして炉の火を絶やしていた」

「あなたはなぜ狼煙《のろし》を上げなかったの？　優秀な救助隊員なら見逃すはずがないような大きい火をたいたらよかったんじゃない？」

「その必要があるとは思わなかったのさ。煙突がなくちゃ効果がないし、まさか、君がお昼寝をしているとは知らなかったしな」

ラスティはひるんだが、すぐに防御に回った。「煙突の煙だって、彼らの注意を引かなかったかもしれないわ。煙突から煙が上っているのはふつうのことですもの」

「ここは、はるか人里離れた森の中だ。ふつうじゃない。調べに来て、この上を旋回するはずだ」

ラスティは有効な言いわけを探した。「こんなに風が強くては煙の柱は立たないわ。炉が燃えていたとしても煙は彼らの目に入らなかったでしょう」

「だが、チャンスはあった」

「あなたが照明銃を持っていっていたら、そのほうがチャンスはずっとあったわ」

いまクーパーの怠慢を指摘したのはまずかった。下唇があごひげの中に隠れている。彼は威嚇するように一歩踏み出した。「あの飛行機をみすみす行かせた君を殺してやりたいくらいだ」

ラスティは挑戦的に頭をぐいと反らした。「やったらどう？　あなたにけちをつけ続けられるよりましよ」

「くどくど言うのは、君がけちをつけられる材料の宝庫だからだ。君には欠点が多すぎて、数年ここで籠城《ろうじょう》するはめになったとしても、とうていぜんぶあげつらうのは無理だろうさ」

ラスティの頬は怒りで赤く染まった。「いいわよ、認めるわ！　わたしはこんな、どことも知れない森の中の粗末な小屋で暮らすようにはできていないの。こんなのわたしのライフスタイルじゃないわ」

クーパーはぐいとあごを突き出した。「君は料理すらできない」

「したいと思ったこともないし、する必要もなかったわ。わたしはキャリアウーマンよ」

ラスティは思いっきり自尊心を込めて言った。

「ほう。そのキャリアとやらが、いまここでおれのために役立つものだったらありがたかったよ」

「おれ、おれって」ラスティは負けずに声を張りあげた。「あなたはじぶん一人でこの苦難を切り抜けていると思っているのね」

「はっ！　だったらずっと楽だったろうな。ところがおれは常に君のことまで考慮しなきゃならない。君は初めから大荷物だった」

「脚をけがしたのはわたしの落度じゃないわ」

「それに、あの二人の男をのぼせあがらせたのも、じぶんの落度じゃないって言うつもりなんだろう」

「ええ、ちがうわよ！」

「そうかな？」クーパーは嘲笑《あざわら》った。「君はいまだって、パンツの中へどうぞって信号を出してる」

あとになっても、ラスティはじぶんが本当にそんなことをしたのが信じられなかった。じぶんの中に凶暴性がひそんでいるとは思ってもみなかった。子供のころでさえ、友達とけんかになるのがいやで、自ら負けた。根っからの平和主義者だった。一度も暴力に訴えたことはなかった。

だが、ひどい中傷の言葉にけしかけられ、ラスティはクーパーに飛びかかった。嘲《あざけ》りを浮かべている顔をめがけ、両手を鉤爪《かぎづめ》のようにして。だが、その手は彼に到達しなかった。知らずに踏み出したのはけがをしたほうの脚だった。激痛に悲鳴をあげ、凍《い》てついた地面にどさりと倒れた。

クーパーはすぐさましゃがんで、ラスティを抱き起こした。ラスティががむしゃらに暴れるので、羽交いじめにして押さえ込んだ。「おとなしくしろ。さもないと殴って気絶させるぞ」

「どうぞ。そうしたらいいじゃない？」ラスティは息を切らしながら言った。

「ああ。胸がせいせいするだろうよ」

ラスティはおとなしくなった。降伏したのではなく、脚が痛んだのと力が萎《な》えたせいだった。クーパーは彼女を中に運んで炉のそばの椅子に座らせると、とがめる目つきで一瞥《いちべつ》し、冷えた炉端にしゃがんで熾《おき》をつつき、苦労して火をかき立てた。

「脚が痛むのか？」

ラスティは首を横に振った。恐ろしくうずいていたが、それを言うくらいなら舌を噛み切ったほうがましだった。あんなひどいことを、しかもまったくのでたらめを言ったクーパーと、もう口もきかないつもりだった。だんまりを決め込むのは幼稚だったが、彼がスラックスの切り裂いたところを開いて靴下をずらし、ぎざぎざの傷口を調べているあいだも、ラスティは決意を守ってかたくなに口をつぐんでいた。

「きょうは足をつかないようにしろ。歩くときは松葉杖を使うんだ」クーパーは布地を閉じて腰を上げた。「魚を拾いに行ってくる。あわてて走って戻る途中にみんな落としてしまった。熊《くま》にごちそうをさらわれていないといいが」戸口で振り返った。「それから、どうせ君には異存ないだろうが、料理はおれがする。せっかくのうまい魚を台無しにされたくないからな」

彼は荒々しくドアを閉めて出ていった。

魚はおいしかった。実際、驚くほどに。クーパーがフライパンで焼いた。外はかりっとして、やわらかい身が簡単に骨からはずれる焼き具合だった。一匹目はおいしそうにかぶりついてしまったが、ラスティは二匹目をやせ我慢して断った。いらないと首を振ると、クーパーは当てつけるようにその魚を食べてみせた。こんな人、喉に骨を詰まらせて死んでしまえばいいわ。ラスティはひそかに呪った。が、彼はしごく満足そうに指をなめ、舌鼓を打ち、腹を叩いた。

「満腹だ」

でしょうとも。ラスティは言い返すのにぴったりの皮肉をいくつか思いついた。けれど、石のように黙りこくっていた。

「後片付けはそっちだ」クーパーはぶっきらぼうに言い、汚れたテーブルと料理用ストーブの後始末を押しつけた。

ラスティは言われたことをしたが、天井に響き渡るほど思いきり騒々しい音をたてた。片付けがすむとベッドに倒れ込み、天井を見上げた。傷ついているのか怒っているのか、じぶんでもわからない。クーパー・ランドリーほどラスティの感情を――感謝から嫌悪にいたるまでの感情を引き出した人間は、これまでいなかった。

これまでにもいやな人間にでくわすことはあったが、彼のように下品で意地が悪い男性は初めてだった。ラスティはじぶんでも驚くほどの激しさで彼を憎んだ。

たしかに昨夜は一緒に寝てと頼んだ。けれど、安心感がほしかっただけで、セックスをせがんだわけじゃない。そんなこと頼みもしないし、望んでもいない！　そのあとのことはただの成り行き。それぐらい彼もわかって当然なのに、うぬぼれて肥大したエゴが認めたがらないのだ。

とにかく、一つははっきりしている。今後は尼僧のように慎み深くすること。彼の目にさらしていい肌は顔と首と手だけ。そうしよう。でも、かなり難しい。こんな小屋で一緒に――。

はたと考えが止まった。問題を解決するものを頭上に発見したのだ。ベッドの上の梁《はり》にフックがある。クーパーがたらいの前にシーツのカーテンを吊るすのに利用したのと同じものが。

ラスティは思いつくままに、急いでベッドを下り、壁際の棚から余分の毛布を取ってきた。クーパーが目の隅で盗み見しているのは知っていたが、完全に無視した。椅子を引きずってきて、フックの下に据えた。

椅子の上に立ち、精いっぱいふくらはぎを伸ばした。エアロビクスのストレッチでもこんなに筋を伸ばしたことはなかったが、それでどうにかフックに手が届いた。べつのフックの下に椅子を移動させて同じ手順を繰り返した。作業が終わると、ベッドのまわりに幕をめぐらしたようになった。これでプライバシーが確保できる。

ラスティはルームメイトをちらりと満足そうに見てから、毛布の垂れ幕をくぐった。これでよし！　彼は勝手にわたしが〝あれ〟を求めたと思っていればいいんだわ。

クーパーの下品な言い方を思い出すと身震いがする。彼の不愉快な特性に〝粗暴〟も加えた。ラスティは服を脱いでベッドに入ったが、昼寝をしたせいでなかなか寝つけなかった。クーパーがベッドに入り、やがて規則正しい寝息が聞こえてきても、まだ目は冴《さ》えたまま、炉の火が天井に映し出すさまざまな模様を見つめていた。

狼が吠えはじめると、体を縮めて頭まで毛布をかぶり、聞こえないふりをしようとした。口に拳《こぶし》を当てて指を噛んだ。泣いてはだめ。寂しさに負けてはだめ。寝つくまで抱いていてなんて絶対に頼まない。

8

クーパーは鹿《しか》を待ち構えるハンターのように静かに座っていた。脚を大きく広げ、膝に頬杖《ほおづえ》をつき、身じろぎもせず、まばたきすらせずにラスティを見つめていた。

朝、目を覚まして、ラスティが真っ先に見たのはその光景だった。ぎょっとしたが、なんとか飛びあがるのはこらえた。昨夜うまく工夫してベッドのまわりにめぐらせた目隠しがなくなっていることに、すぐに気づいた。幕に使った毛布はベッドの足元に落ちていた。

ラスティは肘をついて半身を起こし、目にかかる髪をいらだたしげに払った。「何をしているの?」

「相談がある」

「何について?」

「昨夜《ゆうべ》、雪が数センチ積もった」

ラスティはクーパーの無表情な顔をしばらく探ってから、とげとげしく言った。「雪だるまを作りたいなんて話なら、わたしはいまそんな気分じゃないわ」

彼の視線はまったく揺るがなかったが、ラスティを絞め殺したい衝動をじっと抑えているのが手に取るようにわかった。

「雪が積もったということは重要だ」クーパーは冷静な声で言った。「本格的な冬が来たら、おれたちが救出される可能性は大幅に減る」

「わかるわ」ラスティは彼の観察報告にふさわしい真面目《まじめ》な口調で答えた。「わからないのは、そのことがなぜ、いまこの時点で、それほど深刻な意味があるのかってこと」

「また一日を一緒に過ごす前に、いくつかのことをはっきりさせて基本的なルールを作っておく必要があるからだ。もし冬中ここで孤立するとなると――その可能性は非常に高そうだが――そうなると、いくつか了解し合っておくべきだ」

ラスティは起きあがったが、毛布はあごの下まで引っ張っていた。「たとえば？」

「たとえば、ふてくされて口をきかないなんてことはやめる」クーパーの眉がとがめるように寄って一直線になった。「がきみたいな真似《まね》は我慢ならない」

「そう。我慢ならないのね？」ラスティはやさしく言った。

「ああ、我慢ならない。君は子供じゃない。幼稚な真似はよせ」

「あなたはいくらわたしを侮辱してもいい。わたしはただおとなしくそれを受け入れる。右の頬を打たれたら左も差し出すように。そういうこと？」

クーパーが初めて目をそらした。悔しがっているのがわかる。

「たぶん、昨日、おれはああいうことを言うべきじゃなかった」

「ええ、言うべきじゃなかったわ。あなたがその薄汚い心の中にどんな不幸や幻滅を抱えているか知らないけれど、わたしに八つ当たりしないでちょうだい」

クーパーは口ひげの端を噛《か》んだ。「おれは君に本気で腹を立てていた」

「なぜ?」

「一番大きな理由は――おれは君があまり好きじゃない。なのに君と寝たいと思う。その〝寝る〟というのは、ただ寝るって意味じゃない」

いきなり頬を打たれるよりもっとショックだった。ラスティは息をのんだ。クーパーは彼女に言い返す暇を与えずに続けた。

「遠回しに言ったり気取ってほのめかしたって仕方ない。そうじゃないか?」

「ええ、そうね」ラスティはかすれた声であいづちを打った。

「君はおれの正直さに感謝すべきだな」

「感謝するわ」

「オーケー、つぎにいこう。君とおれは肉体的に惹《ひ》かれ合っている。ずばり言えば、男と女の仲になりたいわけだ。おかしな話だが、それが事実だ」

ラスティは膝に視線を落とした。何も言わないラスティにクーパーは痺《しび》れを切らしてきいた。

「で、どうだ？」

「えっ、どうって？」

「何か言えってことだ」

「いままでのところは認めるわ」

クーパーは長い息を吐いた。「よし、じゃあ、そこははっきりしたな。はっきりしたが、そういう仲になるのは無分別だというのもはっきりしている。それにまた、恐ろしく長い冬になるってことも。だから、いくつかの点を解決しておくべきだ。そうじゃないか？」

「賛成」

「第一に、泥仕合はやめる」

ラスティは赤みを帯びた褐色の目で冷ややかに彼を見返した。クーパーは渋い顔をした。

「おれのほうが悪かったことは認める。今後は辛辣《しんらつ》な言葉でやっつけ合うのはやめだ。約束をしないか？」

「するわ」

クーパーはうなずいた。「この先、天候がおれたちの敵になる。手強《てごわ》い敵だ。相当な注意力とエネルギーがいる。優雅にけんかしている余裕なんてない。生き残れるかどうかはおたがいにかかっている。うまく一緒に暮らしていけるかどうかにかかっているんだ」

「わかるわ」

クーパーは少し口をつぐんで考えをまとめた。「状況を考えれば、ここは伝統的な役割でいくべきだ」

「あなたはターザン、わたしはジェーン」

「まあ、そういうことだ。おれは食料の調達。君はそれを料理する」

「あなたが歯に衣《きぬ》を着せずに言ってくれたように、わたし、料理はまったくだめよ」

「だんだんうまくなるさ」

「努力するわ」

「まずはアドバイスを素直に聞くんだな」

「だったら、わたしが役立たずだなんて嫌味を言わないで。わたしだってほかのことならけっこう有能なのよ」

クーパーはラスティの唇に視線を落とした。「そういうことにしておこう」しばらく沈黙し、やがて腰を上げた。「君にまめまめしくかしずいてもらおうなんて思っていない」

「わたしだって同じよ。わたしにできることは精いっぱいしたいと思っているわ」

「掃除と洗濯は手伝う」

「ありがとう」

「射撃も教える。的を正確に撃てるようになれば、おれがいなくてもじぶんで身を守れる」

「あなたがいなくても？」ラスティは心細い声になった。

クーパーは肩をすくめた。「獲物がなかったり、川が凍結して魚も捕れなくなったりしたら、食料を探しに遠出しなきゃならない」

この小屋に一人で残って、不安と恐怖に立ち向かわなくてはならないのだろうか。もしかすると何日も。下品で無礼なクーパーでもいないよりはいてくれたほうがずっといいと、ラスティは思った。

「それから、これは一番大事なことだが」クーパーはそう前置きし、ラスティがしっかり注意を向けるまで、目の曇りを払って視線を合わせるまで待った。「ボスはおれだ」彼は胸を叩《たた》いた。「甘い考えは捨てろ。これは生きるか死ぬかの状況なんだ。君は不動産の売買や、カリフォルニアの金持や、有名人のしゃれた生活様式についてならよく知っているだろう。だが、ここではそんな知識はなんの価値もない。君のホームグラウンドでなら好き勝手にやってくれ。〝やるじゃないか、ベイビー〟って言ってやる。ますますご発展でけっこうってわけだ。しかしいまは、おれに従うんだ」

ラスティは傷ついた。君の能力はビバリーヒルズでしか通用しないと言われているも同然だ。「たくましいボスの役割をあなたから奪おうとした覚えはないわよ」

「それはそうさ。こんな原生林の中では男女間の平等なんてありゃしない」

立ちあがったクーパーは、ベッドの足元の毛布に目を留めた。

「もう一つ。つまらない目隠しはなしだ。こんな狭い小屋の中で一緒に暮らすんだから、恥ずかしがる必要はない。たがいにもう裸を見たし、触れ合った。隠すところなんて何もないんだ。だいいち」彼はラスティをながめまわした。「おれが本気で君をほしくなったら毛布なんかなんの役にも立たない。それにレイプする気があれば、とっくの昔にやってる」

二人の視線がぶつかって絡み合った。クーパーが先に背中を向けた。

「起床時間だぞ。コーヒーはもう火にかけてある」

その朝のオートミールは、昨日のものよりはるかにうまくできた。少なくとも、一日たったピーナッツバター・サンドイッチのように口蓋《こうがい》に張りつかなかった。塩と砂糖で、ささやかながら味がついていた。クーパーはじぶんの分をすっかり平らげたが、褒め言葉はなかった。

ラスティは以前ほど腹が立たなかった。彼がけなさなかったのだから、褒められたに等しい。辛辣なことは言わないとついさっき取り決めたが、お世辞を浴びせ合う約束はしなかった。

朝食のあとクーパーは森に出かけ、パンケーキと缶詰めのスープの昼食に戻ってきたときには、曲げた生木の枝に、枯れた蔓《つる》を編みつけてかんじきをこしらえていた。彼はそれをブーツに縛りつけ、小屋のまわりを歩いてみせた。「こいつがあれば、川とこことの往復がずっと楽になる」

　午後、彼はずっと外に出ていた。ラスティは片付けをしたが、家事は三十分ほどですんでしまった。そのあとは何もすることがなく、黄昏《たそがれ》の窓の向こうに、手製のかんじきをはいてぎこちない歩き方で帰ってくるクーパーの姿が見えるまで、気をもんでいるしかなかった。

　ラスティはポーチに走り出てクーパーを迎えた。熱いコーヒーのカップを手に、微笑を少し添えて。彼が無事に戻ったことをそれほどまでに喜んでいるのが、少しばかげているように思えた。

　クーパーはかんじきを解いて小屋の外の壁に立てかけ、不思議なものでも見るような目をして、差し出されたカップを受け取った。「ありがとう」コーヒーをすすりながら、立ちのぼる湯気越しにラスティを見つめた。

　ラスティは彼の唇がひび割れ血がにじんでいるのに気づいた。外に出るときにはいつも厚い革の手袋をしているにもかかわらず、手も赤むけていた。同情の言葉を口にしたかったが、やめておいた。今朝の彼の訓戒がきいていて、たがいの守備範囲のこと以外の話をする勇気がなかった。

「川では収穫があった？」

　クーパーは、びくの方へあごをしゃくった。ゴーリロウ父子《おやこ》が使っていたびくだ。「いっぱいだ。いくらか取り分けて、谷に下りていけない日に備えて凍らせておこう。水もそろそろためておいたほうがいいな。ポンプが凍結するかもしれない」

ラスティはうなずき、魚の入ったびくを中に運び入れ、食欲をそそるシチューの匂《にお》いにうれしさを感じた。ゴーリロウたちの備蓄食料の中にあった乾燥肉の缶詰めで作ったのだ。小屋いっぱいにおいしそうな匂いが漂っていた。

クーパーは二杯おかわりし、食事の最後に「うまかった」と言った。ラスティの一日がその言葉でねぎらわれた。


それから数日、判で押したような日が続いた。クーパーはクーパーの仕事を、ラスティはラスティの仕事をした。彼は彼女の仕事を手伝った。彼女も彼の仕事を手伝った。二人とも枠からはみ出さないように用心深くふるまい、よそよそしいほど礼儀正しくしていた。

短い昼は体を動かしているうちにあっけなく過ぎたが、夜は果てしなく長かった。夜の訪れは早く、太陽が木々の下に隠れると小屋の周囲はもう深い夕闇《ゆうやみ》に包まれ、外の作業は危険で中にこもるしかなかった。

太陽が地平線の下に落ちたとたん、実際はまだ夕方の時刻でも真っ暗になる。夕食を食べて皿洗いがすむと、することがなかった。屋内では別個にできる仕事はそうなかった。二人は手持ち無沙汰《ぶさた》に炉の火をながめ、相手と目を合わさないように気をつけていたが、それはどちらの側にも非常な努力がいることだった。

最初の積雪は翌日に解けたが、その晩にまた降りだして、つぎの日も降り続いた。気温がぐっと下がってふぶいてきたので、クーパーはその日、いつもより早く小屋に戻った。そのため夜は耐えがたいほど長いものになった。

クーパーは檻《おり》の中の豹《ひょう》のように小屋の端から端までを何度も往復し、それを追ってラスティの目は一対の振り子のように行ったり来たりした。四方の壁が息苦しく、閉所恐怖症になりそうだった。クーパーの落ち着きのなさがいっそう神経を逆撫《さかな》でした。彼が強くあごをかく。繰り返しやっている。

「どうしたの？」ラスティはとげとげしくきいた。

クーパーが振り向いた。けんかをしたくてうずうずしていたところへ相手がふっかけてきたので、喜んでいるようだった。

「何が？」

「あなたのことよ」

「どういう意味だ？」

「なぜ、さっきからあごをかいているの？」

「かゆいんだ」

「かゆい？」

「ひげさ。このぐらい伸びたときがかゆい」

「そうなの。そんなふうにされてると気がおかしくなりそう」

「まさか」

「かゆいなら、どうして剃《そ》らないの？」

「剃刀《かみそり》がない。それが理由だ」

「わたし」自白しかけているのに気づいてラスティは口をつぐんだ。が、クーパーがいぶかしげに目を細くしたので、気取って言った。「あるわ。一つ。持ってきたの。いまになれば、あなたも持ってきてよかったと思うでしょう」

ラスティは炉端の椅子から立ちあがり、化粧用品を置いてある棚のところに行った。守銭奴が金貨の袋を守るように大事にしているポーチ。そこから使い捨ての剃刀を出し、クーパーのところへ持っていった。それともう一つ。

「これを唇につけて」リップクリームを渡した。「唇がひび割れているわ」

クーパーはスティックを受け取り、中身をひねり出した。何か言いたそうな顔をしたが、何も言わなかった。グロスを塗る彼の不器用な手つきがおかしくて、ラスティは笑った。塗り終えると、彼はキャップをはめて返した。ラスティは剃刀を渡した。

「どうぞ」

「どうも」クーパーは手の上で剃刀を引っ繰り返し、ためつすがめつながめた。「ひょっとして、ハンドローションもこっそり持ってきたんじゃないか？」

ラスティは両手を上げた。彼の手同様、水仕事と風と寒さのせいで荒れていた。「最近ハンドローションをつけた手に見える？」

クーパーが微笑を浮かべた。彼が笑顔を見せるなんて初めてかもしれない。ラスティは心が溶けるほどうれしくなった。クーパーは反射的に腕が伸びたという感じで彼女の手を取り、リップクリームでやわらかくなった唇で指に軽くキスをした。

口ひげが指にくすぐったかった。いったいどういう連鎖反応なのか、喉の内側もくすぐったくなり、胃が連続とんぼ返りを打った。

クーパーはじぶんがしていることに急に気づき、手を放した。「剃刀は朝、使うことにする」

ラスティはもっと握っていてほしかった。彼の口ひげと唇を手のひらで包みたかった。その感触を、やわらかなところで感じたかった。声を出すのが苦しいほど心臓が激しく打っていた。「なぜ、いま剃らないの？」

「鏡がない。こんなに伸びていると顔まで切ってしまいそうだ」

「わたしが剃ってあげる」

二人とも黙り込んだ。狭い空間に官能を呼び覚ます電流が流れた。いったいどこからそんな考えが飛び出したのか、ラスティにもわからなかった。頭に浮かぶよりも早く、言葉が口から飛び出していたのだ。たぶん、あの夜以来、たがいに手も触れずにいたからだろう。ラスティは拒絶されたという思いをいまだに消せなかった。ビタミンやミネラルが不足した体が、それらをふくむ食物を自然と強く求めるように、彼に触れたいという気持が、無意識に表れたのかもしれない。

「じゃあ頼む」クーパーがかすれた声で言った。

　承諾をもらったとたんに不安になり、ラスティはウエストに両手を当てた。「あの……火のそばに座ってくれる？　いま支度するわ」

「オーケー」

「シャツの襟元を広げて中にタオルを挟んで」ラスティはストーブの上のやかんの湯を浅いボウルに移しながら、肩越しに振り返って言った。椅子を彼のそばに運んでその上にボウルと剃刀を置き、棚から石鹸《せっけん》とタオルを一枚取った。「初めに濡《ぬ》らしておいたほうがいい」クーパーはタオルをボウルの湯に浸した。「あちっ！　ちくしょう！」絞ろうとして彼は悪態をついた。

「熱湯よ」

「わかってるさ」

　彼は熱いタオルを数回お手玉するように手から手へ移し、それを顔の下の部分に投げかけてうっと声をあげた。信じられない。どうして我慢していられるのか、ラスティにはわからなかった。

「火傷《やけど》しない？」タオルはそのままでクーパーはうなずいた。「そうやってひげをやわらかくしているわけ？」彼はまたうなずいた。「いま石鹸を泡立てるわ」

ラスティはボウルの湯で手を軽く濡らし、石鹸を取りあげた。両手のあいだで石鹸をこするうちに、すいかずらの香りの泡が立ちはじめた。

クーパーはラスティの一挙一動をじっと見守っていた。彼女の手の中で生まれたきめ細かな白い泡が指のあいだからこぼれる。なぜかわからないが、その光景がとてもセクシーに見えた。

「こっちの用意はいいわよ」ラスティは彼のうしろに回りながら言った。

クーパーは少しずつタオルを下ろした。それに合わせて、ラスティは彼の顔に手を近づけた。うしろ斜め上から見ると、彼の顔つきはいっそう荒削りで険しかった。けれど、まつげは繊細な感じだったので、それに勇気づけられながら両方の手のひらをひげの伸びた頬に当てた。

触れた瞬間、彼がびくんとするのがわかった。ラスティは手を軽く頬に当てたまま、こういうのはまずいと彼が言いだすのを待った。

まずいのは目に見えている。

こんなことはまずい、やめにしよう、と先に言いだすのはどちらだろう。クーパーは何も言わない。ラスティもやめたくなかったので、頰に円を描くように手を動かしはじめた。手のひらに当たる粗いひげの感触がなんともいえず気持よい。円を広げると、あごの骨に触れた。見た目もそうだが、指で触れても、のみで彫ったように角張っていた。あごの真ん中に浅いくぼみがあった。ラスティは心ゆくまで探ってみたかったが、指先をほんの少し滑り込ませただけで我慢した。

石鹸の泡を広げながら、両手を喉に滑らせた。喉仏を撫で、首の付け根にそっと手をやると脈を感じた。喉に沿ってこんどは手を上に動かし、もう一度あごに戻したところで指が下唇と口ひげに触れた。

一瞬体が凍りついた。思わず息をのんだのが彼に聞こえていなければいいけれど。

「ごめんなさい」ラスティは手を離し、湯につけて石鹸をすすいだ。身を乗り出して、彼の顔をながめた。下唇に石鹸のかけらがついている。口ひげにまじるブロンドの毛の先にも小さい泡が少しついていた。

濡れた指で唇をさっと拭《ぬぐ》ってから、泡が消えるまで口ひげをこすった。

クーパーが低い声を漏らした。ラスティは動きを止めて彼に目をやった。「早くやってくれ」

白い泡に半分隠れているクーパーの顔は威圧的には見えなかった。だが、目が光っていた。炉の明かりの中で輝いていた。瞳の底で揺れている炎が見えた。ごまかしようのない激情が、理性の薄い膜一枚でかろうじて抑え込まれているのが見て取れた。ラスティは急いでまた彼のうしろに回り、危険から身を遠ざけた。

「切るなよ」クーパーは、あごに剃刀を当てたラスティに警告した。

「黙ってじっとおとなしくさえしていれば、だいじょうぶよ」

「ひげを剃った経験があるのか?」

「いいえ」

「それが怖かったんだ」

頬にさっと剃刀を走らせるとクーパーは黙った。「いまのところはうまくいってるわ」ボウルの中で刃を洗いながら、ラスティはやさしく言った。彼が口を動かさないようにして何かつぶやいたが、ラスティには聞こえなかった。顔を切らないように気をつけながら、きれいに剃ることに全神経を傾けていた。頬とあごを剃り終え、ラスティは大きく満足のため息をついた。「赤ちゃんのお尻みたいにつるつるよ」

クーパーが笑い声をたてた。ラスティは初めて、彼が本当におかしそうに笑うのを聞いた。これまでは、たまに笑っても嘲笑《ちょうしょう》と決まっていた。

「得意になるのはまだ早い。まだすんでいないんだからな。喉も忘れないでくれ。くれぐれも刃に気をつけて頼むぞ」

「この刃はそんなに切れないわよ」

て」

「そいつは最悪だ」

ラスティは剃刀を湯にくぐらせて濡らし、あごの下にあてがった。「頭をうしろに倒して」

彼はそのとおりにした。頭が彼女の胸にもたれかかった。喉に剃刀を当てたまま、ラスティは一瞬体が動かなくなった。彼の喉仏が大きく上下した。二人の体がいまどんなふうになっているかを忘れ、彼女は作業に集中しようとしたが、いっそう困ったことになった。手元がよく見えるように、爪先立って身を乗り出さなくてはならなかったからだ。喉を剃り終えたときには彼の頭はラスティの胸の谷間に埋《うず》まり、二人ともそのことを強く意識していた。

「すんだわ」ラスティはうしろに下がり、殺人事件の裁判で唯一の物的証拠を裁判官の前に提示するような仕草で剃刀を置いた。

クーパーは襟からタオルを引っ張り出し、その中に顔を埋めた。ずいぶん長いあいだ、そのまま動かなかった。

「どんな感じ？」ラスティはきいた。

「いい気持だ。すごくさっぱりした」

彼はいきなり立ちあがり、タオルを椅子の上にほうり出した。つぎに、ドアのそばの釘《くぎ》からコートをむしるように取り、はおって乱暴に腕を通した。

「どこに行くつもり？」ラスティは心配になった。

「外だ」

「何をしに？」

クーパーは、開けたドアの向こうに吹き荒れているブリザードとはあまりに釣り合わない、焼けつくような目をラスティに向けた。「その答えは聞かないほうがいい」


彼のわけのわからないふるまいは、翌日の昼まで続いた。朝のうち、天気は大荒れだった。獣も人も身をひそめているしかなく、二人の小屋も雪に閉ざされた。クーパーはラスティを無視した。ラスティもそれにならった。何度かクーパーを会話に引き込もうとしたが無駄な努力に終わったので、不機嫌に黙り込んでいた。

吹雪の咆哮《ほうこう》がやみ、クーパーが外を見回りに行くと言ったときにはほっとした。危なくはないのかと心配だったが、中にいるよう説得するのはやめた。おたがい距離を置いて、息をつく必要があった。

それに、しばらくプライバシーがほしかった。かゆみに苦しんでいたのはクーパーだけではなかった。脚の傷がたまらなくかゆかった。治りはじめた傷口が乾いて引きつれ、衣類がこすれるといっそう不快だった。抜糸したほうがいい。クーパーには頼まず、ラスティはじぶんでしようと決めていた。二人の関係はぎこちなくなっていたし、彼の気分も当てにならない。

彼が出ていくとすぐにこのチャンスに体を拭《ふ》こうと思い立ち、服を脱いで裸になった。簡単に拭き終えると、毛布にくるまって炉の前の床に座った。けがをした脚をもう一方の脚の上に載せて、傷の具合を調べる。糸を切って抜くのはどんなに痛いだろう。

そう思うと胃が縮んだが、ラスティはすばやく片付けることにした。第一の問題は糸を切る道具だった。クーパーにもらったナイフは重くて大きすぎて扱いにくい。ほかにここにあるもので、よく切れて細かな作業に向くのは、剃刀だけだ。

剃刀を使うのはよい考えに思えたが、刃を縫い目の上に構えて切る段になると、怖くなって手が汗ばんだ。深く息を吸い込み、剃刀をシルクの糸にそっと当てた。

突然ドアが開き、かんじきをつけたまま、クーパーが勢いよく入ってきた。頭からかぶった毛皮で足元まで覆われていた。吐いた息が凍りつき、口ひげは霜を置いたように白くなっている。ラスティは一瞬おびえて小さく悲鳴をあげた。

だが、クーパーが受けた衝撃のほうがはるかに大きかった。ラスティの目に一瞬彼が奇怪な怪物と映ったとすれば、彼の目にはラスティは神秘的な美しい幻と映ったのだ。炉の火が彼女の姿をまばゆく縁取り、髪が燃えるように輝いていた。片膝を立てているので、太腿の奥まで見える。彼は目がくらみそうだった。ラスティを包んでいる毛布が肩から滑り落ち、胸が半分あらわになっていた。視線はそこに釘づけになった。

彼はドアを閉めた。「そんな格好でそんなところに座って、何をしている?」

「あなたがこんなに早く戻るとは思わなかったの」

「おれじゃなくてほかの人間だったらどうする」クーパーは噛みつくように言った。

「ほかに誰がいるの?」

「それは……つまり……」

いまいましいが、クーパーは一人も思いつかなかった。カナダの大森林の直中《ただなか》にある粗末な小屋で、こんな息も止まるような光景にでくわすとは夢にも思わず乱暴にドアを開けて入ってくる人間は、じぶんしかいなかった。たちまち体が興奮し、下着がきつくなった。彼女はおれにどんな思いをさせているか本当に気づいていないのか? それとも知ったうえで、意地悪くじらしておれをあおっているのか? どちらにせよ、結果は同じだった。

クーパーは怒りを感じながら毛皮を頭からむしり取り、雪を払った。手袋を脱いで、投げ飛ばした。かんじきを縛っている蔓をちぎった。「最初の質問に戻る。いったい何をしているんだ?」

「抜糸よ」

クーパーがいい加減に投げたコートは壁の釘に引っかかった。「なんだって?」

おれはなんでも知っているという男の優越感むき出しの横柄な態度が、ラスティの気にさわった。偉そうな口調も気に入らない。ラスティは彼をにらみつけた。「傷がかゆくなったの。傷口は閉じたし、糸を抜いてもいいころだわ」

「その剃刀でやろうっていうのか？」

「ほかに何があるっていうの？」

クーパーは腹立たしげに三歩で床を横切り、腰に差した狩猟用ナイフを抜いてラスティの前にしゃがんだ。ラスティはひるんで毛布をしっかり体に巻きつけた。

「まさか、それで！」

彼はむっとした顔をしながらナイフの柄《つか》を回してはずし、いくつかの小道具を床に振り出した。ラスティはこの瞬間までそんなものが入っていたとは知らなかった。小さい鋏《はさみ》もあった。うれしくなるより怒りが込みあげた。

「そんなにいろいろ道具があるのに、なぜわたしの爪をナイフでそいだの？」

「そうしたかったからさ。さあ、脚を出せ」クーパーが手を伸ばす。

「じぶんでするわ」

「脚をよこせ」クーパーは一語一語はっきりと言い、太い眉の下からラスティをにらんだ。

「さっさとしろ。それとも、おれが毛布の中に手を入れて引っ張り出そうか。脚を見つける前に何に触るかわからないぞ」声が誘いかけるように低くなった。

ラスティは反抗的に毛布の下から脚を突き出した。

「どうも」彼は皮肉っぽく言った。

「ひげからしずくが落ちてるわ」

息の霜が解けかけていた。クーパーはラスティの脚をつかんだまま、シャツの袖《そで》で口ひげをこすった。彼の大きな手の中で、ラスティの脚は透きとおるほど白く細く見えた。握られているのは心地よかったが、ラスティはつい楽しんでしまいそうになるじぶんと戦った。その戦いは、彼が踵《かかと》を腿のあいだに引き込んで挟みつけたときに本格的になった。

土踏まずが硬いふくらみに触れ、ラスティは思わず息をのんだ。

クーパーが皮肉っぽい目を向けた。「どうかしたのか？」

わざと言わせようとしているのだ。何に気づいたか知られるくらいなら死んだほうがまし。

「べつに」ラスティは涼しい顔でごまかした。「あなたの手が冷たかったの。それだけ」

クーパーの目が光った。その目は嘘《うそ》をつくなと言っていた。彼はにやりと笑い、仕事にかかった。糸を切ること自体は、切るほうも切られるほうもどうということはなかった。じぶんでも簡単にできたのに、とラスティは思った。けれど、彼が小さなピンセットで糸をつまんだとたんに思い知った。つらい過程はこれからだ。

「痛くはないが、ちくっとはするだろう」

クーパーは警告してから、すばやく一気に糸を引き抜いた。反射的にラスティの足がブレーキを踏むように彼を押した。

クーパーがうめいた。「そいつはやめてくれ」

ええ、こっちだってお断りだわ。絶対にお断り。もし彼が糸を歯で噛んで抜こうとしても、石のように動かずにいようと固く心に決めた。

最後の糸がピンセットでつままれて抜かれるころには、緊張と不安で、ラスティの目には涙がにじんでいた。クーパーはできる限りやさしく処置してくれたし、そのことに感謝もしていたが、つらいものはつらかった。「ありがとう」ラスティは片手を彼の肩に置いた。

クーパーはその手をそっけなく無視した。「服を着ろ。そしてさっさと飯の支度だ」彼は、女を見下す粗野な男の態度で命じた。「こっちは腹ぺこなんだ」

そのあとすぐ、彼は酒を飲みはじめた。

9

ゴーリロウの兵糧の中にはウィスキーの瓶が何本かあった。小屋の掃除をした日に、クーパーはそれを見つけた。彼は味を見る前に、期待を込めて舌なめずりした。威勢よく一口ふくんで、噛《か》まずに飲み込んだ。噛みごたえがありそうなくらい粘っこかったのだけれど。自家製のウィスキーはひどい味で、隕石《いんせき》のように落下して火を噴き、胃の腑《ふ》を焼いた。

ラスティは、ひどくむせて苦しそうにしているクーパーを見て笑った。が、彼は笑わなかった。声が出るようになると、笑い事じゃない、食道が焼けたと険悪な顔で言った。

その後きょうまで、彼はウィスキーの瓶に手を触れなかった。いま彼はウィスキーを飲んでいるが、その光景には笑いを誘うところはまったくなかった。

火をかき立てたあと、クーパーは強烈な匂《にお》いのする瓶の栓を抜いた。ラスティは驚いたが何も言わなかった。彼はちょっとためらってから一口飲んだ。さらにもう一口。体を温めるために飲んでいるのだと、最初ラスティは思った。彼が外にいたのは少しのあいだだったが、それでも口ひげが白く凍っていた。きっと骨の髄まで冷えきっているのだろう。

だが、その解釈は長くはもたなかった。クーパーは二口でやめなかった。瓶を持って炉の前の椅子に腰を据え、ラスティが食事ができたと呼ぶまで、カクテルグラスを何杯か空けるような調子で飲んでいた。

腹立たしいことに、彼は瓶をテーブルに持ってきて、コーヒーカップにかなりの量を注《つ》いだ。そしてラスティが料理した兎《うさぎ》のシチューを食べる合間に飲んでいた。

飲みすぎないように注意するのが得策かどうか、ラスティは胸の内でよく考えた。しばらくすると、何も言えないような気がした。ブリキのカップから彼が飲み続けているのを見ているうちに不安になった。

酔いつぶれて倒れたらどうしよう。持ちあげるのはとうてい無理だから、倒れたその場に寝かしておくしかない。墜落した飛行機から彼を外に引っ張り出したときの大変な苦労を思い出した。あのときあんな力が出せたのはアドレナリンのおかげだ。もし彼が無謀にも外へ出ていって、迷いでもしたら? 数知れない恐ろしい可能性が心中にひしめいた。

とうとうラスティは言った。「そんなもの、飲めないのかと思っていたけれど」

ラスティが心配して言った言葉を、クーパーは素直に受け止めなかった。難癖をつけているのだと受け取った。「君はおれを一人前の男だと思っていないのか?」

「えっ?」ラスティはうろたえた。「いいえ、そんな——もちろん、一人前の男だと思っているわ。あなたはその味が嫌いなんだと思っていたのよ」

「この味が好きで飲んでいるんじゃない。これしかないから、これを飲んでいるんだ」

けんかを売りたくてたまらないんだわ。彼の目を見ればわかったたし、嫌味たっぷりな声の調子にも表れていた。ラスティはライオンのしっぽを引っ張るようなばかなことはしなかった。たとえしっぽが檻《おり》の外にぶらさがっていてもだ。それに、危険な兆候がはっきりと出ているクーパーの顔の前で、赤い布を振るような真似《まね》もしなかった。

彼がそういうご機嫌なら、つつかずにそっとしておくほうが賢明だ。とはいえ、黙っているのは努力がいった。酔っ払うためにいやいやまずいものを飲むのは愚かもいいところだと言ってやりたかった。

クーパーがわざと愚かなことをしているのは明らかだ。テーブルから立ちあがろうとして、彼は椅子を引っ繰り返しそうになった。獲物に飛びかかるがらがら蛇さながらに訓練された運動神経のおかげで、椅子は床に引っ繰り返るのを免れた。彼は炉のそばに戻り、ラスティが皿洗いをしているあいだもむっつり黙って飲んでいた。

後片付けがすむと、ラスティは床を掃除した。必要があったからというより、何かしていたかったからだ。信じられないことだが、小屋の中をどれほどきれいに整理整頓《せいとん》しておくかがいつのまにか最大の関心事になっていた。

雑用が種切れになると、何をしたらよいかわからなくなり、ぎこちなく部屋の真ん中にたたずんだ。クーパーは椅子の中で背中を丸めて炉の火をにらみながら、着実に飲み続けている。もっとも賢明なのはこの場をはずすことだろうが、一部屋だけの小屋だ。散歩に出るのは論外だし、少しも眠くなかったが、残るはベッドに入るしかなかった。

「あのう、わたし、もうやすむわ。おやすみなさい」

「座れよ」

ベッドへ行きかけていたラスティは、はたと足を止めた。そう言われたからではなく、言い方のせいだった。こんな気味悪い猫撫《な》で声より、耳障りな命令口調のほうがよほどよかった。

「わたし――」

「座れ」

彼の高飛車な態度に思わず言い返しそうになったが、なんとかこらえた。踏みつけられるだけのドアマットではいたくないが、ここで爆発するのも愚かだ。いまのような状態のクーパーにけんかを仕掛けるのは愚か者だけだ。ラスティはむっとして部屋を横切り、彼の前の椅子に腰を下ろした。「あなた、酔っ払っているわね」

「そのとおり」

「お好きにどうぞ。勝手にばかなことをしているといいわ。ちっともかまわないけれど、見て楽しい光景ではないわね。そういうわけで、よろしかったら先に失礼して、やすむことにしたいの」

「よろしくない。君はここにいるんだ」

「どうして？　どこにいても同じことでしょう？　なんの用があるの？」

　クーパーはウィスキーを一口飲み、ブリキのカップのへこんだ縁越しにじっとラスティを見た。「おれは酔いを深めながらここに座って、君をながめて君の――」怪しいろれつで言ってまた一口飲み、大きなげっぷをした。「素っ裸を想像したいのさ」

　ラスティはばねにはじかれたように椅子から飛び出した。酔ってもクーパーの反射神経は少しも鈍らないらしい。すかさず彼の腕が伸びた。ラスティの袖《そで》をつかんで引き戻し、椅子に押しつける。

「座っていろと言っただろう」

「放してちょうだい」

　ラスティは腕を振りほどいた。怒るのと同時に不安になった。これは酔っ払いがたわいない悪ふざけをしているのでも、理屈っぽい大酒のみがへ理屈をこねているのでもない。クーパーが乱暴を働くはずがないと思いたかったが、わかったものではない。アルコールの刺激で理性のたががはずれ、狂暴さが爆発するかもしれない。

「わたしにかまわないで」ラスティは虚勢を張って言った。

「君に触ろうとは思っちゃいない」

「じゃあ、なんなの？」

「そうだな。こう言っておこうか——マゾヒスト的な自己実現とでも」クーパーはわざとらしく半ば目を閉じた。「それをずばりどう言うか、君は知っているはずだな」

ラスティは恥ずかしさで真っ赤になった。「あなたをずばりどう呼ぶべきかならわかってるわ。実際、いくつも思いつくわ」

クーパーは笑った。「そいつは言わないでおけ。ぜんぶ言い古されてる。おれに汚いあだ名をつけるより」また一口すすって彼は言った。「君のことを話そうじゃないか。たとえば、君の髪についてだ」

ラスティは胸のところで腕を組み、天井に目を向けて、心底うんざりしているということを伝えた。

「おれが最初にその髪を見てどう思ったかわかるか?」彼はラスティの完全無視の態度にも臆《おく》せず、大きく身を乗り出してささやいた。「こう思ったのさ。あれがおれの腹をくすぐる感じはいいだろうなってな」

ラスティは反射的にクーパーを見た。彼の目はぎらついていたが、アルコールのせいばかりとは言えなかった。したたかに酔ったうつろな目ではなかった。黒い瞳孔《どうこう》は猛火のようだ。声も、いまはよく響いた。言葉もはっきりしている。これでは聞きまちがえようがない。聞きまちがえたふりさえできない。

「君は滑走路の日差しの中に立ってた。男と……おやじさんと話していた。あのときは、君のおやじさんだとは知らなかった。君が彼を抱きしめ、頬にキスをするのを見ていた。そして思った。〝あのラッキーな野郎は、ベッドの中であの女の髪をもてあそぶ感じを知っているわけだ〟って」

「やめて、クーパー」ラスティは脇《わき》で拳《こぶし》を固めた。発射秒読み中のロケットのように椅子の上で背中をまっすぐにした。

「君が飛行機に乗ってきたとき、おれは手を伸ばして君の髪に触りたかった。つかんでおれの膝の上に頭を引き寄せたかった」

「そんな話はやめて！」

クーパーは急に黙り、またウィスキーを一口飲んだ。彼の目は黒みを帯び、意地悪く光っていた。「聞きたいんだろう？」

「聞きたくないわ」

「君は、じぶんが常に男にそういう力を振るえるってことを知っていたいんだ」

「あなたは誤解してるわ。大きな誤解よ。飛行機の中はとても気詰まりだったわ。わたし一人だけ女なのをひどく意識していたわ」

彼は卑猥《ひわい》な言葉をつぶやき、またウィスキーを飲んだ。「きょうもか？」

「きょう？　いつのこと？」

クーパーはカップを、中身を一滴もこぼさず脇に置いた。バランス感覚も反射神経同様、まだしっかりしているということだろう。下品で嫌味たっぷりな酔っ払いだが、だらしなくはなかった。彼はさっきよりさらに身を乗り出し、ラスティに顔を近づけた。

「おれが入ってきて、君が裸で毛布にくるまっているのを見たときのことさ」

「あれは計算ちがいよ。判断の誤り。あなたがあんなに早く戻ると思わなかったの。そんなこと、いままでになかったから。いつも出かけると数時間は帰らないわ。それで、あなたが留守のあいだに体を拭《ふ》いておこうと思い立ったの」

「それは入ってきてすぐにわかった。君の肌は石鹸《せっけん》の匂いがしていた」彼は低い声で言い、ラスティをながめまわした。厚いケーブル編みのセーターではなく、素肌をながめるように。「おれに胸をのぞき見する栄誉を与えてくれた。そうだろ？」

「いいえ！」

「いや、そうに決まってる」

「ちがうわ！　知らないうちに毛布がずり落ちているのに気づいて――」

「遅すぎたな。おれはちゃんと見た。君の乳首はピンク色で、硬くなっていた」

ラスティは不規則な呼吸を繰り返した。このあきれた会話は、妙な影響をおよぼしはじめていた。

「それ以上言わないで。約束したでしょう。おたがいを傷つけることは言わないって」

「傷つけようとはしていない。じぶんに対してはどうか知らないが、君にはしてない」

「してるわ。しているじゃない。こんなことやめましょうよ、クーパー。あなたはじぶんが――」

「何を言ってるのかわからない？　いや、わかってるさ。おれはじぶんが何を言いたいのか、ちゃんとわかってる」クーパーはまっすぐにラスティの目を見た。「おれは君の乳首に一週間キスしていたって決して飽きない」

彼の声はアルコールのせいでかすれて小さかったが、ラスティには聞こえた。その台詞《せりふ》は彼女を興奮させた。小さく声をあげて目をつぶり、不埒《ふらち》な言葉とその言葉が喚起したイメージを頭から追い払おうとした。

わたしの肌の上を這《は》うやわらかく濡《ぬ》れた彼の舌。やさしく激しく、荒々しく刺激的に。

ラスティは唐突に目を開き、クーパーをにらんだ。「失礼ね。おかしなことを言わないでちょうだい」

「どうして？」

「気に入らないわ」

クーパーは嘘《うそ》をつけという顔で気取った笑みを浮かべた。

「おれがこういうことを言うのが気に入らないのか？　どんなにこの手で君の体中を撫でまわしたいと思っているか、君がおれのために脚を開くところをどんなふうに空想しているか、聞きたくないって？　おれが毎晩あのいまいましいベッドに横たわって君の寝息を聞きながら、君の中に思いきり体を埋《うず》めたくて――」

「やめて！」ラスティは椅子から飛び出し、クーパーの横をすり抜けて小屋の外に逃げ出そうとした。おぞましい熱弁を浴びているより、外で凍えているほうがずっとましだ。

だが、クーパーのすばやさにはかなわなかった。ラスティは戸口にもたどり着けなかった。二歩と進まぬうちに抱きすくめられた。彼にのしかかられて背中が弓なりに反る。おびえたラスティの顔に熱い息がかかった。

「こんなところに閉じ込められるのがおれの運命だったとしても、なぜ君のような女と一緒じゃなくちゃならなかったんだ？　なぜだ？」

クーパーは論理的な説明を期待するように、ラスティを揺すった。

「よりによって、どうして君はとびきりの美人なんだ？　セクシーなんだ？　男がむさぼりたくなるような唇をしているんだ？」

ラスティは逃れようともがいた。「こんなことごめんだわ。放してちょうだい」

「籠城《ろうじょう》するにしても、どうして気立てのいい不器量な女が一緒じゃなかったんだ？　寝ても悔いが残らない女、おれが親切にすれば感謝する女と一緒ならよかった。男をおかしくさせる軽薄な女でも、金持のお嬢さんでも、君でもなく」

「放してと言っているのよ、クーパー」ラスティは歯を食いしばり、もがいた。

「美人より実用的な女、料理が得意な女ならよかった」彼は胸がむかつくような笑いを浮かべた。「そりゃ、君にも得意の料理があるのはわかってる。ただし、料理するのはベッドの中でだ。さぞかしうまく男を料理するんだろうな」

クーパーは両手でラスティのヒップを持ちあげ、腰を突き出して下腹部を押しつけた。

「料理しどきだとわかって、ぞくぞくしないか？」

ラスティが感じたのは、彼が言ったものとはべつの種類の戦慄《せんりつ》だった。欲望のあかしを押しつけられ、息が止まりそうだった。よろけて彼の肩をつかんだ。二人の視線が交わった。数秒のあいだ、そうやって見つめ合っていた。

ラスティはふいに視線をそらし、クーパーの肩を押しやった。こんな目に遭わせる彼を軽蔑《けいべつ》した。けれど、彼の言葉に不本意ながら体をうずかせているじぶんも恥ずかしかった。その反応はすぐに消えてしまうものであってもつかのまはここにあり、彼女しだいで二人はどういうふうにもなりえた。

「近寄らないで」ラスティは震える声で決然と言った。「近寄ったら、護身用にあなたがくれたナイフを抜くわよ。本気よ。聞こえた？　二度とわたしに手を触れないで」クーパーの横をすり抜け、ベッドにうつぶせに身を投げ出した。ほてりを冷まそうと、固いシーツに顔を押しつけた。

クーパーは部屋の真ん中に立っていた。両手を髪の中に突っ込み、荒々しく顔からかきあげた。そして炉のそばの椅子に戻ると、酒の瓶とカップを取りあげた。

しばらくして、ラスティが思いきって盗み見ると、彼はまだ同じ場所に座って、ふさぎ込んだ顔でウィスキーをなめていた。

朝、目を覚ましたラスティは隣のベッドに寝た形跡がないのを見てぎょっとした。夜のあいだに酔って外にさまよい出たのだろうか？　彼の身に何か恐ろしいことでも起こっていたらどうしよう。毛布をはねのけ――昨夜じぶんで毛布をかけた覚えはなかったが――戸口に走ってドアを開けた。

クーパーがいた。ラスティは安心してドアの柱に寄りかかった。彼は薪《まき》を割っていた。空は快晴。太陽がきらめいていた。軒のつららが解けて水がしたたっている。気温も昨日とはずいぶんちがう。クーパーはコートも着ていない。シャツの裾《すそ》をズボンから出している。こちらを振り返ったのを見ると、前のボタンもはずしていた。

彼はラスティに目を向けたが何も言わず、割った薪を数本ポーチの端の薪の山に向けてほうった。顔が青く、充血した目の下に黒い隈《くま》ができていた。

ラスティは中に引っ込んだが、ドアは開け放しておいた。寒かったけれど、太陽には清浄な力がある。薄暗い小屋にひそんでいる敵意を追い散らしてくれそうだった。

手早く洗面をすませ、髪にブラシを当てた。料理用ストーブの火は完全に消えていたが、いまではラスティもたき付けを入れて火をおこす術《すべ》をマスターしていた。数分後には、コーヒーを沸かすのに充分な火が燃えていた。

目先を変えようと思い、今朝はハムの缶詰めを開けてフライパンでいためた。ポークの焼けるおいしそうな匂いに唾《つば》がわいた。クーパーの食欲もかき立ててくれるといいけれど。オートミールのかわりに米を煮た。マーガリン一本のために身を売ってもいいくらいだが、幸か不幸か取り引きをしようにも相手がいない。かわりにハムから出た汁をごはんにかけてみると、これが大成功だった。

桃の缶詰めも奮発し、ボウルに盛ってほかのものと一緒にテーブルに並べた。薪割りの音がやんでいる。じきにクーパーが来るだろう。

思ったとおり、まもなく彼が入ってきた。いつもに比べて歩き方に元気がない。彼が流しで手を洗っているあいだに、ラスティは救急箱からアスピリンを二錠出して彼の皿の上に載せておいた。

テーブルに来たクーパーは薬の粒をしばらくながめていたが、結局、皿のそばに置かれていたコップの水でのみくだした。

「どうも」彼は用心深い動作で腰を下ろした。

「どういたしまして」

ラスティは賢明にも笑わなかったが、いちいち慎重な彼の動きを見れば、ひどい二日酔いにさいなまれているのがわかった。濃いブラックコーヒーを注いで差し出した。伸ばした彼の手が震えている。はめをはずして飲んだ罰として、じぶんに薪割り労働を課したのだろう。手元が狂って爪先を切断するとか、もっと悪いことにならなくてよかった。

「気分はどう？」

クーパーは頭を動かさずにラスティを見た。「まつげが痛い」

ラスティは笑いをこらえた。テーブル越しに手を伸ばし、彼の額に汗で張りついている髪をかきあげたい衝動もこらえた。「食べられる？」

「そう思う。そのはずだ。何時間にも思えるくらい外の、その——何で過ごしたんだからな。胃袋に裏がまだくっついているとすれば、あるのはそれだけだ」

クーパーは肩を丸めて座り、さっきからずっと両手を皿の両側に置いたまま動かさない。ラスティは料理をよそった。彼の皿に盛る前に、ハムを一口大に切ってあげさえした。

彼は大きく息を吸い込み、ナイフとフォークを取りあげておそるおそる口をつけた。それが胃袋にちゃんと納まるのを確かめてからもう一口。またもう一口。じきにふつうに食べだした。

「これはいける」しばらく黙っていたあとでクーパーは言った。

「ありがとう。オートミールよりいいでしょう。たまには」

「ああ」

「さっき気づいたんだけど、昨日よりずっと暖かいわね」

じつのところラスティが気づいたのは、体を動かしてきた彼の胸毛が湿って縮れていることだった。テーブルに着いたときにはシャツのボタンはおおかた留めてあったが、それでも見事な胸が充分のぞけた。

「つぎの嵐《あらし》が来る前に二、三日この陽気が続いてくれるといいんだが」

「だとうれしいわね」

「ああ。いろいろ片付けられる」

無意味な、社交辞令のような会話は初めてだった。空疎なやりとりは、口論よりまだ始末が悪い。二人は黙り込んだ。あまり静かなので、外の軒でつららから水がしたたるのが聞こえた。そんな中で食事を終え、二杯目のコーヒーを飲んだ。

ラスティが片付けに立ちあがったとき、クーパーが言った。

「アスピリンが効いてきたらしい。頭痛がほとんどなくなった」

「よかったわね」

クーパーは咳払《せきばら》いをし、空の皿の上のナイフとフォークをいじった。「その、昨夜《ゆうべ》のことだが、言いわけのしようもない」

ラスティは理解のある微笑を向けた。「あのウィスキーの味に我慢できたら、わたしだってきっと飲んで酔っ払ってたわ。墜落して以来、わたしも数えきれないくらい何度も現実から逃避しそうになったわ。だから、謝ることはないわ」

テーブルに戻って皿を下げようとした。すると彼が手を取った。その仕草は、出会って以来初めて、自信がなさそうでためらいがちだった。

「昨夜言ったことを、なんとか謝りたい」

彼の頭に目を落とすと、髪が小さな男の子のように渦巻いていた。「あれは本当なの、クーパー？」ラスティはやさしく言った。

じぶんが何をしようとしているかはわかっていた。彼を誘惑しようとしているのだ。彼と寝たい。これ以上じぶんをごまかしても仕方がなかった。これまで出会った誰より心を引かれる。そして、その気持は彼も同じらしい。

肉体の欲望を満たさずにいたら、二人ともきっと頭がおかしくなってしまう。関係を結ばなくても冬を乗りきることはできるかもしれない。だが、春には気が変になっているだろう。この欲望は、たとえ理不尽でもこれ以上抑えつけておけない。

ふつうの状況なら、二人のあいだには何も起こらないだろう。けれど、いまの状態はふつうからはほど遠い。ライフスタイルや支持政党や人生観を突き合わせてみるのはまったく無意味だ。そんなことはどうでもいい。いまの問題は、差し迫った問題は、異性を欲するという人間の一番基本的なところにあるのだ。

クーパーはゆっくり顔を起こした。「なんて言ったんだ？」

「あれは——昨夜言ったことは本当かどうかきいたのよ」

彼の視線は揺るぎもしなかった。「ああ、本当だ」

クーパーは言葉より行動で示す男だった。手を伸ばしてラスティのうなじをつかみ、頭を引きさげてキスをした。獣が獲物をむさぼるような音をたて、唇でラスティの口を開かせた。舌が入ってきて口の中を探るのを、ラスティは歓迎した。

クーパーは立ちあがり、バランスを崩してよろめいた。椅子が引っ繰り返って大きな音をたてたが、二人とも気づかなかった。

彼の腕が彼女の腰に、彼女の腕が彼の肩に回された。クーパーは彼女をしっかりと抱き寄せた。弓なりに反ったラスティに合わせ、クーパーの背中はアーチのように曲がった。「ああ」彼は唇から離した口をラスティの喉に押しつけた。片手で髪をまさぐり、指で梳《す》いた。彼の手は望みどおりラスティの髪をとらえた。彼女の顔を仰向けてのぞき込む。欲望が彼の下半身をこわばらせていた。

ラスティは臆せずに彼の視線を受け止めた。「もう一度キスして、クーパー」

再び唇が重ねられた。熱く飢えたように。ラスティは息もできなかった。彼の手がスラックスの前を探る。手探りでボタンをはずし、ファスナーを下ろした。手が中に入ってきたので、ラスティはあえいだ。官能を高める手順や、遊びめいた過程や、長い前戯があると思っていたのだ。

だが、残念には思わなかった。彼の大胆で性急な迫り方が強烈に彼女をあおった。体の芯《しん》で欲望がはじけた。ラスティは腰を動かして彼の手にやわらかなところを押しつけた。

クーパーが立て続けに悪態をつく。それも刺激的だった。その一つ一つが彼の興奮の激しさを表していたからだ。耳に入れば男と女のことを連想せずにはいられないロッド・スチュワートの歌のように、じつにセクシーだった。

彼はジーンズの前を開いて男性の象徴を自由にした。熱く硬いそれをラスティの股間《こかん》に押しつけた。

「君を感じる」彼はしわがれた声をラスティの耳に送り込んだ。「やわらかい」

官能的なメッセージにラスティは体の力が抜けた。テーブルに背中を倒し、彼の腰を撫でた両手をジーンズの中に入れた。「お願い、クーパー、早く」

クーパーは一気に彼女の中に埋没した。ラスティは快感と苦痛にあえいだ。彼は息を止めた。二人は大惨事の生存者のように――まさにそのとおりだったが――しっかり抱き合っていた。そうしていないと、たがいが存在できないかのように。一つになることが生き延びるための必要条件であるかのように。

どちらが先に動いたのかわからない。おそらく同時にだったのだろう。頭の中が白くなるような快感が収まると、クーパーはさらに深く彼女を探りはじめた。腰を合わせ、押しつけ、引き寄せ、彼女の魂の中心部にまで到達しようとするように。

ラスティは恍惚《こうこつ》の中で叫び、頭をのけぞらせた。クーパーは彼女の喉にキスを浴びせ、胸に唇を這わせた。彼女はまだセーターを着たままだった。

だが、愛撫《あいぶ》はいらなかった。どんなことをしてもこれ以上の火を燃えあがらせることはできないだろう。激しく突き進むクーパーの体はいよいよ熱く、いよいよ硬くなった。

あとは、なるようになるだけだった。


「君はとてもきれいだ」

ラスティは親密な仲になった男性を見上げた。片腕は肘枕《ひじまくら》にし、もう一方の腕は彼の肩に軽く投げかけていた。挑発的なポーズだった。そうしていたかったのだ。胸を誘いかけるようにさらしているのも気にならなかった。彼を喜ばせるためにあらわにしておきたかった。彼の目は、乳房とがった乳首に注がれるたびに光る。それを見るのがうれしかった。

たぶん、クーパーの言うとおりだったのだ。彼に出会ってからのわたしは、たしかに慎みのかけらもなかった。初めからこういう関係になりたくて、わざと誘惑するような態度を見せていたのだ。わたしがほしかったのはこれだ——睦《むつ》み合ったあとの余韻、満ち足りたけだるさ。

「わたしのことをきれいだと思うの？」ラスティははにかんだふりをしてきき返し、彼の髪を撫でながら、いまミルクをなめ終えた猫のように微笑した。

「そう言っただろ」

「そんな怒ったような言い方をしなくてもいいでしょう」

クーパーはラスティの胸の谷間から下腹へ手を這わせた。「怒っているんだ。おれは君の魅力に屈したくなかった。欲望との戦いに負けてしまった」

「負けてくれてうれしいわ」ラスティは顔をもたげて彼の口にそっとキスをした。

彼はラスティのへその上に軽く指を走らせた。「いまのところは、おれもそうだ」

「なぜ〝いまのところは〟なの？」タイムリミットなんて設けてほしくない。

二人は服を脱ぎ、炉の前に寝床を作っていた。毛皮の上に長く裸の体を横たえたラスティは、赤い豊かな髪を乱し、いくどものキスで濡れたばら色の唇をしていた。激烈な戦いの果てに手に入れた戦利品のようだ。クーパーはかつて物事に詩的なワックスなどかけたためしがなかった。セックスのあとではなおさらだ。だから、いまじぶんが思ったことに我知らず笑みが浮かんだ。

彼はラスティの誘惑的な姿態をじっくりながめた。「気にするな」

「知りたいわ」

「君とおれ、それぞれが何者かってことに関係がある。だが、いまその話はしたくない」

クーパーは頭を低くして、彼女の脚のあいだの赤褐色のヘアにキスした。それは湿っていた。彼自身の匂いがし、味がした。体が反応した。彼女の低いうめきがベルベットでできた手の愛撫のように欲望を刺激し、彼は喜びのため息をついた。

「君はとても小さかった」やわらかいデルタにささやいた。彼女の脚が緩んで開く。彼はその中に手を入れた。

「そう？」

「ああ」

「あまり経験がないから」

クーパーは疑わしげにラスティを見たが、彼女は嘘をついている顔ではなかった。「何人？」彼はいきなりきいた。

「失礼よ！」

「何人だ？」

言おうか言うまいかラスティは心の中で迷った。やがて目をそらして、静かに言った。

「片手の指で数えられるくらい」

「一年に？」

「ぜんぶで」

クーパーは彼女の目の中にごまかしがひそんでいないかどうか見つめた。信じたいが、信じられない。頭は頑として受け入れなかったが、じぶん自身が得た感触はそうだった。その瞬間にわかったはずだが、彼女に抱いているイメージと合わなかった。

「五人以内?」

「ええ」

「三人以内か?」彼女は目をそらした。「一人だけ?」彼女がうなずいた。クーパーの心臓は奇妙なダンスを踊った。幸福にも似た感情が体を走り抜けた。だが、幸福というものにほとんどなじみがなかったので、本当にそうなのかどうかわからなかった。「そしてラスティ、君はその男と一緒に暮らしてはいなかったんだな?」

「ええ」彼の親指の愛撫にラスティは頭をのけぞらせ、唇を噛んだ。節くれ立った指は女の体を喜ばせる魔術を心得ていた。

「どうして?」

「父と兄が賛成しそうもなかったから」

「君はおやじさんの眼鏡にかなったことしかしないってわけか?」

「ええ……いいえ……あ……クーパー、お願い、やめて」ラスティはあえいだ。「そんなことをされたら考えられないわ」

「だったら考えるな」

「でも、あなたに誤解され……ああ、お願い……だめ……」

最後の閃光《せんこう》が消えていった。ラスティがようやく目を開くと、のぞき込むクーパーの目がからかうように笑っていた。「これも悪くなかっただろう?」

彼の微笑に応《こた》え、手を伸ばして指先で口ひげに触れるエネルギーしか残っていなかった。

「でも、いきなりすぎたわ。あなたをもっと見ていたかったのに」

「おやじさんの話の途中だったな」

ラスティは眉を曇らせた。「いろいろ複雑なのよ。兄のジェフが死んで、父はひどく気落ちしてしまった。わたしもよ。ジェフは……」一番適当な言葉を探した。「彼はすばらしい人だったわ。すべてに長《た》けていたの」

クーパーは口ひげで彼女の唇をくすぐった。「すべてじゃない。これはできなかった」顔を近づけ、ジェフができなかったことを野卑な言葉でささやいた。ラスティは生え際まで赤くなった。だが、下品さにではなく、うれしさにだった。

「わかっただろ?　君が兄さんに劣等感を持つ必要はない」

さらに何か言いかけた彼女の唇を、クーパーはキスでふさいでむさぼった。

「おれを見るって話はどうなったのかな?」

ラスティは深い息を一つして呼吸を整えた。「心ゆくまで見ていなかったわ」銅《あかがね》色に輝く目でクーパーの胸をなめるようにながめた。手を上げ、許可を求めるようにちらりと彼を見てから、胸毛に指を触れた。

「怖がることはない。噛みついたりはしないよ」

そうかしら？　ラスティが熱っぽい目を向ける。クーパーは笑った。

「たしかに。だが、いつもじゃない」彼は身をかがめてささやいた。「君の二本の脚のあいだにある最上のやわらかいシルクの中におれを埋めたときだけだ」

ラスティは彼の体を探険し、クーパーは彼女の耳を唇でついばんだり、喉をそっと噛んだりした。彼女の指が乳首に触れると、彼は鋭く息を吸い込んだ。ラスティは手を引っ込めたが、彼はその手を取って、じぶんの胸の上に戻した。

「やめろってことじゃない。痛かったのでもない」クーパーはかすれた声で言った。「電線に触ったみたいだった。そんなショックがくるとは思ってなかった。やってくれ。好きなように」

ラスティは彼の息が激しく乱れるまでもてあそんだ。

「ほかのところが君の気を引きたがっているが」クーパーは下の方に滑っていく彼女の手をとらえた。「できることなら、それはもっとあとに取っておきたいな」

「触らせて」

ささやくように要求されると、逆らう意志が失《う》せた。クーパーは目をつぶり、彼女の飽くことを知らない愛撫に身をまかせた。ついに耐えられなくなり、彼女の手をつかんで詮《せん》索《さく》好きなその指を熱いキスで満足させた。

「おれの番だ」ラスティは片腕を頭の下に敷いて横たわっていた。頂に美しいピンクの王冠を載せた、非の打ちどころのないドーム。クーパーは両手でその丸みを覆い、強くつかんだ。「痛かったか？」表情の変化を見てきいた。

「すてきすぎたの」ラスティはため息を漏らした。

「このあいだの晩、ここにキスをしたとき……」彼は胸のカーブを指で撫でた。

「ええ、それが？」

「おれはわざと跡をつけたんだ」

眠たげに伏せられていたラスティのまぶたが開いた。「わざと？　なぜ？」

「つまり、おれは根性が悪いからさ」

「ちがう。そうじゃないわ。あなたは人にそう思わせたがっているだけよ」

「そして、うまくいっている。そうだろ？」

ラスティは微笑した。「ときどきはね。心底いやな人だと思ったときもあったわ。でもわかっていた。あなたはつらいことをたくさん胸にためていて、いやな人間を演じることでやっと耐えているんだって。捕虜になっていた時代のことと関係があるんじゃない？」

「たぶん」

「クーパー？」

「ん？」

「よかったらまた跡をつけて」

視線がぶつかった。クーパーは彼女の上にかぶさり、両手で胸を愛撫しながら、じっくりキスをした。キスに濡れ、腫《は》れた彼女の唇を、ひげでそっと撫でる。唇を喉に這わせて軽く歯を当て、鎖骨から乳房の上のカーブのところまでキスでたどった。

「君の尻もあざだらけにしたんだったな。つぎにあのキスマークだ。たぶん、君はおれのものだっていう印をつけたかったんだな。幼稚な方法で。だが、もうそんなことはしなくていい」クーパーは彼女の肌に唇を触れながら言った。「君はもうおれのものだ。少しのあいだだけだとしても」

　ラスティは異議を唱えたかった。好きなだけあなたのものにしていていいと言いたかった。だが肌を這う彼の唇の動きで頭が痺《しび》れ、うまく伝える言葉が見つからなかった。彼は乳房にくまなくキスをした。子供がソフトクリームを夢中でなめるように。ラスティは耐えられなくなり、彼の髪をつかんでうずいている頂の真上に唇を引き寄せた。

　ラスティが悶《もだ》えて頭を右に左に振るまで、彼は巧みに舌を使った。口ひげでくすぐり、唇でついばんだ。彼女は大きな声で彼の名を呼んだ。

「ベイビー、君はすてきだ」彼は頭を動かし、両方の乳房を貪欲《どんよく》に、けれどやさしく口にふくんだ。

「クーパー？」

「ん？」

「クーパー?」

「ん?」

「クーパー?」ラスティは彼の頭を手で挟み、顔の方に引きあげた。「あれはどうしてだったの?」

「あれって?」

クーパーは目を合わせるのを避けて、彼女の頭の向こうを見つめた。

「わかっているくせに。さっきのこと。なぜ」彼女は口ごもって唇を湿らせた。「なぜ……あのとき途中で?」

ラスティは不安と失望を感じていた。この前、たまらなく彼をほしいと思い、もう少しのところで裏切られたときのように。

クーパーは身じろぎもしない。怒らせてしまったのかしら。彼は寝床を出ていってしまうかもしれない。緊張をはらんだ長い数秒が過ぎた。ふいに彼が視線を戻した。目と目が合った。

「理由は――わかるだろう?」

彼女は黙っている。クーパーはため息まじりに言った。

「ラスティ、おれたちはここに長くとどまるはめになるかもしれない。君だって、もう一人養う口が増えるのは望まないだろう」

「赤ちゃん?」ラスティは畏敬《いけい》の念を込めてささやいた。身ごもり、赤ん坊を産むことを想像してみた。少しもいやだとは思わなかった。それどころか、魅せられたような微笑がわいた。「考えもしなかったわ」

「おれは考えた。おれたちは若くて健康だ。君がピルをのんでいないのはわかっていた。ここに何を持ってきたかぜんぶ知ってるからな。そうだろう?」

「ええ」小さな罪を告白している子供のようにおずおずと言った。

「おれは狩猟ロッジに行くのによけいなものは持たなかった」

「でも、たぶんそんなことにはならないわ」

「確信はできないさ。おれは危ないことはしたくない。だから――」

「でも、もしそうなっても」ラスティはやっきになって言った。「子供が生まれる前にきっと捜索隊が発見してくれるわ」

「おそらくな。だが――」

「たとえ発見してもらえなくても、赤ちゃんを養うのはわたしよ」

子供の話はクーパーの胸をかき乱した。唇を固く引き結んだが、ラスティが真面目《まじめ》に言っているのがわかると、口元は緩んだ。

「つまりこうなんだ」彼はぶっきらぼうに言い、彼女の胸に唇を寄せた。「誰とであれ、君を分け合うなんて我慢できない」

「でも――」

「あいにく、そういうことなんだ」

ラスティは反駁《はんばく》したかった。けれど、彼の巧みな手と唇と舌の愛撫で二人の体は溶け合い、果てしない頂上へたどり着いた。そしてさっきと同じように、彼女が気づく前に彼は体を引いた。

満たされていたので、空腹も寒さも疲れも感じなかった。二人は一日中、夕方まで繰り返し愛を交わした。ついには毛皮の下でたがいの腕に包まれ、消耗しきって眠りに落ちた。

二人の心地よい深い眠りの邪魔をしたのは、思いもかけない、ヘリコプターのプロペラの音だった。

10

ヘリは去ってしまう。クーパーにはわかっていた。いつも去ってしまうのだ。だが彼は走り続けた。わかっていても、いつも走った。ジャングルの茂みが行く手を阻む。がむしゃらに茂みをかき分けて、開けている方へ走った。必死で走った。肺が焼けて爆発しそうだった。じぶんの息遣いが耳の中に大きく響いている。

だが、それでもヘリのプロペラ音は聞こえていた。近い。すごく近い。うるさい。こんどこそつかまえるぞ。彼はじぶんに向かって叫んだ。つかまえるんだ。さもないとまた捕虜になる。

だが、わかっていた。絶対につかまえられないことが。それでも彼は走った。走って、走って……。

悪夢を見たあとはいつでもそうだが、クーパーははね起きた。胸が激しく波打ち、体中に汗をかいていた。ちくしょう、こんどこそと思ったのに。あのヘリのプロペラの音がまだ——。

彼ははっと気づいた。まだヘリの音が聞こえる。おれは目を覚ましているのか？　ああ、ちゃんと目を覚ましている。ラスティがいる。おれのそばで静かに眠っている。ここはベトナムじゃない。カナダだ。そして、ヘリコプターの音がする！

彼は急いで立ちあがり、冷たい床を走った。捜索機をみすみす去らせたあの日以来、照明銃は戸口のそばの棚に置きっぱなしだった。銃をつかんで外に飛び出し、ポーチを横切って地面に飛びおりた。裸だったが、銃はしっかり握っていた。

左手を目の上にかざし、空を見た。太陽が出ていた。太陽はちょうど森の梢《こずえ》の上にあった。あまりまぶしくて涙がわいた。何も見えなかった。弾は六発しかない。一発も無駄にできない。数えて撃たなければならない。だが、ヘリコプターの音はまだ聞こえていた。

彼は思いきって銃をまっすぐ上に向け、二発撃った。

「クーパー、あれは――」

「ヘリだ」

ラスティはポーチに走り出て、彼の方へジーンズを投げた。目を覚まして真っ先に気づいたのは彼がそばにいないことだった。つぎにヘリコプターの音に気づき、あわててスラックスをはいてバルキーセーターを頭からかぶった。いまはラスティも目に手をかざして、空を四方見回していた。

「閃光《せんこう》が見えたらしい」クーパーが興奮して叫んだ。「戻ってくる」

「何も見えないわ。どうしてわかるの?」

「音でわかる」

そのとおりだった。数秒後、ヘリコプターが梢をかすめるように現れ、小屋の上を旋回した。クーパーとラスティはちぎれんばかりに手を振り、大声をあげた。ヘリに乗っている二人の男にこちらが見えているのは明らかだった。風防ガラスの向こうの男たちがにっこりするのさえ見えた。

「わたしたちを見つけてくれたわ! ああ、クーパー、クーパー!」

ラスティは彼に飛びついた。クーパーは彼女を抱きしめ、持ちあげて回った。「やったぞ、ベイビー、やったぞ!」

小屋のまわりの空間はヘリコプターが下りるのに充分だった。ヘリは着陸した。ラスティとクーパーは手に手を取って走った。脚の傷がうずいたが、ラスティは気にもしなかった。右側に座っていたパイロットがシートベルトをはずして飛びおり、回転しているプロペラの下をくぐって走ってきた。

「ミス・カールスンですか?」

彼の南部のアクセントが、コーンシロップのように甘く響いた。ラスティはうなずいた。急に恥ずかしくなって声が出ず、クーパーの腕にしがみついた。

「クーパー・ランドリーだ」クーパーは名乗り、腕を差し出してパイロットと固く握手した。「見つけてくれて本当にうれしい」

「われわれもですよ。ミス・カールスンを捜すために、彼女のお父さんに雇われたんです。彼は当局の捜索に満足できなくて」

「父らしいわ」ラスティはプロペラ音に負けないように大きな声で言った。

「残ったのは二人だけですか？」

二人は顔を曇らせてうなずいた。

「じゃ、これ以上ここにはいたくないでしょう。送りますよ。これでお父さんは大喜びだ」

気さくなパイロットは、ラスティの父親のことを言いながら、懸念の目をクーパーに向けた。彼のジーンズの前が開いている。急いで服を着たのは明らかだった。その下に何もはいていないことも。ラスティのほうは髪を乱し、一晩中セックスにふけっていたように見える。パイロットはそれだけで充分に状況をのみ込んだ。説明は不要だった。

ラスティとクーパーは小屋に戻って手早く服装を整えた。クーパーは大事なじぶんの猟銃を持った。あとは二人とも何も持たなかった。ドアを出るとき、ラスティはふと感傷にとらわれ、うしろを振り返った。初め、こんなところは大嫌いだった。けれど去ろうとするいま、ほんの少しうしろ髪を引かれた。

クーパーは未練のかけらも感じていないようだった。彼とパイロットはジョークを言って笑い合っていた。どちらも退役軍人で、同じ戦争で戦い、同じ時期に戦地にいたことがわかったのだ。ラスティは走って二人に追いついた。追いつくと、クーパーはラスティの肩に腕を回して笑顔を向けた。ラスティはすべてうまくいきそうだと思った。少なくともいまよりはうまく。

「僕はマイク」パイロットはヘリに乗り込む二人に手を貸しながら言った。「向こうは双子の弟のパット」

もう一人のパイロットが会釈した。

「パットとマイクだって？」クーパーが大声で言った。「冗談だろう？」

二人の名は性的なふくみを持つ〝パット&ミック〟を連想させた。皆で大笑いしているあいだにヘリコプターは離陸し、木々の梢をかすめて上昇した。

「墜落現場は数日前に捜索機が発見した」マイクが振り返って、下を指さした。

ラスティはその場所を見下ろした。かなりの距離を徒歩で移動したのがわかって驚いた。それもクーパーは彼女を乗せた手製の橇《そり》を引っ張ってだ。彼がいなかったら生き延びることはできなかっただろう。もし彼が墜落時に死んでいたら……。そう考えてぞっとし、クーパーの肩に頭をもたせかけた。彼はラスティの体に腕を回して引き寄せた。ラスティの手は彼の腿を軽く握っていた。それは無意識の信頼の仕草だった。

「ほかの六人は即死だった」クーパーがパイロットたちに告げた。「ラスティとおれは一番うしろのシートだった。たぶん、それで助かったんだろう」

「機が炎上していないという報告を聞いて、ミスター・カールスンは生存者を捜すように主張したんだ。彼はわざわざアトランタのわれわれを雇った。僕は弟と組んで捜索を専門にやっているんだ」マイクはシートの背もたれに肘を載せてうしろを向いた。「よくあの小屋を見つけたな？　どうやって？」

クーパーとラスティは困って目を見交わした。

「いまはその話はしたくない。話すのは一度きりにしたいんだ。かまわないか？」

マイクはうなずいた。「君たちを発見したことを連絡しよう。捜索隊が大勢出ている。ここ数日、くそいまいましい天気だったし。失礼、ミス・カールスン」

「べつにかまわないわ」

「われわれも地上に釘《くぎ》づけだった。昨日、晴れたんで飛んだが何も見えなかった。で、今朝早く発《た》って、もう一度捜していたんだ」

「で、おれたちはどこに連れていかれるんだ？」

「イエローナイフだ」

「父はそこに？」

マイクは首を横に振った。「ロスです。きょうのうちにあなたがたを送還してくれるよう、圧力をかけると思いますよ」

それはよいニュースだった。父につらかった日々の詳細を語るのは、なぜかひどく気が重かった。すぐに父と顔を合わさずにすむとわかって、ラスティは安心した。たぶん、昨日の出来事のせいだろう。あのことをまだ考えてみる暇がなかった。クーパーと分かち合ったものをゆっくり味わい、噛《か》みしめたかった。

いきなりの救出だった。むろん、救出されたのはうれしい。でも、あの思いを抱いて一人きりになりたい。クーパーになら、彼になら心を乱されるのはかまわないが。柄にもなくまたはにかみに襲われ、ラスティはクーパーに体をすり寄せた。

クーパーはそんな気持を察したようだ。ラスティの顔を上に向かせて、じっと見つめた。身をかがめて唇にたしかなキスをし、彼女の頭を力強く胸に抱き寄せ、髪を一つかみそっと握った。やさしく守るように。君はおれのものだと主張するように。

ヘリの中で二人はずっとそのままでいた。パイロットたちは二人のプライバシーを尊重し、話しかけてこなかった。必要な質問はあとでできる。

「大勢集まっている」空港に近づくとマイクが振り返り、地上にあごをしゃくった。国際空港に比べればこぢんまりとしているが、ジェット機の離発着が可能な規模だった。

ラスティとクーパーは下を見た。人がたくさん集まっているのが見えた。立ち入り禁止の滑走路にまではみ出している。放送機材を積んだテレビ局のバンが連なっている。都会からはるか離れたノースウェスト准州にも、耳ざといマスコミは押しかけてくるのだ。

クーパーは悪態をついた。「これはいったいなんの騒ぎだ？」

「飛行機の墜落はビッグニュースだからな」マイクはすまなそうに微笑した。「生存者は二人だけ。みんな、あなたたちの話を聞きたがっているんだろう」

パットがヘリを地面に着けたとたん、報道関係者が間に合わせに作られた柵《さく》へ押し寄せてきた。警察官たちが彼らを押し戻そうと悪戦苦闘していた。役人らしい男が数人走ってくる。プロペラの風で彼らの背広は体に張りつき、翻るネクタイは顔を叩《たた》いていた。プロペラの回転がようやく止まった。

マイクがコンクリートの上に飛びおり、ラスティに手を貸した。ラスティはクーパーがかたわらに飛びおりるまで、ヘリの横腹に恥ずかしそうに身を縮めていた。二人はジョージア州から来てくれたパイロットたちに心から礼を言い、歩きだした。しっかりと手をつないで。

出迎えた男たちはカナダ航空安全委員会と米国家運輸安全委員会から派遣されたメンバーだった。事故機の乗客が全員アメリカ人だったため、合衆国からも調査員が送り込まれていたのだ。

彼らはクーパーとラスティの文明社会への生還を喜びとともに丁重に迎え、押し合いへし合いしながら大声を出している文明的とはお世辞にも言えない報道陣のあいだを進んだ。リポーターたちは機銃掃射のように次々と質問を浴びせた。めまいを感じながら、二人は従業員通用口から中に入り、廊下の奥の、調査委員たちが当座のオフィスとして使っている部屋に案内された。

「お父さんにはすでに知らせてあります、ミス・カールスン」

「ありがとうございます」

「あなたが無事だとわかって大変喜んでおられましたよ」役人が微笑しながら言った。

「ミスター・ランドリー、あなたには知らせておくべき人が誰かいますか?」

「いや、いない」

ラスティはクーパーの返事に胸をつかれた。彼が家族のことを一言も言わなかったので、誰もいないのだろうと推測はしていた。帰りを待っていてくれる人が一人もいないというのは、恐ろしく寂しいことだろう。手を伸ばし、頬を撫《な》でて慰めたかった。だが二人は役人たちに取り囲まれていた。

中の一人が前に進み出た。「あなたがたは墜落機のたった二人の生存者なんですね」

「そう。ほかのみんなは即死だった」

「遺族には連絡しました。何人かいま外に来ていて、あなたがたから話を聞きたがっています」

ラスティの顔から血の気が引き、クーパーの手を握りしめている指の関節と同じくらい白くなった。

「それはあとでもかまいませんが」男はラスティの様子を見、急いで言った。「墜落の原因はなんだったのか教えてもらえますか？」

「おれはパイロットじゃない」クーパーはそっけなく言った。「だが、嵐《あらし》が原因の一つだったことはまちがいない。パイロットたちは、彼らにできることはすべてやった」

「ということは、あなたは墜落は彼らの責任ではないと考えているんですね？」男は追及した。

「あの、お水を一杯いただけません？」ラスティは小さな声で頼んだ。

「それに食べるものもほしいな」クーパーが相変わらずぶっきらぼうに言った。「朝から何も口に入れていない。コーヒーすら」

「わかりました。いますぐに」誰かが急いで朝食の注文に走った。

「警察の人間を連れてきてほしい。男が二人死んだことを報告したいんだ」

「二人とは？」

「おれが殺した二人だ」

皆の顔が凍りついた。クーパーは一同の関心を引きつけることに成功したわけだ。

「報告しなきゃならないのはわかってる。だが、その前にコーヒーといきたいな」

彼の威張った気短な声が響いた。室内がたちまちざわめき立った。こっけいなくらいだった。それからの一時間、役人たちは愚かな鶏のように騒々しく二人の周囲を動きまわった。

ステーキと卵の、ボリュームのある朝食が来た。トレイの上のものでラスティが一番うれしかったのは、オレンジジュースだった。飲み干して、もっとほしいと思った。

二人は食べながら、果てしなく続く質問に答えた。墜落現場と小屋の位置をはっきりさせるためにパットとマイクが呼ばれた。天候が良好だったので、捜索隊と調査団が、残骸《ざんがい》の検分とクーパーが埋葬した遺体の収容に向かった。

混乱のさなかにラスティは電話を手渡された。聞こえてきたのは父の声だった。

「ラスティ、無事でよかった。だいじょうぶか?」

ラスティの目に涙がわいた。少しのあいだ声が出なかった。「ええ、だいじょうぶ。元気よ。脚のけがもずいぶんよくなったし」

「脚? 脚をどうしたんだ? おまえの脚のことは何も聞いていないぞ」

ラスティは手短に言いわけをした。「でも、もうだいじょうぶなの。本当よ」

「おまえの話をうのみにはできないな。だが、もう何も心配はいらない」父は言った。「いまからわたしがすべて手配する。今夜のうちにおまえがロスに戻れるようにしよう。空港に迎えに行くよ。おまえが生きて帰ったのは奇跡だ」

ラスティはちらっとクーパーを見て、静かに言った。「ええ、奇跡よ」

正午近くに、二人は通りの向こうのモーテルの部屋をあてがわれた。体を洗い、着替えるために。着替えはカナダ政府から支給された。

部屋のドアの前で、ラスティは気の進まぬままにクーパーの手を放した。彼が目の前からいなくなるのが怖かった。一人、疎外されているような気分だった。すべてが非現実的に思えた。人も物も、ぼんやりと揺れながら迫ってくる。夢の中に現れるゆがんだ像のように。考えていることを言葉にするのが難しかった。すべてが――クーパー以外のすべてが未知のものだった。クーパーだけがたしかな現実だった。

クーパーも離れ離れになるのを渋っているようだ。だが、モーテルの部屋に一緒に入るのは論外だった。彼はラスティの手を強く握って言った。「おれはすぐ隣の部屋にいる」

彼は、ラスティが安全に中に入りドアを閉めてロックするのを見届けてから、じぶんの部屋に行った。部屋に入るなり椅子に腰を落とし、両手に顔を埋《うず》めた。

「これからどうしたらいい？」彼は四方の壁に問いかけた。

もし、あと一晩冷静な関係を保っていたら。もし、昨日の朝ラスティがあんなことをきかないでいてくれたら。もし、彼女があんなに魅力的でなかったら。もし、彼女と同じ飛行機に乗り合わせていなかったら。もし、生き残ったのが二人だけでなく、ほかの誰かがいたのなら。

限りなく〝もし〟がわいてくる。そのすべての根元に、昨日夜遅くまで何度も愛し合ったことが横たわっていた。

後悔はしていなかった。一秒たりとも。

だが、この先どうしたらよいのかわからなかった。何もなかったようなふりをし、彼女の目の中で輝いている熱い思いを無視するのが一番いいにちがいない。それだけならできそうだ。しかし、彼女が悲しむ姿を見るのは耐えられない。

それに、おれに頼りきっている彼女を振り捨てることもできない。小屋で決めたルールはいまも有効だ。ラスティはまだこの状況を受け入れられないでいる。おびえている。彼女は一つのトラウマをやっとくぐり抜けたところだ。いますぐもう一つ押しつけることはできない。彼女はおれほどタフじゃない。やさしく、丁寧に扱ってやらなくてはならない。さんざんひどい目に遭わせたあとで、心遣いに値する女性だとわかったのだ。

むろん、背中を向けることができるものならそうしたい。彼女が先に背中を向けてくれたらいいと思う。それなら、傷つけたという気のとがめを抱え込まずにすむだろう。ちくしょう。彼女はそんなことはしない。おれにもできない。いまはできない。どうしても別れなければならないときがくるまでは。それまでは無謀だとわかっているが、彼女の勇士ランスロットでいよう。彼女の恋人、彼女を保護する者でいよう。

いまいましいことに、彼はその役が気に入っていた。

少しのあいだしかその役を演じられないのも、いまいましかった。

熱いシャワーはすばらしく気持がよく、ラスティは心身ともに生き返った心地がした。髪をシャンプーで二回洗い、きしむほどよくすすいだ。バスタブから出たときには、すっかり以前のじぶんに戻ったような気がした。

けれど、それはちがった。以前なら、モーテルのタオルのやわらかさに気づかなかっただろう。タオルはやわらかくて当然だと思っただろう。ほかの点でもさまざまな変化があった。濡《ぬ》れた脚を乾かそうとしてバスタブの縁に載せたとき、醜く引きつれた傷跡が目に入った。ほかの傷跡もあった。もっと深い傷も。それは心にしっかりと刻まれ、永久に消えることはないだろう。もう決して前のラスティ・カールスンには戻れない。

用意されていた衣類は安物でサイズも大きすぎたが、きちんと服装を整えると、人間らしい気持、女らしい気持が戻ってきた。靴はぴったりだったが、足が妙に軽く感じられた。ハイキング・ブーツ以外のものをはくのは久しぶりだった。狩猟ロッジで約一週間、そして飛行機事故からほぼ二週間。

二週間？　そんなに短かったのかしら？

部屋を出ると、ドアの外でクーパーが待っていた。シャワーを浴び、ひげを剃《そ》っていた。髪はまだ湿っていて、きれいに櫛目《くしめ》が通っている。支給された服は、いかつい彼の体にあまり合っていなかった。

二人は、何か言いわけしなければならないような面映《おもは》ゆい気持で、遠慮がちに歩み寄った。だが目が合うと、前と同じ親密さがきらめいた。ほかの何かもそこには宿っていた。

「ちがう人みたい」ラスティは小さな声で言った。

クーパーは首を振った。「いや。ちがって見えるかもしれないが、おれはどこも変わっていない」

彼はラスティの手を取って脇《わき》へ引っ張っていき、まわりを囲みかけた人々を〝寄るな〟という目でにらんだ。人々は二人の邪魔にならない距離まで退いた。

クーパーが言った。「この大騒ぎのせいで、言うチャンスがなかった」

クーパーは石鹸《せっけん》とひげ剃りクリームの清潔な匂《にお》いを漂わせていた。口からはさわやかなペパーミントが香る。彼はとてもハンサムだった。新しいクーパーが見知らぬ人のようで、ラスティはむさぼるようにながめた。「何?」

彼は顔を寄せた。「君の舌がおれのへそをなめるときの感じがたまらなく好きだ」

ラスティはぎょっとして息をのんだ。遠慮して離れてかたまっている人々に、思わず目を走らせた。みんな興味津々の顔で二人を見ている。「あなたって、本当に不埒《ふらち》な人ね」

「おれはまったく気にならない」彼はさらに顔を近づけた。「あいつらを考え込ませるようなことをしてやろうじゃないか」クーパーはラスティのうなじを両手で包み、親指をあごの下にあてがって彼女の顔を仰向けた。

それから惜しみないキスをした。彼はじぶんがほしいものを奪い、ラスティが望んだ以上の快楽を与えた。彼は少しも急がなかった。彼の舌はリズミカルに動き、官能をくすぐりながら、ラスティの口の中をあますところなく探り尽くした。

彼はようやく唇を離してうめいた。「君のあらゆるところにこんなキスをしたい」唖然《あぜん》として見つめている人々に目をやった。「だが、いまは無理だな」

二人は再び空港に連れ戻されたが、ラスティはどうやってモーテルを出たのか覚えていなかった。クーパーのキスにとろけていた。

午後の時間は果てしなく長く続いた。もう一度食事が出た。ラスティはボリュームたっぷりのシェフサラダを注文した。冷たく歯応《はごた》えのある新鮮な野菜に飢えていたのだが、結局半分しか平らげられなかった。

食欲がなかったのは、朝食をとってからさほど時間がたっていなかったこともあるが、それよりクインとルーベンの死亡に関する尋問を控えて不安だったからだ。

クーパーの供述を書き留めるために、裁判所の速記係が呼ばれた。クーパーは二人の世捨て人と出会って宿を借りることになった経緯、彼らが森からの脱出を手助けすると約束しておいて襲ってきたことを話した。

「われわれの命が危なく、ほかに方法はなかった。正当防衛だった」

警察官たちの反応を見れば、納得していないのがわかる。彼らはクーパーの方を疑わしげに見ながら、額を寄せ合って話している。そしてクーパーに、戦争のときのことを質問しはじめた。捕虜になっていた話を持ち出し、収容所から脱走した際の模様を詳しく話すように言った。

クーパーは、それとこんどのことはなんの関係もないと突っぱねた。

「しかし、あなたはその……やむなく……」

「殺した?」クーパーは核心をついた。「ああ、あそこから逃げたときにはたくさん殺した。同じ状況ならまたやるだろう」

人々が顔を見合わせる。彼らが何を思っているかは明々白々だった。誰かが不快そうに空咳《からせき》をした。

「彼は重要な点を話していません」ラスティはふいに言った。みんなの目が彼女に集まった。

「よせ、ラスティ」クーパーは射るような目をして止めようとした。「言う必要はない」

ラスティはやさしく彼を見返した。「いいえ、言うわ。あなたはわたしをかばおうとしている。それはうれしいけれど、でも、あなたがちゃんとした理由もなしに二人を殺害したとあの人たちに思わせておくことはできないわ」ラスティは聞き手の方に顔を向けた。「彼らは、ゴーリロウ父子《おやこ》は、クーパーを殺して、そして……そして、わたしをじぶんたちのものにしようとしたんです」

テーブルを囲んでいる人々の顔に驚きが浮かんだ。「どうしてそれがわかったんですか、ミス・カールスン？」

「彼女にはわかった。それで充分だろう？　おれが嘘《うそ》を言っていると疑うのはわかるが、彼女が嘘をついていると考える理由はないはずだ」

ラスティはクーパーの腕に手を置いてなだめた。「クインが、父親のほうがわたしを襲いました」あの朝小屋の中で起こったことを、ラスティは短い言葉で述べた。「わたしの脚のけがはまだ深刻な状態で、文字どおり無力でした。レイプされそうになったときにクーパーが戻ってきたので難を逃れました。クインは銃を抜こうとしました。もしクーパーがああしていなかったら、クインではなく、クーパーが死んでいたでしょう。そして、わたしはいまもあの男の慰み者にされていたはずです」

ラスティはクーパーを見つめ、心を通わせた。ラスティはゴーリロウ父子を故意に挑発したことはなかった。彼はそのことをよくわかっていた。クーパーは無言のうちにひどい言葉を浴びせたことを詫《わ》び、ラスティも無言のうちにクーパーを恐ろしい人だと思っていたことを詫びた。

クーパーは手のひらをラスティの頭に置き、じぶんの胸に引き寄せた。両腕で彼女を包み込んだ。人々の目もかまわず二人はしっかりと抱き合い、そっと前後に体を揺すった。

三十分後、ゴーリロウ父子の死に関して、クーパーはいっさい法的な責任を問われないことがはっきりした。

つぎに二人を待っていたのは犠牲者の家族との対面だった。涙を流し、打ち沈んだ人たちがオフィスに案内されてきた。一時間ほどかけて、ラスティとクーパーは遺族と話し、できる限りの情報を明らかにした。全員が即死だったこと、苦痛を感じる暇もなかったことが、愛する人を失った人々にはわずかな慰めになった。遺族たちは涙ながらに、生き残った二人が事故の模様を語ってくれたことに感謝した。語る側にとっても、聞く側にとっても、心に残る経験だった。

だが、マスコミとの対面はまるでちがうものになった。ラスティとクーパーは記者会見の会場として用意された大きな部屋に連れていかれた。そこはざわついていて、リポーターたちでいっぱいだった。

マイクロフォンが置かれたテーブルに着き、矢継ぎ早に浴びせられる質問に片端からできる限り簡潔に答えていく。くだらない質問、よく心得た知的な質問、プライバシーに突っ込んでくる質問。一人の気のきかない記者が、赤の他人と小さな小屋でどうやって過ごしていたのかときいた。クーパーはそばにいた役人に言った。「もういい。ラスティをここから出してやってくれ」

役人がただちに動かなかったのでクーパーは業を煮やした。ラスティを見世物にはするまいと、彼はじぶんで動いた。彼女の腕を取って椅子から立たせたのだ。

出口に向かう途中、一人の男が駆け寄り、クーパーの目の前に名刺を突き出した。ある報道雑誌の記者だった。男は独占記事を書かせてもらう見返りとして大きな金額を口にした。

「それで不足なら」クーパーに氷のような目でにらまれた男は焦って言った。「もっと上げてもいいです。写真は撮っていませんよね？」

クーパーは男を突き飛ばし、その雑誌社をどうしてやりたいと思っているか、あからさまな言葉で伝えた。

ロスに向かうジェット機に乗り込むころには、ラスティは歩くのもつらいほど疲れきっていた。右脚がうずいていた。クーパーは彼女を抱きあげて乗った。ファーストクラスの窓側の席に彼女を座らせてシートベルトを締め、じぶんは隣の通路側の席に座ると、すぐにブランデーを持ってきてほしいと客室乗務員に頼んだ。

「あなたは飲まないの？」ラスティは強い気つけの酒をすすってきいた。

クーパーはかぶりを振り、唇の隅を少し上げて笑みを浮かべた。「しばらく酒はごめんだ」

「あなたはとてもハンサムね、ミスター・ランドリー」ラスティはささやき、いま初めて会った人を見るように彼を見た。

クーパーは大儀そうな彼女の手からグラスを取りあげた。「ブランデーが言わせているんだな」

「そうじゃないわ」ラスティは彼の髪にそっと手を触れた。髪はなめらかに指をくぐった。

「それならうれしいよ」

「ディナーをお持ちしましょうか、ミズ・カールスン、ミスター・ランドリー?」

飛行機がすでに飛び立っているのを知って二人は驚いた。たがいのことに心を奪われていて、離陸に気づかなかったのだ。かえってそれでよかった。今朝ヘリコプターに乗ったときは、考える暇もなかったので、ラスティもさほど怖くなかった。けれど時間がたつにつれ、ロサンゼルスまで飛ぶのが不安でたまらなくなった。いまだけのことだろう。以前は完全にくつろいでいたのだから。

「どうする、ラスティ?」クーパーはきいた。ラスティが首を横に振る。「せっかくだが」彼は乗務員に言った。「何度も食事が出たんでね」

「ご用がありましたらブザーでお知らせください」彼女は丁重に言って通路を去った。ファーストクラスの乗客は彼らだけだった。乗務員がギャレーに戻ると、救出されてから初めて二人きりになった。

「おかしいわね」ラスティは物思いに沈んで言った。「わたしとあなた、あまりずっと一緒だったから、離れ離れになったらせいせいするだろうと思っていたわ。ほかの人々が恋しいと思っていたの」彼のシャツのポケットに指を這《は》わせた。「でも、大勢の人を見てうんざりしたわ。あの押し合いへし合いぶり。あなたが見えなくなるたびにパニックに陥ったわ」

「不思議じゃない」クーパーはラスティの耳にかかる髪を引っ張った。「君はずっとおれに頼ってきた。癖になっているんだ。じきに元に戻る」

ラスティは頭をうしろに傾けた。「そう？」

「ちがうか？」

「わたし、戻りたいかどうかわからないわ」

クーパーは彼女の名前をそっと呼び、唇を合わせた。激しく熱いキスだった。まるでこれが最後であるかのような。キスの背後には絶望がひそんでいた。ラスティが彼の首に両腕を回し、胸のくぼみに顔を埋めたときも、絶望は消えなかった。

「あなたは命の恩人。わたし、まだ感謝の言葉を言っていなかったわね？　あなたがいなかったらきっと死んでいたって、まだ言っていなかったわね？」

クーパーは彼女の首に、耳に、髪に、おかしくなったようにキスを浴びせた。「礼なんか言わなくていい。おれは君を守りたかった。君の面倒をみたかった」

「あなたはとてもよくしてくれたわ。本当に」再び息が切れるまでキスをした。「わたしに触れて」

クーパーは彼女の唇がそうささやくのを見つめた。それはキスで濡れて光っていた。

「触れる？　いま？　ここでか？」

ラスティはうなずいた。「お願い、クーパー。わたし、怖いの。あなたがそばにいることを——本当に、たしかにそばにいることを感じたいの」

クーパーはカナダ政府支給のコートの前を開き、片手を滑り込ませた。セーターの下に女性らしい豊かな熱いふくらみがあった。

彼は頬と頬を合わせて小声で言った。「乳首がもう硬くなってる」

「そう」

彼は編み地の下の小さな硬い突起を指でもてあそんだ。「驚かないんだな」

「ちっとも」

「いつもこうなのか？　おれが十四歳のとき、君はどこにいたんだ？」

ラスティはおだやかに笑った。「いつもじゃないわ。昨夜《ゆうべ》のことを考えていたのよ」

「昨夜のことは一生忘れない。何から何まで」

「思い出すわ——」熱い記憶をささやいた。

「ああ」クーパーはうめいた。「だが、その話はいまはだめだ」

「なぜ？」

「やめないと、おれの膝に上ることになるぞ」

ラスティは彼に触れた。「この上に？」

「よせ、ラスティ」クーパーは歯を食いしばった。

もし膝の上に座ったら何をすることになるかクーパーが告げると、ラスティは急いで手を離した。

「それはちょっと穏当じゃないわね。あなたがいましていることも。たぶん、やめたほうがいいわ」

クーパーは手を引っ込めた。彼女の乳房はセーターの下ですでにはちきれそうになっていた。二人は残念そうに見つめ合った。

「わたしたち、あんなに頑固でなかったらよかったのにね。もっと前に愛を交わしておけばよかった」

クーパーは大きくため息をついた。「おれもそう思ってたところだ」

「抱いて、クーパー」ラスティは涙声になった。

彼は強く抱きしめ、彼女の髪に顔を埋めた。

「わたしを放さないで」

「ああ。いまはまだ」

「ずっと。約束して」

眠りがラスティをさらっていった。約束をもらう前に。だから、クーパーのわびしげな顔を見ることもなかった。

ロサンゼルス国際空港《LAX》では全市民がラスティとクーパーの到着を待ち受けていたような騒ぎだった。ジェット機はシアトルを経由したが、機内から出る必要はなかった。ファーストクラスには誰も乗ってこなかった。そこでは何事もなく、また離陸した。

大混乱を予測して、乗務員のチーフが、ほかの乗客のあとから降りたほうがいいのではとアドバイスした。ラスティは降りるのが遅くなることを喜んだ。ひどく不安だった。手のひらが汗でじっとり濡れている。こんなに神経質になるのは初めてだ。どんな場所に出ても上がったことがないのに、いま、どうしてこんなに落ち着かないのかわけがわからない。ラスティはクーパーの腕につかまっていた。その手を放したくなかった。それでも、本心とはちがう自信に満ちた微笑を彼に向けていた。大騒ぎはなしで、ひっそりと元の生活に戻れたらいいのだが。

しかし、そうはいかなかった。乗降用の通路を通ってターミナルに入ったとたんに、もっとも恐れていたことが起こった。テレビ局のライトで一瞬目がくらんだ。おびただしい数のマイクが顔の前に突き出された。誰かのカメラバッグが傷のある脚にいやというほどぶつかった。何も聞こえないくらいやかましかった。が、その喧騒《けんそう》を抜け出すと、耳慣れた声が彼女を呼んだ。ラスティは声が聞こえた方へ顔を向けた。「パパ？」

つぎの瞬間、ラスティは父の腕の中にいた。クーパーと組んでいた腕がほどけた。父に抱擁されながら、彼女はクーパーの手を探った。だが、見つからなかった。彼がいない。ラスティはパニックに襲われた。

「どれ、ダメージの程度を見せてごらん」ビル・カールスンは抱擁を解き、娘の顔が見えるように腕を伸ばして胸元から引き離した。記者たちは二人を遠巻きにしていたが、この感動的な再会の場面にカメラのシャッターがいっせいに鳴った。「状況を考えるとそんなに悪くない」彼は娘がはおっているコートをむしるように取った。「カナダ政府の心尽くしには深く感謝するが、おまえはこっちのほうが気に入るだろう」

父の部下の一人がどこからともなく現れ、大きな箱を差し出した。ビルはそこからフルレングスのレッドフォックスのコートを取り出した。墜落事故のときに着ていたのとそっくりなコートを。

「あのコートがどんな運命をたどったか聞いたよ」彼は誇らしげに毛皮を娘に着せかけた。「で、かわりのをプレゼントしたくなった」

群衆の中から感嘆の声があがった。記者たちはその光景をカメラに収めようと近づいた。コートはゴージャスだったが、南カリフォルニアの暖かな夜にはおおげさすぎた。鎖帷子《くさりかたびら》でも着たように重く感じられた。だが、それはどうでもよかった。何もかもどうでもよかった。ストロボのまぶしさに目を細めながら、ラスティは必死にクーパーの姿を捜した。

「パパ、紹介したい人が――」

「脚のことは心配いらないぞ。専門医に診てもらおう。入院の手はずを整えてある。いまからすぐそこに行く」

「でも、クーパーが――」

「ああ、クーパー・ランドリーだな？　もう一人の生存者だったな。彼には感謝している。おまえの命の恩人だ。そのことは決して忘れない」ビルは声を張りあげた。報道関係者を意識し、マイクがそのコメントを拾えるように。

彼の部下がコートが入っていた大きな箱をうまく使って群がる報道陣をかき分け、父娘《おやこ》のために道を開けた。

「皆さん、新しい話が出てきたらお知らせしますよ」ビルは記者たちに愛想よく言い、待たせてあるゴルフカートの方へ娘を導いた。

ラスティは四方に目を走らせた。けれど、クーパーの姿は見えない。やっと歩み去っていく彼のがっしりした肩を見つけた。記者が二人、彼のあとを追って取材攻勢をかけている。

「クーパー！」カートが急に動きだし、ラスティはシートにつかまった。「クーパー！」もう一度必死に呼んだ。しかし、その声は騒音にかき消されて彼に届かなかった。

カートから飛びおりて彼のあとを追いかけたかった。だがカートはすでに走りだし、父から話しかけられていた。何を言っているのか聞き取ろうとしても、まったくわからなかった。

カートはクラクションを鳴らして歩行者をどかしながらコンコースを進む。ラスティはパニックを起こしそうなのをこらえていた。とうとうクーパーの姿が人波にのまれて見えなくなった。

リムジンに乗り込み、手配しておいたプライベート・クリニックに向かいながら、ビルは冷たく汗ばんでいる娘の手を強く握った。「ラスティ、どんなに心配したか。おまえまで失ってしまったかと思った」

ラスティは父の肩に頭を預け、彼の腕を握った。「わかるわ。飛行機が落ちたとき、じぶんのこともだけれど、それと同じくらい、墜落のニュースを聞くパパのことを心配したわ」

「あの日のけんかのことだが――」

「パパ、お願い、そんなことはいまは考えないでおきましょう」ラスティは顔を上げ、父を見て微笑した。「あの雄羊を殺して皮をはぐのは耐えられなかったけれど、飛行機事故はやりすごしたわ」

父はうれしそうに笑った。「覚えているかどうかわからないが――おまえはまだ小さかったから――ボーイスカウトの夏のキャンプで、ジェフがキャビンを抜け出してね。一晩森で過ごしたんだよ。行方がわからなくなり、見つかったのは翌日の午後だった。しかし、あのやんちゃ坊主はまるでおびえていなかった。発見されたとき、彼は野営の準備を整え、夕食用の魚を落ち着いて釣っていた」

ラスティは頭を父の肩に戻した。微笑が徐々に消えた。「クーパーもよ。わたしのためにそうしてくれたわ」

ふいに父が体をこわばらせた。何かが気に入らなかったときの父は、いつもこんなふうにけんか腰になる。

「ラスティ、クーパー・ランドリーというのはどういう男なんだ?」

「どういうって?」

「彼はベトナム帰りなんだろう」

「ええ。捕虜になって収容所にいたの。でも、脱走したのよ」

「彼はその……おまえによくしてくれたか?」

ええ、とてもよくね。ラスティは胸の中でつぶやきながら、シャンパンのようにわきあがる熱い記憶に栓をした。「ええ、パパ、とても。彼がいなかったら、わたしは生き延びられなかったわ」

彼との特別な関係について、戻った早々父に打ち明けたくなかった。少しずつわかってもらったほうがいい。反対に遭うのはわかっていた。ビル・カールスンは頑固な人間だから。

父は直感も鋭い。誰にしろ、父の目をごまかすのは容易なことではなかった。ラスティはできるだけ何げない調子で言った。「彼を捜してもらえない？」これはべつにおかしな頼みではなかった。父は市内のいたるところにコネを持っていた。「わたしの居所を彼に教えてほしいの。空港で離れ離れになってしまったから」

「なぜ、あの男にもう一度会う必要があるんだ？」

それは、なぜ息をし続ける必要があるのかきくようなものだった。「命の恩人にきちんとお礼を言いたいの」ラスティは受け流した。

「わかった。やってみよう」ビルがそう返事をしたとき、リムジンはプライベート・クリニックの屋根つきの車寄せに滑り込んだ。

父が万事手配してくれていたとはいえ、ラスティが個室で一人になれたのは、それから二時間もしてからだった。贅沢《ぜいたく》な部屋だった。飾られている絵は名高いアーティストのオリジナル作品、今ふうのしゃれた家具。病室というより、しゃれたアパートの部屋のようだった。

ラスティはスプリングの固い寝心地のよい医療用ベッドに横たわった。頭の下にはやわらかい枕《まくら》があった。新品のデザイナーブランドのナイトガウンは、父が用意してくれたスーツケースの中身の一つだった。スーツケースはラスティより先にここに着いていた。バスルームには、彼女が愛用している化粧品やお気に入りの洗面用具がそろえられていた。

呼べばすぐに人が来てくれる。ベッドサイドテーブルの上の電話を取りあげるだけで用がすむ。

それなのにみじめだった。

一つには、医者の診察を受けた脚がひどく痛んでいたからだ。念のためにとレントゲンを撮られたが、骨は異常なかった。

「クーパーがどこも折れていないと言っていましたから」ラスティはおだやかに医者に告げた。医者はぎざぎざに引きつれた傷を見て眉をひそめた。彼が乱暴な縫い方を嘆くと、ラスティは即座に毅然《きぜん》としてクーパーを弁護した。「彼はわたしの脚をなんとか救おうとしてくれたんです」

ラスティはその傷跡をとても誇りに思った。消すのは気が進まなくなった。きれいにするには少なくとも三回、ひょっとするとそれ以上の手術が必要だと言われるとなおさらだった。この傷跡は、ラスティにとって勇気の記章だった。

それに、昨夜クーパーはその傷にやさしく触れてくれた。ぎざぎざに盛りあがった傷跡にキスをし、これがあるからといって興ざめなことはない、それどころか見るたびにかえって〝さかりがつく〟と言った。ラスティはもったいぶった形成外科医に、よほどそう言ってやろうかと思った。

だが、言わなかった。実際、ほとんど何も言わなかった。疲れきっていて、気力がなかった。早く一人になって眠りたい。それだけだった。

けれどいまその機会が来たのに、ラスティは眠れなかった。心が騒いで、寂しくて眠れなかった。クーパーはいまどこにいるの？　なぜ彼は一緒に来ようとしなかったのかしら？　空港はサーカスみたいな騒ぎだったが、でも、もし彼にその気があったら一緒にいられたはず。

看護師が来て睡眠薬を勧めると、ラスティは喜んでのんだ。これでなければ、クーパーの熱い抱擁がいる。どちらもなしでは永遠に寝つけないだろう。

11

「信じられないわ！　本当に！　わたしたちのラスティが飛行機事故に遭ったなんて！」

「すごく怖かったでしょうね」

ラスティは病院のベッドの枕《まくら》に頭をつけたまま、おしゃれな服を着た二人の女性を見上げた。彼女たちが煙のように消え失《う》せてくれればいいと思った。機敏で快活な看護師が朝食のトレイを下げてまもなく、二人の友達がふいに病室に入ってきた。エキゾティックな香水の匂《にお》いを漂わせ、好奇心ではちきれそうになって。二人は一番先にお見舞いに来たかったの、と言った。だが本心は、友人の一人が言うところの〝カナダでのお楽しみ〟を、一番先に詳しく聞きたがっているのだ。

「楽しかったとは言えないわ」ラスティはうんざりした。

朝食が運ばれてくるずっと前から目を覚ましていた。夜明けとともに起きる習慣が身についたのだ。昨夜のんだ睡眠薬のおかげでぐっすり眠れた。元気がないのは疲労のせいというより、ふさいでいるせいだ。ひどく気力が萎《な》えていて、友達が元気づけようとすればするほど逆効果だった。

「あなたがここを退院したら、サロンでのんびり過ごす一日をプレゼントするつもりでいるのよ。髪とお肌のお手入れにマッサージ。まあ、なんて哀れな爪」一人がラスティの力ない手を持ちあげ、嘆かわしいとばかりに舌打ちした。

ラスティは苦笑を浮かべた。狩猟用のナイフでクーパーに爪をそがれたときのショックを思い出した。「マニキュアしている暇がなかったの」冗談のつもりで言ったのだが、友達は同情たっぷりにうなずいた。「生きるのに精いっぱいで」

一人がわざと乱したスタイルの金髪の頭を振り、エレガントに肩をすくめた。首からエルメスのスカーフが滑り落ちそうになる。一ダースかそれ以上のシルバーのブレスレットが、クリスマスのトナカイの引き具のように手首でうるさく鳴った。「あなたすごく勇敢ね、ラスティ。あんなつらい目に遭うくらいなら、わたしは死んだほうがまし」

ラスティは反駁《はんばく》したくなった。だが、じぶんもついこのあいだまでならそういう軽薄な台詞《せりふ》を口にしたにちがいないと思った。「わたしも前はそんなふうに考えていたわ。でも、人間という動物には、驚くほど強い生存本能があるのね。ああいう状況に陥ると、俄然《がぜん》それが目覚めるの」

友達は哲学には興味を示さなかった。彼女たちが聞きたがっているのはもっと具体的なこと、下世話なあれこれなのだ。一人はラスティのベッドの裾《すそ》の方に腰を下ろし、もう一人はかたわらの椅子から身を乗り出していた。禿鷹《はげたか》のようだ。わたしが要求に屈したら、骨までつつこうと待ち構えている。

墜落事故とその後の経緯について、朝刊の第一面に記事が載っていた。ラスティとクーパーがくぐり抜けた苦難が、二、三の小さな点を除いて正確かつ詳細に報道されていた。真面目《まじめ》な記事だった。けれど大衆は行間を読もうとする。そこに書かれていないこと、省かれていることを知りたがる。ラスティの友達も例外ではなく、もっと血の通った話を求めているのだ。

「ものすごく怖かったでしょうね？　日が沈むと、もう真っ暗闇《くらやみ》なんでしょう？」

「小屋にはいくつかランプがあったわ」

「そうじゃなくて、外のこと」

「小屋に行く前のことよ。森の中で寝なくてはならなかったとき」

ラスティは疲れたようにため息をついた。「ええ、暗かったわ。でもたき火をしていたから」

「何を食べていたの？」

「おもに兎《うさぎ》」

「兎！　わたしなら死ぬわ！」

「わたしは死ななかったわ」ラスティは叩《たた》きつけるように言った。「あなただって死なないわよ」

どうしてわたしはそんなことを、こんなふうに言ってしまったのだろう。なぜ、ほうっておかなかったの？　二人は怒鳴られたわけがわからず、傷つき、困惑している。なぜもっと気のきいた返事をしなかったのかしら？　あら、指折りのレストランでも兎の肉を出しているわよ。もっともらしくそう言ってもよかったのに。

話がそこへいけば、おのずとクーパーのことが思い出された。彼への熱い思いで胸がうずいた。「わたし、ひどく疲れているの」ラスティは言った。泣きたい気分だった。そして、なぜ泣きたいのかは説明したくなかった。けれど、婉曲《えんきょく》な言い方は二人には通用しなかった。腰を上げようとする気配もない。

「脚のこともお気の毒だわ」ブレスレットをしているほうの女性が、さも恐ろしいというように頬に手をやった。「ドクターはきれいに治せると言っていた？」

ラスティは返事をしながら目をつぶった。「ええ、かなりのところまで」

「その醜い傷跡を消すには何回くらい手術が必要なの？」

デリカシーのない質問に、もう一人の友人が制止しようとあわてて手を振る。ラスティはその手が起こした風が頬に当たるのを感じた。

「あの、そういうつもりじゃなかったのよ。醜いというのはそうじゃなくて。つまり――」

「どういうつもりだったかわかっているわ」ラスティは目を開いて言った。「たしかに醜い傷よ。でも、膝から下がなくなるよりましだわ。そういうはめになるかもしれなかったの。もし、クーパーが――」

ラスティは急に口をつぐんだ。うっかり彼の名前を口にしてしまった。獲物を見つけた猛禽《もうきん》は好奇心の鉤爪《かぎづめ》を立てた。

「クーパー？」一人がいかにも無邪気そうにきいた。「あなたと一緒に助かった男性ね？」

「ええ」

どちらが先に攻めかかるかコインを投げて決めるように、友人たちは目くばせし合った。

「昨夜《ゆうべ》、テレビのニュースで彼を見たわ。ラスティ、彼ってゴージャスじゃない！」

「ゴージャス？」

「モデルタイプの整ったハンサムって意味じゃなくて、ゴージャス。無骨な感じで、男っぽくて、汗の匂いがしそうで、胸毛も濃そうで、セクシーっていう意味のゴージャス」

「彼はわたしの命の恩人よ」ラスティは静かに言った。

「知ってるわ。でも、誰かに命を救われなくちゃならないとしたら、クーパー・ランドリーにお願いしたいわね。あの口ひげ！」彼女は舌なめずりし、いたずらっぽく笑った。

「よく言うあの口ひげの話って本当？ ほら、あのジョーク？」

ラスティはそのジョークを知っていた。彼女の頬はピンクになり、唇は青ざめた。よく言う口ひげの話は本当だ。

「肩幅がこんなに広いって本当？」友達は両手を一メートルくらいに広げた。

「そうね。筋骨たくましい人」ラスティは仕方なく認めた。「でも、彼――」

「ヒップがこのくらい締まってるって本当？」彼女は両手の幅を三十センチくらいに縮めた。二人の女友達はくすくす笑った。

ラスティは叫びだしたくなった。「彼はいろんなことができるの。わたしには思いもおよばないような工夫をしたわ。毛皮のコートで作った橇《そり》にわたしを乗せて、墜落現場から離れたところまで引いていったのよ。何キロも。昨日、ヘリコプターで上から見て初めてすごい距離だったのがわかったわ」

「彼にはどこか危険な魅力があるわね」一人が軽く身を震わせた。彼女はラスティが言ったことなど一つも聞いていなかったのだ。「目の中に人を怖がらせるところがあるじゃない。野蛮っていうか、野性的っていうか、野獣のセクシーさみたいなものが」

椅子に座っているほうの友人が気が遠くなったように目を閉じた。「やめて。なんだか熱くなってきちゃうわ」

「朝刊に、彼はあなたを守るために二人殺したって書いてあったわね」

ラスティはベッドから飛び出しそうになった。「新聞にはそんなこと一言も書いてないわ！」

「いろいろな情報をつなぎ合わせてみたのよ」

「あれは正当防衛よ！」

「あらあら、落ち着いて。あなたが正当防衛だと言うなら正当防衛だったんだわ」彼女はラスティの手を軽く叩き、ウィンクした。「ねえ、うちの主人はビル・フリードキンと知り合いなの。主人は、あなたの話を映画にしたらまちがいなく大ヒットだと言ってるわ。彼、フリードキンと来週ランチを一緒にする予定だから――」

「映画ですって！」この人、何を考えているの？　ラスティは唖然《あぜん》とした。「やめてちょうだい。お願い、そんな話はしないように彼に言って。もうたくさんよ。早く忘れて、元の生活に戻りたいだけ」

「あなたを動揺させるつもりじゃなかったのよ、ラスティ」椅子に座っていた友人が立ちあがった。彼女は慰めるようにラスティの肩に手を置いた。「ただ、わたしたちはあなたの親友でしょう。だから、もしあなたが何かですごく傷ついて――わかるでしょう――お父様には打ち明けられないような目に遭ったのだったら、力になろうと思って」

「たとえばどんなこと？」ラスティは肩に置かれた手を払いのけ、二人をにらんだ。

二人は意味ありげに視線を合わせる。

「つまり、あなたはあの男と二週間も二人きりだったわけだから」

「だから？」ラスティは腹が立ってきた。

「つまり」友人は言い、大きく息を吸い込んだ。「新聞には一部屋だけの小屋って書いてあったし」

「それがどうしたの？」

「わかるでしょう、ラスティ」友達はいらだった。「そういう状況は、いやおうなくあらゆる憶測を呼ぶってこと。あなたは若くて魅力的な美人、彼はものすごくたくましいうえに精力も強そう。そしてどちらも独身。あなたはけがを負い、彼が面倒をみてくれた。あなたは完全に彼に依存していた。で、冬中あそこに閉じ込められると思っていたわけでしょう」

もう一人があとを引き継ぎ、声をはずませた。「そんなふうに、大自然の中で身を寄せ合って暮らすなんて、もうどうしようもなくロマンティック。だから、わたしたちが何を言いたいかわかるわよね」

「ええ、あなたたちが何を言いたいのかわかるわ」ラスティの声は冷ややかだったが、目は怒りに燃えていた。「わたしがクーパーと寝たかどうか知りたいんでしょう？」

折りも折り、ドアがいきなり勢いよく開いて噂《うわさ》の当人が入ってきた。ラスティは心臓が飛び出しそうになった。二人の友達はラスティの顔にまぶしいほどの微笑が広がるのを見て、うしろを振り返った。彼は友人たちには目もくれなかった。灰色の目はラスティを見いだすなりそこに釘《くぎ》づけになった。視線が熱く絡み合う。どんな関係なのかは一目瞭《りょう》然《ぜん》だった。

しばらくしてやっとものが言えるようになると、ラスティは友達を紹介した。「あの、クーパー、二人ともわたしの親友なの」

クーパーはまったく関心を示さず、そっけなくうなずいただけだった。

「まあ、ミスター・ランドリー、お目にかかれて光栄だわ」友人の一人は目を丸くし、感激に息もできない有様だ。「捕虜収容所から脱出した話を『タイムズ』で読みました。感激したわ。あなたは前にも大変な修羅場をくぐり抜けて、こんどは飛行機事故から生還なさったんですもの」

「あなたはラスティの命の恩人ね」

「ラスティが退院したら、内輪だけのささやかなパーティを開こうって主人と話していますのよ。どうぞ、あなたもいらして」

「あら、あなた、いつそんなことを決めたの?」もう一人が怒ってきく。「わたしこそディナー・パーティをしようと思っていたのよ」

「先に言ったのはわたしよ」

ばかなおしゃべりは腹立たしかったし、当惑した。つまらない言い争いをしている彼女たちは、シンデレラの腹ちがいの二人の姉のようだった。

「クーパーは長くいられないと思うの」ラスティはさえぎった。クーパーがいまにも爆発って、二人きりになりたかった。わたしだって同じ。彼が来てくれたのだ。いわゆる親友を追い払しそうなのがわかった。

「ずいぶん長くお邪魔したわね」友人の一人がバッグとコートを取りあげた。彼女は身をかがめ、ラスティの頬の上の空気にキスをしてささやいた。「ずるい人。これで逃げられると思わないで。必ずすっかりきき出すわよ」

もう一人も身を乗り出して言った。「彼なら飛行機事故に遭ってもおつりがくるわ。極上よ。すごくワイルドで、すごく――言わなくてもわかるわね」

彼女たちはドアに向かう途中で足を止め、クーパーに別れの挨拶《あいさつ》をした。一人は彼の胸にあだっぽく手など置き、彼のためにディナー・パーティを計画していると繰り返した。

二人は廊下に出て、ドアを閉める前に振り返ってラスティに気取った笑みを投げかけた。

クーパーは二人が去るのを見届けてから、ベッドに歩み寄った。「おれはくだらないディナー・パーティに行く気はないぞ」

「わかってますとも。物珍しさが薄れたころ、折りを見て思いとどまるように言うわ」

彼を見つめるのは危険だった。涙が込みあげてきて困った。ラスティは照れながら頬を拭《ぬぐ》った。

「どうかしたのか？」

「ううん、べつに。ただ――」ためらったが、思いきって言うことにした。いまはもう二人のあいだに隠すことは何もない。ラスティは目を上げた。「あなたの姿を見たらとてもうれしくて」

クーパーはラスティに手を触れなかったが、触れたも同然だった。視線は愛撫《あいぶ》と同じように大胆で率直だった。薄い毛布の下に横たわっているラスティを上から順にながめ、もう一度顔の方へ視線を戻した。目が胸のところで止まった。シルクのナイトガウンがふくらみを悩ましく包んでいる。

ラスティは落ち着かない気分になり、レースの襟ぐりに指をやった。「これ、わたしより先にここに届いていたのよ」

「すてきだ」

「防寒用の下着に比べればなんでもましよ」

「防寒用の下着姿のきみもよかったよ」

ラスティの微笑は心もとなげに揺らいだ。クーパーはここにいる。目の前にいて、体からは石鹸《せっけん》の清潔な匂いがして、声も聞こえる。彼は新しい服を着ていた。ズボンとカジュアルなシャツと上着。でも、よそよそしい感じは着ているもののせいではなかった。認めたくなかったが、それははっきりと存在した。破ることのできない壁のように。

「来てくれてありがとう」ほかに何を言っていいかわからなかった。「あなたを捜し出してわたしの居所を伝えてと、父に頼んでおいたの」

「君のおやじさんからは何も聞いていない。おれはじぶんで君を見つけ出した」

ラスティは感激した。彼はずっとわたしを捜していた。たぶん一晩中。わたしが薬で眠っているあいだも、きっと街を駆けずりまわって必死に捜してくれたのだ。

だが、クーパーはこう続けて、舞いあがった希望を撃ち落とした。「朝刊に、君がここに入院していると書いてあった。おれが縫ったところをきれいにするんだろう」

「わたし、あなたのお裁縫の腕前を弁護したわ」

彼はどうでもいいというように肩をすくめた。「用は足りた。おれはそれで充分だ」

「わたしもそれで充分だわ」

「そうだろうとも」

「本当にね！」ラスティは体を起こした。偉そうな言い方に腹が立った。「わたしの考えで空港からここに直行したんじゃないわ。父がしたことよ。わたしはわたしの家に帰って、郵便物に目を通し、庭に水やりをして、じぶんのベッドで眠りたかったわ」

「君はおとなだ。どうしてそうしなかった？」

「いま言ったでしょう。父はすべて手はずを整えていたの。取り消してとは言えなかったわ」

「なぜ？」

「わかっているくせに。それに、わたしがこの傷跡をきれいにしたいと思ってはいけないとでも言うの？」ラスティは怒って声を張りあげた。

彼は目をそむけ、口ひげの端を噛《か》んだ。「いけなくないさ。きれいにすべきだ」

ラスティはみじめな気分で枕に頭を落とし、シーツの端で涙を拭《ふ》いた。「わたしたち、どうしてしまったの？　なぜこんなことで言い合っているの？」

彼がこちらを向いた。ラスティの無邪気さを気の毒に思っているような顔をしていた。

「その傷跡を残したまま、この先一生を過ごすことはない。おれはそんなことは言ってやしない」

「傷跡のことじゃないの。何もかもよ。なぜあなたは、昨夜空港からいなくなったの？」

「おれはあそこにいた。逃げも隠れもせずにな」

「でも、わたしと一緒じゃなかった。わたし、あなたの名前を叫んだのよ。聞こえなかった？」

彼は質問をはぐらかした。「注目なら充分すぎるほど浴びていただろう」

「わたしはあなたに注目してほしかったわ。飛行機を降りるまでは、片時もわたしから目を離さなかったのに」

「あの群衆の中じゃ、おれたちが飛行機でしていたことはできないだろ」クーパーは嘲《あざけ》るようにラスティを見下ろした。「そのうえ、君はほかのことで多忙だった」

彼の唇に皮肉な笑みが浮かんだ。久しく見なかった顔だった。愛し合って以来、冷笑を見せたことがなかったからだ。

ラスティはうろたえた。わたしたち、いつ、どこで、おかしくなってしまったの？

「ロスで何が待ち受けていると思っていたの？　わたしたちのことはニュースだったし、いまもそうよ。マスコミが押しかけたのはわたしのせいじゃないわ。父のせいでもない。父はわたしのことをひどく心配していたの。彼は自費で捜索のヘリを飛ばしたのよ。ふだんと同じ顔で出迎えるはずないでしょう？」

「それはそうだ」クーパーは髪をかきあげた。「だが、あんなショーを演じる必要があったのか？　なんだ、あの仰々しいやり方は？　たとえば、あの毛皮のコートとか」

「あれは父なりの思いやりだったのよ」

いま思い出してもあの派手なやり方は気恥ずかしかったが、ラスティは即座に父を弁護した。あのコートは父の愛情表現だった。娘が無事に帰ってきた喜びの表現だった。富をひけらかしたのは品がなかったとしても、肝心なのは気持だ。それがわからず、父特有のやり方だけを批判するクーパーに腹が立った。

クーパーは監禁されているかのように、部屋の中を落ち着きなく歩きまわった。彼の動きはぎこちなく、まるで体に合わない服のせいで居心地が悪い人のようだ。

「おれはもう行かないと」

「行く？　もう？　どこへ行くの？」

「家にさ」

「ロジャース・ギャップへ？」

「ああ。おれがいるべきところへ帰る。牧場があるし。きっと、ひどい状態になっているだろう」クーパーはいま思い出したように、ラスティの右脚にちらりと目をやった。「脚はどうなんだ？　うまく治りそうか？」

「いずれは」ラスティは投げやりに言った。彼が行ってしまう。わたしから去っていってしまう。もうこれきりかもしれない。「何度か手術が必要みたい。一回目は明日の予定よ」

「おれがかえって悪くしたなんてことがなければいいが」

ラスティは胸が詰まった。「そんなことあるはずないわ」

「じゃあ、おれはそろそろ」逃げ出すような印象は与えまいとして、クーパーは少しずつドアの方へ進んだ。

「もしかして、いつかロジャース・ギャップまで車を走らせて、あなたに会いに行くかもしれないわ。いつになるかわからないけれど」

「いいとも。そいつはすてきだ」

ラスティにはその言葉が嘘《うそ》だとわかった。彼は無理に微笑していた。

「あの……あなたはロスによく来るの？」

「めったに来ない」クーパーは、それについては正直に言った。「じゃ、ラスティ、おれはこれで」新しい靴の踵《かかと》を回して背中を向け、ドアの取っ手に手を伸ばした。

「クーパー、待って！」彼が振り返った。ラスティはベッドの上に起きあがっていた。彼がそのまま行く気なら追いかけるつもりだった。「これで終わりにするつもりなの？」

クーパーはそっけなくうなずいた。

「そんなの無理だわ。わたしたちにはもっと何かあるはずよ」

「こうするしかないんだ」

ラスティは断固としてかぶりを振った。頭のまわりで髪が大きく揺れた。「ごまかそうとしてもだめよ。あなたはじぶんを守りたいから、何も感じていないふりをしている。必死でね。わかっているの。あなたはわたしを抱きたいのよ。わたしがあなたを抱きたくてたまらないように」

クーパーのあごがこわばった。彼は歯を食いしばり、両脇《りょうわき》で拳《こぶし》を固めた。数秒じぶんと戦ったが、結局は負けた。

彼は部屋を突っ切り、荒々しくラスティを腕の中に引き寄せた。ベッドに身を投げかけ、彼女を抱きしめた。しっかり抱き合い、体を揺すった。クーパーはシナモン色の髪に顔を埋《うず》め、ラスティは彼の喉元に顔を埋めた。「ラスティ、ラスティ」

苦しげな声に、ラスティの胸は躍った。「わたし、昨夜は睡眠薬なしでは眠れなかったわ。あなたの息遣いがずっと耳に聞こえていた。あなたの腕が恋しくてたまらなかったわ」

「おれは、君のヒップが膝の上にないのが寂しかった」

彼が頭を下げ、ラスティは顔を上げた。二人は唇を求め合った。欲望に追いつめられた熱いキスだった。彼は両手をラスティの髪に差し入れてしっかり頭を支え、口の中を舌で愛した。

「昨夜、君がほしくてたまらなかった。死ぬほどほしかった」顔を離しながら彼はうめいた。

「わたしと離れたくなかったのね？」

「あんなふうにはな」

「だったら、なぜ、空港でわたしが呼んだとき知らん顔をしたの？　聞こえたでしょう？」

クーパーは無念そうな顔をしたが、こっくりとうなずいた。「おれはサーカスの見世物になるのはごめんなんだ、ラスティ。逃げ出すのが遅すぎた。戦争から帰還したとき、おれはヒーローに祭りあげられた」

彼はラスティの髪を一房指のあいだでもてあそびながら、苦々しい過去を振り返った。

「ヒーローの気分なんかじゃなかった。おれがいたのは地獄だった。地獄のどん底だった。おれが仕方なくやったいくつかのことは――ヒーローには似つかわしくない。スポットライトや栄誉に値することじゃない。おれもそんなものには値しない。忘れられるように、ただほうっておいてもらいたかった」

クーパーはラスティの顔を仰向けて、銀色を帯びた灰色の目で彼女を鋭く見つめた。

「こんどのことでも、おれはスポットライトには値しない。生き延びるのに必要なことをしただけだ。誰でもそうするさ」

ラスティは彼の口ひげにやさしく手をやった。「誰にでもできることじゃないわ、クーパー」

彼は肩をすくめて褒め言葉を受け流した。「おれはただ、おおかたの人間より生き延びるってことに関して経験があるだけさ」

「あなたは受けて当然の称賛もはねつけるのね」

「君はそんなものがほしいのか、ラスティ？　生還したことを褒めたたえられたいのか？」

ラスティは父のことを考えた。勇敢に頑張ったことを父が一言でもたたえてくれたら、どんなにうれしかっただろう。でも、父はわたしを褒めるかわりに、ジェフのボーイスカウトのころの話をした。脱線した行動をとった彼が、生命にかかわる状況の中でいかに見事にふるまったかを話した。父は悪気があってジェフとわたしを比べたのではない。ジェフと比べて、わたしがふがいないと言ったわけではない。けれど、結局はそういうことなのだ。いったい何をしたら父の称賛をかち得ることができるのかしら？

けれど、父の称賛を得ることは以前ほど重要ではなくなっていた。実際、どうでもよかった。それより、クーパーにどう思われるかのほうがずっと気になった。

「称賛なんてほしくないわ、クーパー。わたしがほしいのは……」〝あなた〟と言うのはためらわれ、言葉のかわりに彼の胸に頬を寄せた。「なぜ、わたしを追いかけてこなかったの？　もうわたしがほしくないの？」

クーパーは片手で彼女の胸を包み、指で撫《な》でた。「いや、君がほしい」声が耳障りなほど震えているのは、肉体的な渇望のせいだけではなかった。

ラスティは、彼がもっと深いものを求めているのがわかった。なぜなら、じぶんもそうだったからだ。それは、彼がいなかったときにつきまとった苦しいほどの寂しさから出てきたものだった。思わず哀願する声になった。「それならどうして？」

「昨夜君のあとを追わなかったのは、避けられないことを早く片付けたかったからだ」

「避けられないこと？」

「ラスティ」クーパーはささやいた。「おれたちはたがいの肉体に溺《おぼ》れている。これは典型的な例さ。一緒に危機を乗り越えた者のあいだに、往々にしてあることだ。人質や誘拐の被害者でさえ、じぶんをとらえている犯人に、ふつうじゃ考えられないことだが愛情みたいなものを持ちはじめる」

「知ってるわ。ストックホルム・シンドロームね。でも、これはちがう」

「そうかな?」クーパーは問いかけるように眉をひそめた。「子供は養ってくれる人間を慕う。親じゃなくてもいいんだ。野生動物でさえ餌《えさ》をくれる人間になつく。おれは君の面倒をみた。君は単なる本能でしかないものに、余分な意味をくっつけようと――」

ふいに怒りが込みあげ、ラスティは彼を押しのけた。背にかかる髪は怒りの炎のように鮮やかで、瞳は挑戦的に輝いた。「わたしたちのあいだに起こったことを、心理学のつまみ食いの理論なんかで片付けないで! くだらないわ。あなたへの思いは本物よ」

「本物じゃないとは言ってない」クーパーは興奮を感じた。反抗的な態度のときの彼女が一番好きだ。彼はラスティをぐいと引き寄せた。「おれたちにはこれがある。いつだってこれでうまくいく」彼は再び胸をまさぐり、その頂を親指で大胆にこすった。

体から力が抜け、ラスティは弱々しく「やめて」とつぶやいた。が、クーパーは聞き入れずに愛撫を続けた。彼女のまぶたがゆっくり下がった。

「近くにいるだけで、おれは硬くなり、君はとろける。いつだってそうだ。一番最初は飛行機の中で目が合ったときだった。そうだろ?」

「ええ」ラスティは認めた。

「おれは君がほしくなった。飛行機が飛び立たないうちにだ」

「でも、あなたは笑いさえしなかったわね。話しかけもしなかったし、わたしから話しかける気も起こさせなかったわ」

「そのとおり」

「なぜ?」これ以上触られるとおかしくなりそうな気がして、彼の手をのけた。「なぜなのか言って」

「こうなるって予測がついたからさ。つまり、おれと君は住む世界がちがう。地理の話をしているんじゃない」

「あなたが何を言いたいのかわかってるわ。あなたはわたしを、頭が空っぽで浮ついた女だと思っているんでしょう。いまさっき会った友達みたいに。だったらちがうわ!」

ラスティはクーパーの腕に両手ですがり、懸命に訴えかけた。

「わたしも彼女たちにいらだったわ。なぜかわかる? じぶんを見ているみたいだったから——かつてのじぶんを。わたしは彼女たちを、出会った当初あなたがわたしを見ていたのと同じ目で見てうんざりしていたの。でも、お願い、彼女たちを大目に見てあげて。わたしのことも。ここはビバリーヒルズなの。本物なんて一つもないの。この街には、わけのわからない場所がたくさんあるわ。ゴーリロウ父子《おやこ》の小屋も、わたしの理解の範囲外だったけれど。でも、わたしは変わった。本当よ。もう彼女たちと同類じゃないわ」

「ラスティ、君は前からそうじゃなかったんだ。おれにはわかっていた。いまはもっとよくわかってる」クーパーは彼女の顔を両手で包んだ。「だが、君の人生はここにある。君は連中とやっていける。おれはだめだし、これからだって無理だ。その気もない。君だっておれの人生には入ってこられない」

クーパーが口にした残酷な真実にラスティは傷ついた。同時に怒りに突き動かされ、彼の手を振り払った。「あなたの人生！　いったいどんな人生なの？　ほかの人をぜんぶ締め出して、たった一人で孤独を味わう人生？　苦しみを鎧《よろい》みたいに着ている人生？　あなたはそんなのを人生と呼ぶの？　だったらクーパー、あなたの言うとおりよ。わたしはそんな人生はいや。いつもけんか腰でいるなんて耐えられないわ」

口ひげの下で、クーパーの唇が固く引き結ばれた。ラスティは彼をやり込めたのがわかったが、勝ち誇った気分にはなれなかった。

「そういうことだ」彼は言った。「おれはそれを言おうとしていたのさ。ベッドの中じゃおれたちは最高だ。だが人生は一緒にやっていけない」

「それはあなたがあまりにかたくなで、やってみようともしないからよ！　ちょっとは妥協しようと思わないの？」

「思わないな。こんなのは何もかもごめんだ」クーパーは大きく両手を広げ、贅沢《ぜいたく》な部屋と、大きな窓の向こうにあるものすべてを指し示した。

ラスティは彼に非難の指を突きつけた。「あなたはスノッブよ。偉ぶってるのよ」

「スノッブ？」

「ええ。あなたはこの社会を見下しているわ。じぶんが大衆より優れていると思っている。優れているし、正しいと思っているの。なぜならあなたは戦争に行き、捕虜になった経験があるから。そして、世の中のさまざまな不正を見ては冷笑している。孤高の山に閉じこもり、みんながたがいの欠点を我慢し合って懸命に生きているのを見下ろして、神様を演じてるつもりなんだわ」

「それはちがう」クーパーは歯ぎしりをして言った。

「あら、ちがうかしら？　じぶんだけが正しいと思い込んではいないっていうの？　じぶんは一段上の人間だと思っていないっていうの？　この世の中がそんなにひどくまちがっていると思うなら、嘲笑《あざわら》っているかわりになぜ少しでもなんとかしようとしないの？　初めから手を引いていて、何ができるの？　社会があなたを締め出しているんじゃないわ。あなたが社会を締め出しているのよ」

「おれだって、彼女が――」

「彼女？」

クーパーの顔からはすべての表情が消え、木の仮面のようになった。瞳の輝きも揺らいで消えた。その目は厳しく無慈悲になった。

ショックだった。ラスティは波打っている心臓の上に手を置いた。クーパーがひねくれ者になった原因は女性にあるの？　それは誰なの？　いつ？　疑問符が頭の中にひしめいた。ぜんぶ質問したかったが、氷のような敵意のこもったまなざしに耐えるのが精いっぱいだった。彼はじぶん自身に、ラスティに、本気で腹を立てていた。彼女はクーパーをつき、彼が墓に深く埋めておきたかったものをよみがえらせたのだ。

激しく打つラスティの心臓は、血と同じくらい濃く赤い嫉妬《しっと》を血管の隅々まで送り込んだ。クーパーの人生をおかしくさせるほどの影響力を振るった女がいた。その女の歯牙《しが》にかかるまでは、彼は楽天的で陽気な男だったかもしれない。彼女が誰にしろ、クーパーがいまにいたるまで痛手を引きずっているということは、相当な女性だったにちがいない。彼女はいまも、彼の心を悩ませているのだ。クーパーはそれほど深く彼女を愛していたってこと？　ラスティはわびしい思いでじぶんに問いかけた。

クーパー・ランドリーのような男が、女なしで長くいられるとは思わない。だが、もしそうだとしても、その場限りの情事だろうと考えていた。そんな真剣な恋愛体験があったとは夢にも思わなかった。けれど、実際にあったのだ。そして彼女との別れが、いまなお彼の人生をねじ曲げ、つらいものにしている。「彼女って誰？」

「忘れろ」

「ベトナムに行く前に出会ったの？」

「よせ、ラスティ」

「彼女は、あなたが捕虜になっているあいだにほかの人と結婚したの？」

「忘れろと言ったんだ」

「彼女を愛していたの？」

「いいか、彼女はベッドの中ではよかった。だが君ほどじゃなかった。それで満足か？　君が気になっているのはそこ——彼女よりよかったかどうかだろう？　そう、彼女は赤毛じゃなかった。君みたいに激しやすくなかった。いい体をしていたが、君にはおよばなかった」

「やめて！」

「胸は彼女のほうがでかかったが、反応はいまいちだった。乳首のことも聞きたいか？　君のより大きくて黒かった。腿のことも聞きたいだろ？　君と同じようにやわらかだったが、締めつける力は君ほどじゃなかったな」クーパーはラスティの脚のあいだをじっと見た。「君のは男から命を絞りあげる」

怒りと屈辱の涙が込みあげ、ラスティは声を漏らすまいと口を覆った。彼は荒い息をしていた。ラスティの息も乱れていた。にらみ合った目には愛に燃えたときと同じくらい激しい火が、ただしいまは憎しみの火が、燃えあがっていた。

「ラスティ？」その煮え立つような空気の中に、ふいにビル・カールスンが入ってきた。

ラスティは父の声に飛びあがって息をのんだ。「パパ！　お、おはよう。こちら……」

喉が干上がり、クーパーの方を示した手が震えていた。「クーパー・ランドリーよ」

「これはこれは、ミスター・ランドリー」

ビルは手を差し出した。クーパーは握手した。固く握りはしたが、あきらかに熱意がなく、嫌悪感がはっきり透けて見えた。

「何人かに頼んで、あなたを捜してもらっていたんだが」ビルは言ったが、クーパーが昨夜の居所を明かす気配もないので、虚勢を張って続けた。「娘の命を救ってくれた礼を言いたかった」

「礼なんていらない」

「いや、そうはいかない。娘はわたしのすべてだ。彼女の話からして、あなたの存在が娘の生死を分けたと考えていい。じつを言うと、あなたの居場所を捜してほしいと、昨夜わたしをせっついたのは娘でね」

クーパーはちらっとラスティを見、また父親に目を戻した。ビルは背広の胸ポケットに手を入れ、白い封筒を取り出した。

「ラスティは特別の礼をしたがっていた」

彼はクーパーに封筒を差し出した。クーパーはそれを受け取り、開いて中をのぞいた。しばらく中身を見ていたが、やがて目を上げ、ラスティを見た。その目は軽蔑《けいべつ》にこわばっていた。口ひげの片方の端が持ちあがり、冷笑が浮かんだ。つぎに、中身の小切手もろとも封筒を荒々しく真っ二つに引き裂いた。彼はそれをラスティの腿のあいだのくぼみに落とした。

「ありがとう、ミス・カールスン。だが礼なら、一緒に過ごした最後の晩に、おれのサービスに見合った報酬をちゃんともらった」

12

クーパーが怒りをむき出しにして部屋を出ていったあと、ビルは娘を振り返って言った。

「なんと感じの悪い人間だ」

「パパ、どうして彼にお金を払おうとなんてしたの？」ラスティはうろたえながら叫んだ。

「わたしは、おまえがそうしてほしがっていると思った」

「いったいどうしてそんなことを思ったの？　クーパー……ミスター・ランドリーは誇り高い人なのよ。彼がお金目当てにわたしを助けたと思うの？」

「そうだとしても驚かないな。わたしが聞きおよんだ限りでは、彼は好ましくない男だ」

「彼のことを調べたとでも？」

「当然そうしたとも。おまえが救出され、一緒だったのがあの男だとわかるとすぐに。あんなのと二人で森の中にほうり出されて、おまえも大変だったな」

「相違点はたくさんあったわ」ラスティは悲しげに微笑した。「でも、彼はその気になればいつでもわたしを置き去りにして、じぶんだけ生き延びることだってできたのよ」

「そうはしなかっただろう。おまえを助ければ金になるとわかればな」

「彼はそんなこと知らなかったわ」

「あの男はばかじゃない。おまえが生きていれば、わたしが救出に金を惜しまないと考えた。きっとこの金額が不満だったのだろう」ビルは引き裂かれた小切手を拾いあげてながめた。「気前よく出したつもりだが、思っていた以上に欲が深かったということかな」

ラスティは目をつぶり、打ちのめされたように頭を枕《まくら》に落とした。「パパ、彼はお金なんてほしがっていないわ。わたしを厄介払いできて、大いにほっとしているでしょうよ」

「それはおたがいさまだろう」父親はベッドの端に腰を下ろした。「しかし、おまえの事故を利用できなくて残念だ」

ラスティは目を開けた。「利用ですって？　いったい何を言っているの？」

「そう性急に結論に飛びつかずに、最後までわたしの話を聞け」

ラスティはすでにいくつかの結論に飛びついていた。そのどれもが気に入らなかった。

「映画化のことを考えているんじゃないでしょうね？」さっき友達がそんなアイディアを口にしたときにはぞっとした。

ビルは娘の手を軽く叩《たた》いた。「そんなあくどいことはしない。もっとスマートな方法だ」

「どんな？」

「ラスティ、ビジョンに欠けるのがおまえの問題点の一つだ」彼は愛情ある仕草で娘のあごをついた。「ジェフならすぐに、われわれに大きなチャンスが開けていることに気づいただろう」

いつものように兄と比較されてラスティは劣等感を感じた。「どういうこと？」

ビルは辛抱強く説明した。「おまえもいまでは業界でいちおう名が通っている。しかも、わたしの七光ではなく。少しは道をつけてやったかもしれないが、あとはおまえの力だ」

「ありがとう、パパ。でも、この話はどこへ向かうのかしら？」

「そもそもおまえはこの街では名士の一人と言っていい」ラスティは嘲《あざけ》るように頭を振ったが、父は続けた。「いや、本当だ。おまえの名前は有力者のあいだでよく知られている。そのうえ、このところおまえの名前や写真が新聞をにぎわせ、テレビで流されている。いまやおまえは一種の大衆のヒロインだ。無料でコマーシャルに出演しているみたいなものので、銀行に金をためるのと同様にけっこうなことだ。わたしはこの災難を逆手に取ろうと提案しているんだよ」

ラスティは狼狽《ろうばい》し、唇を湿らせた。「わたしが飛行機事故から生還したことを宣伝材料にして、ビジネスを広げようというの？」

「いけないかね？」

「冗談でしょう！」いや、冗談ではないのだ。父の表情も態度も、ただのおふざけを言っているようには見えない。ラスティは顔を伏せ、かぶりを振った。「だめよ、パパ。絶対に。わたしはいやよ」

「そうすぐにはねつけるものじゃないよ」ビルは諭すように言った。「広告代理店に二、三アイディアを出してもらおうと考えている。だが、約束しよう。おまえの意見や同意を得ないまま話を進めることはしない」

父が突然見知らぬ人に思えた。声や顔や洗練された物腰はいつもの父だ。けれど、その立派な外見の下にある気持が、心の底が、まったく理解できなかった。じぶんの父とは思えなかった。「わたしは絶対に賛成できないわ。あの事故では六人が亡くなったのよ。六人もよ、パパ。わたしは彼らの遺族と会ったわ。夫を失って悲しんでいる奥さんや、子供たちや、母親や、父親に。彼らと語り合ったわ。心からのお悔やみを言ったわ。あの人たちの悲しみをビジネスに利用するなんて」ラスティはおぞましさに身を震わせた。「だめよ、パパ。そんなことわたしにはできない」

ビル・カールスンは下唇を突き出した。策を練るときの癖だ。「わかった。この話はさしあたり棚上げとしよう。だが、べつの案が浮かんだ」

彼は娘の両手を取った。ラスティは思わず身構えた。父がとんでもないことを、心臓が爆発しそうなことを、言いだそうとしているのがわかった。

「さっきも言ったが、昨日わたしはミスター・ランドリーのことを調べあげた。彼はシエラネバダの風光明媚《めいび》なところに大きな牧場を持っている」

「そう言っていたわ」

「その周辺はまったく開発されていない」

「だからその地域は美しいの。ほとんど手つかずの自然が残っているから。でも、どういうこと？　それがいまの話とどんな関係があるの？」

「ラスティ、いったいどうした？」父はからかうように言った。「森で二週間暮らしているあいだに環境保護主義者になったのか？　業者が宅地開発を始めるたびに、自然をレイプしているなんて非難の陳情書を出すつもりではないだろうね？」

「まさか、パパ」父の口調はからかい半分のものから皮肉を帯びたものに変わりつつあった。微笑の下には非難が隠されていた。父を失望させたくなかったが、クーパーまでビジネスに巻き込もうという策略はすぐにやめさせなければならない。「まさか、ミスター・ランドリーが住んでいるあたりを商業開発しようというんじゃないでしょうね？　彼が歓迎しないことはたしかよ。しないどころか、阻止しようと戦うでしょうね」

「そうかな？　一緒に組むという案はどうだ？」

ラスティは疑うように父を見つめた。「組むって、わたしとクーパーが？」

ビルはうなずいた。「彼はベトナム帰還兵だ。非常にアピール効果がある。その彼とおまえが飛行機事故で九死に一生を得て、カナダの原生林の中で信じられないような試練に耐えた末に救出された。大変ドラマティックだ。この話も売りになる。消費者が飛びつくだろう」

誰もかれも、父でさえ、あの飛行機事故とそのあとの生きるか死ぬかの経験をすてきな冒険のように思っている。クーパーとわたしが主演のメロドラマ――場所と時代を変えた『アフリカの女王』のリメイク版みたいに。

ビルはじぶんのプランに夢中で、ラスティの否定的な反応に気づかなかった。「いくつか電話をして、夕方までにあの地域にコンドミニアムを建てたがっている業者のリストをまとめてみることにしよう。ロジャース・ギャップにはスキーリフトが一つあるが、管理がよくない。あれを最新の設備に替え、もっと増やす。むろん、ミスター・ランドリーもこの話に入れる。そのほうが地域との付き合いがスムーズにいくだろうからね。あの男は社交家ではないが、調査報告によれば地元でかなりの影響力を持っているようだ。彼の名前がなんらかの役に立つだろう。コンドミニアムの建設と同時に、おまえはその販売を始める。億単位の利益が出ることはまちがいない」

父の提案には片端から反対しても足りないくらいだったので、ラスティはあえて黙っていた。計画が動きはじめる前に食い止めなければ。「パパ、ミスター・ランドリーはお金もうけには興味がないわよ。さっきのことでわかったでしょう」思い出させるために、二つに引き裂かれた小切手をつまみあげ、父の顔の前で振ってみせた。「土地開発で儲《もう》けるなんて、彼がもっとも呪《のろ》いそうなことよ。彼はひなびたシエラを愛しているわ。人の手が入ってほしくない、開発で台無しにされたくないと思っている。自然のままであってほしいと願っているの」

「口ではH・D・ソローのウォールデン湖の哲学を奉じているかもしれないがね」ビルは懐疑的な顔をした。「人間誰しも金には心が動くものだよ、ラスティ」

「クーパー・ランドリーはちがうわ」

ビルは娘の頬を撫《な》でた。「おまえの純真さはかわいい」

父の目は輝いていた。それがどういうことかラスティはよく知っていた。油断ならない。それは父が大きな取り引きをかぎつけたときの目だった。鮫《さめ》のような投資家のあいだでも、父はもっとも鋭い歯を持っている鮫だった。ラスティは父の手を取って握りしめた。「約束して。そんなことはしないと約束して。パパは彼を知らないのよ」

「では、おまえは知っているのか?」

目から輝きが消え、彼は視線を落とした。ラスティはゆっくりと父の手を放した。父は危ないものを避けるように、まるで娘が伝染性疾患で入院していたことをいま思い出したかのように、あとずさった。

「おまえが答えづらいだろうと思っていままで何もきかずにいた。できれば避けたい話だった。しかし、わたしの目は節穴じゃない。ランドリーはマッチョな男の風刺画さながらだ。すぐに腕っぷしにものを言わせたがる一匹狼《おおかみ》タイプだ。女はああいう男に惹《ひ》かれ、飼いならしたいなどというくだらん幻想を抱きがちなものだ」

彼は娘のあごの下に手をやり、顔を仰向けて目をのぞき込んだ。

「おまえは、たくましい肩だの陰のある顔だのに目がくらむようなばかではないと信じているが。おまえがあの男に特別な感情をいっさい抱いていないことを願うよ。そんなものは、不幸の源以外の何物でもないからだ」

父はそれとは知らずにクーパーと同じ理論を繰り返した。つまり、二人のあいだに生まれた感情は特殊な依存関係に起因する。

「ああいう状況で、彼に対して特別の親しみを覚えるのは自然なことでしょう?」

「たしかに。しかし、状況は変わった。おまえはもはや原生林の真っ直中《ただなか》でランドリーと二人きりで孤立しているわけではない。おまえは家に帰ってきた。おまえの生活はここにある。子供じみたのぼせあがりで、それを危険にさらすのはまちがっている。向こうで何があったにせよ」ビルはそう言いながら、完璧《かんぺき》に整髪された頭を窓の方へ向けた。「終わったことだ。忘れるんだ」

それもクーパーが言ったことと同じだ。だが、終わってはいない。少しも終わっていない。忘れることもできない。ラスティの彼に対する思慕は弱まりもしないし、ほうっておけばやがて消滅するという種類のものでもなかった。心理学で言うところの特殊な依存心なら、元の生活に戻ることで徐々に消えていくだろうが。

ラスティは恋に落ちていた。クーパーはもう、食料を調達し危険から守ってくれる人ではない。けれど、それよりもっと大事な人になっていた。愛する人になっていた。一緒にいようと離れ離れになろうと、思いは決して変わらない。

「心配しないで、パパ。彼のことをどう思っているか、じぶんでよくわかっているわ」それは本当だった。父がどう取ろうとかまわない。

「いい子だ」ビルは娘の肩を軽く叩いた。「おまえならこんどのことを、ふだんにも増して勇敢に、そして賢明に切り抜けるものと信じていた。兄さん同様、おまえもなかなか立派だ」

ラスティは脚の一回目の形成手術のあと、一週間ほど病院で過ごしてから家に戻った。それからさらに一週間がたった。傷跡は手術の前に比べて見苦しくなくなったようには見えなかったが、医者は何度か繰り返せばほとんど目立たなくなると請け合った。

脚にまだ力が入らないということを除けば、健康状態にはまったく問題がなかった。包帯も取れた。だが、医者は傷口が衣類にすれないように、歩くときには松葉杖《づえ》を使うようにアドバイスした。

事故のあとで落ちた体重も元に戻った。毎日、自宅のプール脇《わき》にあるアメリカ杉のデッキに横たわって太陽を浴びたので、肌もいくらか焼けて淡いゴールドになってきた。友達は約束を実行した。ラスティがなかなかサロンに行けないので、出張サービスをプレゼントしてくれた。ヘアドレッサーが来てカットとトリートメントをほどこし、前のようにつややかに輝く髪にした。マニキュアの担当者は爪の形をきれいに整えた。ラスティの荒れた手にたっぷりとクリームをつけてマッサージもした。

赤らんでざらついた肌がなめらかになっていくのをながめながら、ラスティは手で洗濯したこと、洗ったものを小屋の外の粗末なロープに吊《つ》るして干したことを思い出した。服が凍りつく前に乾くかどうか、天気との勝負だった。あの暮らしはそれほど悪くなかった。本当にそう思う。それとも、思い出というのは物事を実際よりよく見せるのだろうか。

それはすべてについて言えた。クーパーのキスは、本当に大地が揺れたと感じるくらいすごかったのかしら？　彼の腕やささやきが、夜の闇《やみ》の中であれほど慰めになったのは本当かしら？　でも、もしその思い出が嘘《うそ》ならば、なぜ始終目を覚まし、そばにいてほしい、ぬくもりがほしいと思い焦がれるのかしら？

いままで、こんな孤独を味わったことはなかった。

だが、独りぼっちだったわけではない。少なくともいまのところは。友達が入れ替わり立ち替わり顔を出し、沈んでいるラスティをなんとか笑わせようと、おかしなプレゼントを置いていった。体はどんどん回復していくが、心はまだ元に戻らなかった。

周囲は気をもんだ。事故以来、ラスティは以前の陽気な彼女とは別人のようになってしまったからだ。彼らはラスティの胃にありとあらゆるものを詰め込んだ。ゴディバのチョコレートからテイクアウトのタコス、ラスティの好物をよく知っているビバリーヒルズの指折りのレストランの料理長が特別に料理したごちそうまで届いた。

時間はたくさんあったが、無為に過ごしたわけではない。父の予測は見事に当たった。土地を売りたい人、買いたい人が、価格の変動についてアドバイスを求めてきたのだ。まるで、この界隈《かいわい》で不動産を動かそうと考えている全員が問い合わせてくるようだった。毎日、映画やテレビの有名人をふくめて、有望な客からの電話が何本もあった。何時間もの電話応対で耳が痛くなった。以前なら、たくさんの顧客を抱えて天にも昇るほど胸がはずんだはずだ。けれどいまは、いつになく心がふさぐばかりだった。その理由は説明できなかったし、それを乗り越えることもできなかった。

父はロジャース・ギャップ周辺の開発について、あれ以来何も口にしなかった。もうすんだ話になっていればいいとラスティは願った。父は毎日ラスティの家に寄った。順調に回復しているかどうかを気にして。だが、それは表向きの理由で、父の関心は娘の回復より新しいビジネスの収穫を早く手に入れることにあるのではないかと、ラスティは少し意地悪く疑っていた。

父の口のまわりにはいらだちのしわが日増しに目立ってきた。早く仕事に戻るよう冗談まじりに励ましていた口調が、圧力をかけるものになってきた。ラスティは医者のアドバイスに従ってはいたが、回復期をできるだけ長く引き延ばしたいと思っていた。意欲が出るまで仕事に復帰しないと決めていた。

そんなある日の午後、ラスティが深いため息ばかりついていると、呼び鈴が鳴った。父からはさっき、仕事の約束があるのできょうは顔を出せないという連絡があった。ラスティはその電話に胸を撫でおろした。父を愛していたが、会ったあとはぐったり疲れに襲われるのだ。連日の訪問から逃れられるのはうれしかった。

だがほっとしたのもつかのま、どうやら仕事の約束はキャンセルになったらしい。

松葉杖をつき、足を引きずりながら廊下を通って玄関に行った。この家に住んで三年になる。低い崖《がけ》の懐に抱かれた、いかにも南カリフォルニアふうの白い化粧漆喰《しっくい》の壁に赤い瓦《かわら》屋根のこぢんまりとした家で、色鮮やかに咲き誇るブーゲンビリアに囲まれていた。この家は一目見て気に入ったのだ。

片方の松葉杖で体を支え、錠をはずしてドアを開けた。

クーパーは何も言わなかった。ラスティも何も言わなかった。しばらく見つめ合ってから、彼女は黙って脇にのいた。彼はアーチ型のドアをくぐって中に入った。ラスティはドアを閉め、彼の方に向き直った。

「こんにちは」

「やあ」

「どうしてここへ？」

「君の脚を見に」

クーパーがすねを見下ろす。ラスティは彼の方へ脚を出した。

「ましになったようには見えないな」クーパーは疑わしげな目つきをした。

「いずれきれいになるわ。ドクターはそう言っているわ」ラスティは弁解するように言った。

クーパーはなおも危ぶむような目をしていたが、その話はそこで終わった。ゆっくりと首をめぐらして周囲をながめた。「いい家だ」

「ありがとう」

「おれの家に似ている」

「本当？」

「おれの家はもっとがっしりした感じだが。それにしゃれた家具もない。だが似ている。広い部屋、たくさんの窓」

ラスティはもう歩いてもだいじょうぶだと思った。クーパーを見たとたん、頼りにしている無事なほうの脚からも力が抜けてしまったのだ。前に進み出て彼を奥に導いた。「どうぞ。何か飲み物は？」

「アルコールでないものを」

「レモネードは？」

「ああ」

「すぐにできるわ」

「手がかかるならいい」

「べつに手間じゃないわ。それにわたしも喉が渇いていたところなの」

ダイニングルームを通ってキッチンに行った。

「どうぞ、かけて」ついてきたクーパーにキッチンの真ん中を占めている寄せ木のテーブルを示し、冷蔵庫の方へ行った。

「手伝おうか？」

「いいえ、けっこう。修業を積みましたからね」

ラスティが笑って振り返ると、クーパーは彼女の脚のうしろ側を見つめていた。きょうは一日一人だと思っていたので、はき古したカットオフ・ジーンズに裸足《はだし》だった。シャンブレーのシャツの裾《すそ》をウエストのところで結び、髪は頭のてっぺんでポニーテールにしていた。その格好はビバリーヒルズ版のデイジー・メイだった。

素足を見つめているのに気づかれて、クーパーはうしろめたそうに椅子の上で体を動かした。

「痛むか？」

「えっ？」

「脚さ」

「いいえ。そうね——ときどき、ちょっと。歩きまわったり車を運転したりは、まだ無理そう」

「もう仕事に戻ったのか？」

首を横に振ったので、ポニーテールの先がうなじで揺れた。「ここから電話でアドバイスしたり、指示したりはしているけれど。メッセンジャー・サービスがわたしの大事な足。せっせと動いてもらっているわ。でも、身なりを整えてオフィスに出勤する気持にはまだなれなくて」

ラスティは解凍しておいた濃縮レモネードの缶を冷蔵庫から取り出した。

「あなたはずっと忙しくしているの？」

ピンクの濃縮液をピッチャーに注《つ》いで、冷えたクラブソーダを加えた。しずくのはねた手を口へ持っていって吸い、目で問いかけながらクーパーを振り向いた。

鷹《たか》のように、クーパーはすべての動きをとらえていた。いまはラスティの唇を見ている。

彼女はゆっくりと手を下ろし、レモネードの支度に戻った。戸棚から二つグラスを出して氷を入れる手は震えていた。

「ああ、忙しかった」

「戻ったときはどんな状態だったの？」

「だいじょうぶだった。近所の人が家畜に餌《えさ》をやっていてくれたんだ。もしおれが戻らなくても、無期限にそうしてくれただろうな」

「親切なお隣さんね」少しおどけた口調で話そうとしたが、声は鋭く、張りつめていた。この部屋の、ニューオリンズの夏のような息苦しさに似合わなかった。空気は濃く熱かった。吸い込むのが難しいほどに。「あなたは人手を頼んでいないの？」

「頼むこともある。臨時にな。おもに当座の金を稼ごうっていうスキー狂だ。彼らは金がなくなると二、三日働く。そうすればまたリフト券が買えて、食える。そのやり方はおれにも彼らにも好都合なんだ」

「そばに人が大勢いるのが嫌いだからでしょう」

「そのとおり」

ラスティは底知れぬ絶望にのみ込まれそうだった。それを避けようとしてきいた。「あなたはスキーをするの？」

「いくらか滑れる。君は？」

「滑れるわ。あるいは、滑れたと言うべきかしら」ラスティは脚に目をやった。「今シーズンは座って過ごすしかなさそうね」

「だいじょうぶだろう。骨折はしていないんだ」

「そうね。だいじょうぶかもね」

あとは、言うべきことは何もなさそうだった。二人は暗黙の了解のうちに社交辞令のおしゃべりを終わりにし、本当にしたかったことをした。見つめ合ったのだった。

彼の髪はカットされていたが、いまの流行からするとまだずいぶん長い。ラスティは彼の髪が、カジュアルなシャツの襟にかかる様子が気に入った。頬とあごのひげはさっぱりと剃《そ》られていたが、口ひげはどこも変わっていなかった。ひげからのぞく下唇は、相変わらず頑固そうに引き結ばれている。どこかが変わっているとすれば、唇の両端のしわが深くなって、そのせいで顔が前よりまた少し厳しく見えることだ。どんな心配事があのしわを深くしたのだろう。ラスティはとても気になった。

彼の服は高級ブランドではないが、ロデオ・ドライブを歩けば、何人もが振り返るだろう。粋《いき》な着こなしをした人たちのあいだで、彼の姿は新鮮に映るはずだ。ブルージーンズはこれまで縫われたどんな衣服より男っぽさを引き立てる。ほかの誰よりクーパーを引き立てる。そして何よりもちろん、ラスティの胃をざわつかせる脚のあいだの隆起を効果的に見せていた。

コットンシャツは、いまでもラスティが夢に見るそのままに、彼の厚い胸にぴんと張りついている。たくしあげられた袖《そで》の下のたくましい腕。彼は茶色い革のボマージャケットを抱えてきたが、それはいま椅子の背に投げかけられ、忘れ去られていた。実際彼は、すぐそばに立っている女のこと以外はいっさいを忘れていた。その距離は二、三メートルだったが、彼には何光年も隔たっているように思えた。

彼の目が、ラスティの体を裸にするように上から下へ動いた。まるで一枚一枚服をはがれているようにラスティの肌は燃えあがった。カットオフ・ジーンズの裾のほつれた糸が腿をくすぐっているところで視線が止まるころには、彼女は熱くうるおっていた。

クーパーの視線は逆をたどってラスティの顔に戻った。そこには彼の欲望をそのまま映し出した顔があった。彼の目が磁石のように彼女を引き寄せる。ラスティは松葉杖をつきながら、二人の距離を詰めた。クーパーを見つめたまま。彼のほうも目をそらさなかった。

ラスティが近づくと、クーパーは頭をうしろに傾けてなおも視線をとらえようとした。松葉杖をついた彼女が目の前に来るまで彼は一生待った気がしたが、実際にはほんの数秒だった。

ラスティが言った。「あなたが本当にここにいるなんて信じられない」

うめき声とともに彼はラスティの胸に頭を埋《うず》めた。「ラスティ。ちくしょう。おれは離れていられなかった」

ラスティは胸がいっぱいになり、目をつぶった。この気難しい男性への愛に屈服して頭を垂れた。彼の名を小さく呼んだ。

クーパーは腰に腕を回し、やわらかな胸のかぐわしい谷間に顔をすりつけた。両手で彼女の背中を撫で、もっと引き寄せようとする。彼女はもう脚も動かせないほどだった。「あなたが恋しかった」ラスティはかすれた声で白状した。彼が同じ告白をするとは期待しなかった。案の定、彼は何も言わなかった。けれど熱烈な抱擁が、どれほど彼女を恋しく思っていたかを無言のうちに示していた。「あなたの声が聞こえたような気がして、何度も振り返ったわ。あなたがそこにいると思って。あなたに話しかけてから、そばにいないことに気づいたりもしたわ」

「ちくしょう、君はいい匂《にお》いだ」

クーパーは大きく口を開け、彼女の胸のふくらみを布地もろとも白い歯で噛《か》んだ。「どうしても」彼は焦ってラスティのウエストの結び目をほどいた。「ここを」ボタンを飛ばすように前を開いた。「こうしたかった」彼の口がブラジャーからあふれたセクシーなふくらみをとらえた。

彼の唇が肌に触れると、ラスティはうめいて頭をのけぞらせた。松葉杖を握りしめる指の関節が白くなった。松葉杖をほうり出して、クーパーの髪に手を差し入れたかった。彼が頭を動かし、もう一方の乳房にキスをするとき、髪が肌をくすぐった。彼は薄いブラの上からいくどもやさしく噛み、乳首を吸った。

ラスティはすすり泣きのような声をあげた。両手が自由にならないのがもどかしく、けれどそのせいでいっそう喜びを感じた。どうすることもできないのが刺激的だった。「クーパー」彼女はあえぎながら哀願した。

彼は手を回してストラップを肩から抜き、引きおろせるところまで引きおろした。ストラップは袖に引っかかったが、それで充分だった。胸はすっかりあらわになった。彼はなめるようにながめて目を喜ばせてから、ピンクの頂を口にふくんだ。やさしく吸い、舌先でたっぷり湿らせ、口ひげで拭《ぬぐ》った。顔を動かし、頬とあごと口と鼻と眉で胸をこすった。ラスティはいまにも倒れそうになりながら松葉杖にしがみつき、熱に浮かされたように彼の名前を夢中で呼んだ。

「ほしいものを言うんだ。なんでもいい」クーパーがしわがれた声で言った。「言え」

「あなたがほしい」

「いいとも。何が望みだ?」

「触ってほしい。触らせてほしい」

「どこに?」

「クーパー……」

「どこを?」

「わかっているでしょう」ラスティは叫んだ。

クーパーはすばやくジーンズのスナップをはずし、ファスナーを下ろした。小さなショーツが三角地帯をやっと隠していた。クーパーは笑みを浮かべたかったが、欲情で顔がこわばっていたので笑えなかった。うめくのがせいぜいで、ジーンズと一緒にショーツを引きおろし、赤みがかった柔毛にキスをした。

ラスティの体にはもうどこにも力がなかった。松葉杖につかまっていることもできなかった。杖が音をたてて床に倒れた。体が前にのめり、両手でクーパーの肩につかまった。彼女を支えながら彼は椅子から滑りおり、ひざまずいた。

クーパーは親指で湿った場所を押し分け、やわらかな内部に舌を埋めた。ラスティは恍《こう》惚《こつ》の声を漏らすまいと唇を噛んだ。

彼はそこでやめなかった。最初の波が引いても、二番目の波が引いても、まだやめようとしなかった。ラスティの体が汗にまみれ、赤い髪がこめかみや頬や喉に濡《ぬ》れて張りつくまで、クライマックスの余韻で体が震えだすまで、やめなかった。

それから彼はようやくラスティを抱きあげた。「どっちだ?」のぞき込んだ彼の顔は、いままで見たこともないほどやさしかった。その目には警戒するような冷たい光はもうなかった。かわりに熱い感情で輝いていた。ラスティはそれが愛であることを祈った。

ラスティは片手を上げ、寝室のある方角を示した。彼は難なくそこを見つけた。このところ一日の大部分を寝室で過ごしているので部屋は少し散らかっていたが、クーパーは家庭的な雰囲気が気に入ったようだ。ドアをくぐりながら彼は微笑した。ラスティをそっと左足で立たせ、ベッドのカバーをめくった。

「横になるんだ」

ラスティは言われたとおりにして、彼がバスルームに入るのを見ていた。水の音がした。彼はじきに濡らしたタオルを持って戻ってきた。何も言わなかったが、ラスティを抱き起こしてブラウスを脱がせながら、目で語りはじめた。ブラはストラップを腕から抜くだけでよかった。ラスティは裸で彼の前に座っていた。不思議なほど恥じらいは感じなかった。

クーパーは湿った冷たいタオルをラスティの腕に、肩に、首に走らせた。つぎにそっと枕にもたれかからせ、腕を持ちあげて脇の浅いくぼみを拭った。ラスティは驚きながらも、心地よさに子猫のように喉を鳴らした。すると彼は頭を下げて、彼女の口にキスをした。

タオルで撫でられた乳首がまた硬くなってとがると、クーパーは微笑した。やわらかな肌に口ひげがこすれてできたばら色の跡にそっと触れた。

「おれはいつも君に跡をつけてるみたいだ」クーパーは後悔するように言った。「すまない」

「わたしはちっともいやじゃないわ」

クーパーは熱く燃えるまなざしをラスティの胃のあたりから下腹部へ注いだ。彼はタオルを使う前に舌で汗をなめ取った。それから、手術の跡に気をつけながら脚を拭《ふ》いた。

「引っ繰り返るんだ」

ラスティは問いかけるようにクーパーを見上げたが、言われたとおりうつぶせになって、重ねた手の上に頬を載せた。彼はゆっくりと楽しむように背中を拭いた。腰のくぼみでちょっと手を止めてから、ヒップにタオルを滑らせる。

「うーん」ラスティはため息を漏らした。

「それはおれが言いたい」

「じゃあどうぞ」

「うーん」

クーパーは汗を拭うのに必要以上に時間をかけた。腿から足の裏まで拭い、ラスティがくすぐったがるところを発見した。こんどは撫であげて、膝の裏側をゆっくり口でなぶった。

「ちょっとリラックスしてろ」彼はそう言ってベッドを離れ、服を脱いだ。

「あなたは簡単に言えるでしょうよ。体中に触れられていたわけじゃないんですもの」

「覚悟していろ。これじゃすまないぞ」

覚悟しても何にもならなかった。彼の熱い素肌が背中に重なると、ラスティは鋭く息を吸い込み、背中に当たる胸毛の感触にぞくりと身を震わせた。彼は脚を広げてラスティの脚をあいだに挟んだ。ラスティのヒップに彼の高まりが埋まった。肌にこすれるその感触は、ベルベットの鞘《さや》にくるまれた熱い鋼鉄のようだった。

クーパーはラスティの両手に指を絡め、鼻でポニーテールを払い、唇を耳に寄せた。

「君がほしくておれは何もできない」彼はかすれた声でささやいた。「仕事どころじゃない。眠れない。ものも食えない。おれの牧場の家にはもう安らぎがない。みんな、君がめちゃくちゃにした。山だってもう美しく見えない。山を見ようにも、君の顔が目の前にちらついて」

彼は体を揺すりながら突きあげ、さらに奥深くでラスティと結びついた。

「君のことなどきれいに忘れられると思った。だが、だめだった。おれはヴェガスまで行って一晩女を買った。一緒にホテルに入り、座って彼女をながめ、酒を飲みながら熱くなろうとした。彼女はテクニックを駆使してくれたが、おれは何も感じなかった。できなかった。したくもなかった。しまいには彼女を帰した。じぶんにはとっくに愛想が尽きていたが、彼女にまで愛想尽かしをされないうちにな」

クーパーは顔をラスティのうなじに埋めた。

「君は赤毛の魔女だ。あの森の中でおれにどんな魔法をかけたんだ？　おれはうまくやってたんだ。わかるか？　濡れたサテンの唇とシルクの肌の君が現れるまではな。いまじゃ、おれの毎日はくずみたいなものだ。考えられるのは君のことだけ。見たり、聞いたり、触ったり、かいだり、なめたりしたいのは、ぜんぶ君だ」

クーパーはラスティの体を仰向け、じぶんの下に押さえつけた。唇を斜めに合わせてキスをした。略奪するように舌で荒々しく彼女の唇をこじ開けた。

彼は二つの体を一つに溶け合わせようとするかのように、肌をこすりつけた。ラスティの膝を分け、なめらかに腰を動かし、一突きで彼女の奥深くまで探った。

歓喜にうめきながら、彼はラスティの胸に頭を落とした。神でも悪魔でもいい。頼むからおれをこの責め苦から解き放ってほしい。熱く激しくあえぐ彼の息がラスティの胸にかかった。乳首が応《こた》えると、彼は口にふくんで愛した。

クーパーの肌は紅潮し、燃えていた。しなやかに波打つ彼の背中と腰を撫でるラスティの手は焦げそうだった。彼女の手は彼の固いヒップを包み込み、もっと深くに引き寄せた。彼はラスティの名をつぶやき、再び唇を合わせた。肉欲そのものを象徴するようなキスだった。

男の猛々《たけだけ》しい力にねじふせられ征服されたように感じてもおかしくなかったはずだが、ラスティはそうは感じなかった。むしろ反対に、あらゆる拘束を解かれ、晴れ晴れと自由に力強く舞いあがり、宇宙の果てまで飛翔《ひしょう》していた。肉体は、そして心と魂は、彼のために開かれていた。そこから愛があふれ出した。彼は感じたはずだ。知ったはずだ。

ラスティはそれを確信した。なぜなら彼はリズミカルに体を動かしながら、ラスティの名を呼び続けていた。声は激情をむき出しにしていた。だが、理性を失う寸前に彼は身を引こうとした。ラスティにはそれがわかった。「だめ！　そんなのだめよ」

「いや、ラスティ、これでいいんだ」

「クーパー、愛しているわ」ラスティは彼の腰に脚を回し、踵《かかと》を合わせた。「あなたがほしいの。あなたのぜんぶがほしいの」

「いけない。だめだ」クーパーは苦悩と快感の中でうめいた。

「あなたを愛しているの」

クーパーは歯を食いしばり、耐えようとした。だがついに負け、魂の底から突きあげる長く低い本能のうめきとともに頭をのけぞらせた。そして彼を愛していると言う女を、熱くて濃い生命の源で満たした。

13

汗がクーパーの顔からしたたり落ちる。彼は全身濡《ぬ》れていた。体毛が縮れている。彼はラスティの上にくずおれた。ラスティは彼を抱きしめた。母性本能が俄然《がぜん》頭をもたげ、小さな子を抱くように彼を抱いていたかった。

クーパーが動く力を回復するまでにとても長い時間がかかったが、どちらも急いで体を離したいとは思わなかった。ようやく彼はラスティの体から下り、満ち足りて仰向けに転がった。ラスティは愛《いと》しい人の顔を見つめた。彼は目を閉じていた。厳格な口元のしわは、さっき玄関を入ってきたときに比べ、ずっと目立たなくなっていた。

ラスティは頭を彼の胸に預けた。彼の胃の上を撫《な》で、濡れて縮れた胸毛を指で梳《す》いた。

「あのときあなたが体を引こうとしたのは、相手がわたしだからじゃないんでしょう？」女の勘のようなものだった。クーパーが愛の行為を完遂したのは久しぶりのことなのだとわかった。

「ああ」

「わたしが妊娠するかもしれないからでもないんでしょう?」

「ああ、ちがう」

「どうしてそんなふうにするの?」

クーパーが目を開けた。ラスティは彼の目をのぞき込んだ。そこには警戒網が敷かれていた。彼がわたしを恐れている? 恐れを知らぬ彼が、わたしを? 裸で寄り添い、心をとろかされ、魂まで奪われている女を? いったいわたしのどこが怖いのだろう。

「なぜそんな戒律を課すようになったの?」ラスティはやさしく尋ねた。「わけを聞かせて」

クーパーは天井をにらんだ。「女だ」

ああ、例の女性だわ、とラスティは思った。

「メロディって名だった。彼女とはベトナムから帰ってまもなく出会った。おれは最悪の状態だった。苦い思いが胸に詰まっていた。腹が煮え繰り返っていた。彼女の……」クーパーはどうしようもないという仕草をした。「彼女のおかげで、おれはもう一度物事を当たり前の目で見られるようになった。人生を考えられるようになった。そのころ、おれは復員兵援護法を利用して大学に行っていた。卒業したらすぐに彼女と結婚する約束をして、これですべてがうまくいくと思っていた。そのはずだった」

彼はまた目をつぶった。ラスティにはわかった。話がつらいところへ差しかかったのだ。

「そのうちに彼女が妊娠した。そして、おれに知らせないで堕《お》ろした」

クーパーは拳《こぶし》を固め、怒りであごをこわばらせた。いきなり背中を向けたので、ラスティははね飛ばされた。

「彼女はおれの赤ん坊を殺した。おれはいやってほどたくさんの死を見てきた。そのうえ彼女が……」

彼の息遣いがあまりに荒く激しいので、心臓が破裂するのではないかと心配になった。ラスティは彼の胸に手を置き、やさしく名前を呼んだ。

「気の毒に、クーパー。つらかったでしょうね」

「ああ」彼は深く何度も息を吸って、肺に空気を満たした。

「それ以来、彼女のことを怒っているのね」

「最初はそうだった。だが、そのうちに怒りよりも憎しみのほうが勝ってきた。おれは心の内をすべて彼女に明かしていたんだ。彼女は、おれが何を考えているか、物事をどう感じているか知っていた。彼女にせがまれて、捕虜収容所のことやそこで起こったことをぜんぶ話した」

「あなたは信頼を踏みにじられたと思ったのね」

「彼女はおれの信頼を踏みにじり、裏切った」クーパーは親指の腹でラスティの頬にこぼれた涙を拭《ぬぐ》った。「おれは彼女に話した。彼女の腕の中で、赤ん坊のように泣きながら話したんだ。戦友たちのことを。彼らが……殺されていったさまを」彼の声はかすれ、小さくなった。「どんな地獄を味わって逃げ延びたか。救出されるまでどうやって生き抜いたかも。つかまらないように、死体の山の悪臭が漂う中にどんな思いで横たわっていたか、すっかり聞かせたっていうのにだ」

「クーパー、やめて」ラスティは彼を抱き寄せた。

「おれはたくさんの赤ん坊が無残に殺されるのを見なきゃならなかった。おれもこの手で殺さなきゃならなかった。そういうことをぜんぶ話した。なのに彼女は、おれたちの赤ん坊の命を平気で摘み取った。彼女は――」

「しーっ、静かに。もうやめて」ラスティはクーパーの頭を胸に抱き、髪を撫でながらやさしくなだめた。涙で目の前がかすんだ。彼のつらさがわかる。それをぜんぶ引き受けられたらいいのにと思った。彼女は彼の頭にキスをした。「かわいそうに。本当に気の毒に思うわ」

「おれはメロディと別れ、山に引っ越した。家畜を買い、家を建てた」

そして心のまわりに壁を築いたのね。ラスティは悲しく思った。彼が世の中をはねつけるようになったのも不思議はない。二度も手ひどい裏切りを受けたのだ。一度は祖国に。過ちを忘れ去ることを望んでいる祖国に。そして、愛し、心を許した女性にまで。「それで、あなたは二度と誰にもじぶんの子供を身ごもらせまいと心に決めたのね」

クーパーは抱擁を解いて頭を上げ、ラスティの目を見つめた。「ああ、そうだ。いままでは」彼女の顔を両手で挟んだ。「おれは君を満たさずにはいられなかった」彼は激しくキスをした。「永遠に満たしていたかった」

ラスティはほほ笑んでクーパーの手に顔を近づけ、親指の付け根のやわらかいところをそっと噛《か》んだ。「永遠に続いたように感じたわ」

クーパーも微笑した。少年のように誇らしげな顔で。「ほんとか?」

ラスティは笑った。「ええ」

彼はラスティの脚のあいだに手を滑り込ませ、赤褐色の巻き毛を指でもてあそんでから、秘められた場所を撫でた。「おれは君に特別な跡をつけた。いま、おれの一部が君の体の中にある」枕《まくら》から頭を起こし、彼女のキスで腫《は》れた唇に唇をこすりつけた。

「わたしが望んだのよ。こんどはあなたを放さないでおこうと思っていたの」

「へえ?」クーパーの目に尊大で、からかうような光がきらめいた。「どうするつもりだったんだ?」

「一戦を交える覚悟だったわ。どれほどあなたを求めているかわかってもらうために。あなたのすべてを求めていることをわかってもらうために」

クーパーは彼女の下唇を歯でとらえ、おいしそうに舌でなぶった。「君の中でおれが一番気に入っているのは……」唇が彼女の喉へと動く。

「なんなの？」

「君がいつも、すごくいいって感じで……」彼は野卑きわまりない言葉で締めくくった。だが彼が言うと、とてもセクシーだった。

「クーパーったら！」ラスティは怒ったふりをし、彼のおなかの上に馬乗りになった。

クーパーが笑った。めったに聞けないすてきな彼の笑い声。ラスティは胸をはずませ、いっそう苦々しい表情を作ってみせた。彼はますます笑った。皮肉に汚されていない本物の笑いだった。ラスティはそれを毛布のように体に巻きつけたかった。夏の最初の熱い日差しのように浴びたかった。わたしはクーパー・ランドリーを笑わせた。大手柄だわ。こしばらく、この人を笑わせたと威張って言える人間はいないはず。

クーパーの唇はまだひげの下で大きく笑っていた。「クーパーったら！」彼は甲高い声で口真似《くちまね》し、ラスティをからかった。

癪《しゃく》にさわったラスティは彼の腿をぴしゃりと叩《たた》いた。

「おい、君の髪がセクシーに乱れて、瞳の色が濃くなったのはおれの責任じゃないぞ」クーパーは手を伸ばし、親指をラスティの下唇に走らせた。「いつもキスしたばかりのようなこの唇、もっとしてと言わんばかりのこの唇を見ると、おれはじぶんを抑えられなくなる。それに、いつも揺れているこの胸がたまらない」

「揺れている？」胸をそっと握られ、ラスティは息をのんだ。

「ああ。この乳首がいつも準備オーケーなのはおれのせいかな？」

「じつをいうと、そうなの」

　クーパーはその返事が気に入った。微笑しながらくすんだ色の真珠をつまみ、指のあいだでそっとひねった。

「でも、いったい何に対して準備オーケーなのかしらね、クーパー？」

　彼は顔を近づけ、唇と舌でデモンストレーションしてみせた。

　体の芯《しん》で一巻きの絹のリボンがほどけるように、なじみのある感覚が解き放たれた。ラスティは吐息を漏らし、クーパーの頭を手で挟んで胸から離した。彼は驚いた顔をしたが、おとなしく枕に押し倒されるままになっていた。

「どうしようっていうんだ？」

「たまには趣向を変えて、あなたを愛してあげる」

「いま愛し合っただろ」

　ラスティは首を横に振った。乱れた髪が揺れる。ポニーテールはいつのまにかほどけていた。「さっきは、あなたがわたしを愛したの」

「ちがいがあるか？」

　ラスティは猫のように微笑し、期待していてとばかりに目を輝かせた。彼に寄り添って横たわり、喉を軽く噛んだ。「覚悟して」

恍惚《こうこつ》のあとの安らかな余韻の中に、二人は腕と腕、脚と脚を絡ませたまま横たわっていた。

「あんなことがちゃんとできるのは、売春婦だけかと思っていた」ラスティの名前を叫び続けたせいで、彼の声はまだかすれていた。彼女の背筋に指を這《は》わせる力も残っていなかった。

「わたし、ちゃんとできていた？」

クーパーは頭を起こして、じぶんの胸の上に体を投げ出している女を見た。「わからないのか？」

ラスティは愛に輝く瞳でクーパーを見上げ、恥ずかしそうにかぶりを振った。

「あれは初めてなのか……？」彼女がうなずく。クーパーはやさしく悪態をつき、ラスティの体を引きあげて愛しげにキスをした。「ああ、上等だった」ようやく唇を離し、彼はちょっとおどけて言った。「なかなか上等」

長い沈黙のあとラスティはきいた。「あなたのご家族はどんな人たちだったの？」

「家族？」

クーパーは考えをまとめるように、ぼんやりと脚をラスティの左脚にこすりつけたが、そうしながらも傷のある右脚に当たらないように注意していた。

「ずいぶん昔のことであんまり覚えていないな。覚えているのは、おやじが毎日仕事に行っていたということくらいかな。セールスマンだった。仕事の無理がたたって心臓発作を起こし、あっけなく死んでしまった。おれがまだ小学生のときだ。おふくろは、おやじが早死にして一人残されたことにいつまでも腹を立てていた。おれにもいつも腹を立てていた……たぶん、おれがいるってことが気に食わなかったんだろう。おふくろにとって、おれは厄介な荷物でしかなかった。働いて養わなきゃならなかったからな」

「再婚しなかったの？」

「しなかった」

彼の母親は、再婚できなかったことでも、とがめられる筋合いのない息子をとがめていたのだろう。これで空白になっていたスペースを埋め、完璧《かんぺき》な絵にすることができた。クーパーは愛を知らずに育ったのだ。親切に差し伸べられた手を素直に取らずに嚙みつくのも無理はない。彼は人の親切や愛が信じられない。そういったものを経験したことがないのだ。他人との絆《きずな》には、痛みと幻滅と裏切りが付着していたのだ。

「高校を出るとすぐ、海兵隊に入った。おふくろはおれがベトナムに行った年に死んだ。乳癌《にゅうがん》で。頑固で、手遅れになる前に検診を受けようとしなかった。そういう女だったんだ」

ラスティは親指の爪をクーパーのあごに走らせ、くぼみに指を置いた。彼が愛に飢えた寂しい子供だったことを思うと、胸がいっぱいになった。なんてかわいそうなの。わたしにはいつも当然のように愛があったのに。

「わたしも母を亡くしたわ」

「それに兄さんもだったな」

「ええ、ジェフも」

「彼のことを話してくれ」

「ジェフはすてきだった」ラスティは愛情を込めて微笑した。「彼はみんなに好かれていたわ。誰とでもすぐ友達になってしまう人だった。人の気持を自然に引きつけてしまうの。リーダーとしてのずば抜けた素質があった。人を笑わせるのが上手で、不得意なことなんて一つもなかったわ」

「君は、いつもそのことを思い出しているんだろうな」

ラスティはさっと頭を起こした。「それはどういう意味?」

クーパーはこの会話を続けるべきかやめるべきか少し迷ったが、そのまま進めることにした。「君のおやじさんは、何かといえば君の手本に兄さんを掲げてみせる。そうじゃないか?」

「ジェフは不動産業界で将来を嘱望されていたわ。父は、わたしにも希望を託しているのよ」

「だが、おやじさんが君に望んでいるのは君のための将来か？　それとも兄さんの将来か？」

ラスティは体を離し、ベッドから脚を下ろした。「何を言いたいのかわからないわ」

クーパーはベッドを出ようとするラスティの髪をつかんで引き戻した。彼女がベッドの端に腰を下ろすと、そのうしろに座った。「君はまったくわかっていないんだな、ラスティ。これまで君から聞いたおやじさんと兄さんの話を総合すると、こうとしか考えられない。君はジェフの後釜《あとがま》を期待されているとしかな」

「父はただ、わたしに人生をうまくやってほしいと思っているだけよ」

「彼の考える〝うまく〟ってのはなんなんだ？　君は美人で頭もいい。父親思いのいい娘だ。君は立派に仕事をし、成功している。それでもおやじさんには不充分なのか？」

「いいえ！　つまり、そうじゃないってこと。父は満足しているわ。父はただ、わたしが持って生まれた才能をしっかり生かすことを望んでいるのよ」

「あるいはジェフの才能をだろう？」クーパーは立ちあがろうとするラスティの肩を押さえた。「グレイト・ベア湖に狩りに行ったのもそれだ」

「前にも言ったでしょう。あれはわたしが誘ったのよ。父の案じゃないわ」

「どうして君は〝わたしが行かなきゃ〟って思ったんだ？　どうしてジェフがやっていた行事をじぶんが引き継がなきゃならないと思ったんだ？　君はおやじさんを喜ばせるため

に行ったんだ」

「それのどこが悪いの？」

「どこも悪くない。それが献身や愛情から出た行為ならな。だがおれが思うに、君の行為はおやじさんに何かを証明したいっていうところからスタートした。君はジェフに負けないってことを、おやじさんに見せたかったんだ」

「でも、失敗したわ」

「おれが言いたいのはそこだ！」クーパーは声を張りあげた。「君は狩りも釣りも好きじゃない。なのになぜだ？　どうして失敗したと思い込むんだ？」

ラスティはクーパーの手から逃れた。立ちあがり、彼の方に向き直った。「あなたには理解できないのよ」

「ああ、理解できない。なぜ、いまのままの君じゃ、おやじさんにとって不足だと思うんだ？　なぜ、常に何かを証明していなきゃならないんだ？　彼は息子を亡くした。悲しい出来事だ。不幸なことだ。だが、まだ娘がいた。そこで彼は、彼女を彼女ではないものに作り替えようとしている。君もおやじさんも、ジェフの亡霊に取りつかれているのさ。彼がどんなに有能だったにせよ、水の上は歩けなかっただろうに」

ラスティはクーパーに向かって指を突き出した。「あなたに亡霊のことが言えるの？　じぶんだって、心の傷という亡霊をかわいがっているじゃない。あなたはじぶんの絶望を楽しんでいるくせに」

「ばかばかしい」

「いいえ、図星よ。あなたはほかの人たちと交わるより、じぶんの山の上に座っているほうが楽なのよ。他人と交われば、心を開いて本当のじぶんを見せなければならない。でも、あなたはそれが怖い。そうなんでしょう？　本当のことを知られるから。本当は、意地悪でも冷酷でも感情のない人間でもないってことを、見破られるかもしれない。人に愛を与えることも人の愛を受け止めることもできると思われてしまうかもしれないから」

「おいおい、おれは愛なんてものはとっくの昔に捨ててしまってるんだ」

「それならこれはなんなの？」ラスティはベッドの方へ手を振った。

「セックスさ」彼はできるだけ言葉にみだらな響きを持たせた。

ラスティはその口調の醜さにひるんだが、誇らしげに頭を上げた。「わたしにとってはそうじゃないわ。クーパー、わたしはあなたを愛しているの」

「そうだろうとも」

「本当よ！」

「燃えてる最中に口走ったんだ。当てにはならない」

「わたしがあなたを愛しているのが信じられないの？」

「信じないな。愛なんてものはない」

「あら、あるわ」ラスティは切り札を出した。「あなたはいまでも、生まれてこなかったあなたの子供を愛している」

「つまらないことを言うな」

「愛しているからこそ、あなたはいまも嘆き悲しんでいるのよ。それに、あなたはいまも捕虜収容所で死んだ人たちのことを大切に思ってる」

「ラスティ……」クーパーはベッドから出て、威圧するように彼女の前に立ちはだかった。

「あなたはお母さんが怒りと後悔を長いあいだ抱えて生きる姿を見ていたはずよ。彼女は不幸を糧に生きていたんだわ。あなたもそんな人生を送りたいの？」

「君みたいに生きるよりましだ。日夜じぶんではない人間になろうと励んでいる君よりはな」

　二人のあいだに敵意の火花が飛んだ。あまりに激しかったので、呼び鈴が鳴ったのも耳に入らなかった。娘を呼ぶビル・カールスンの声がして、ようやく、第三者の存在に気づいた。

「ラスティ！」

「はい、パパ」ラスティはベッドの端に腰を下ろし、急いで服を着はじめた。

「だいじょうぶか？　表に止まっている傷だらけの車は誰のだ？」

「すぐに行くわ、パパ」

クーパーはいやに落ち着いて服を着ている。ラスティはつい疑ってしまった。こういう状況――ベッドをともにした相手の夫がタイミング悪く現れるといったたぐいのピンチを、一度ならず切り抜けているのかしら。

服を着終えると、クーパーはラスティが立ちあがるのを助け、松葉杖《づえ》を渡した。一緒に寝室を出て廊下を進んだ。ほてった顔に乱れた髪、セックスのあとの麝香《じゃこう》の匂《にお》いをさせて、ラスティはリビングルームに入った。

ビルは堅材張りの床を落ち着きなく行ったり来たりしていた。振り返ってクーパーを目にしたとたん顔がこわばった。ビルはクーパーを冷たく一瞥《いちべつ》してから、裁くような視線をじぶんの娘に向けた。「一日といえども、おまえの顔を見ずにいるのはいやだったんだよ」

「ありがとう、パパ。でも、毎日寄ってくれなくてもいいのよ」

「わかってるよ」

「あの……覚えているでしょう、ミスター・ランドリーよ」

二人の男は冷淡にうなずき合った。一騎討ちを控えて、相手の力量を値踏みし合う戦士のように。クーパーはかたくなに口を閉じていた。ラスティはきまりが悪くて声が出せない。緊張をはらんだ沈黙を破ったのは、ビルだった。

「こうして顔を合わせたのは、じつのところ好都合だ。二人と話し合いたいことがある。まずは腰を落ち着けようじゃないか」

「ええ」ラスティはあわてて言った。「気づかずにごめんなさい。あの、クーパー?」椅子を示した。彼はためらったが、クッションのきいた肘掛け椅子に腰かけた。

彼の横柄な態度がラスティの神経にさわった。クーパーをにらんだが、彼は父を見据えていた。ゴーリロウ父子《おやこ》を油断なく見ていたときとそっくりな目だ。思い出して、心が騒いだ。彼は何を考えているの? 父とあの男たちには、似ているところでもあるというの? ラスティは父のそばの椅子に座った。

「わたしたちと話し合いたいことって?」

「二、三週間前にちょっと話した例の開発のことだ」

胸の真ん中をつかれたように肺が痛んだ。ラスティは青くなり、両手に冷たい汗が噴き出した。耳の中で弔いの鐘が鳴り響いた。「あの話は、あれでけりがついたと思っていたわ」

ビルは愛想よく笑った。「いやいや。いま取りかかっている最中だ。ちょうど、投資家たちが具体的な案をいくつか紙の上で練りあげたところだ。彼らはミスター・ランドリーにそれらを見てもらい、見解を仰ぎたいと考えている」

「いったいなんのことか、誰かおれに教えてくれないのかな?」クーパーが不作法にさえぎった。

「聞くことないわ」

「もちろん説明しよう」父は娘を無視して発言権を握った。

彼はいつもながらの人当たりのよい口調で、ロジャース・ギャップ周辺を高級なスキー・リゾートとして開発する案のあらましを話した。

「もっとも斬新《ざんしん》なセンスを持つ建築家と建築業者だけを投入すれば、アスペン、ヴェイル、キーストーン、それにロッキー山脈周辺やタホ湖あたりのリゾートの向こうを張れる。数年のちには、冬季オリンピックの誘致も夢ではないかもしれない」そう締めくくり、椅子の背にもたれて大きく微笑した。「どう思うかね、ミスター・ランドリー?」

ビルの演説をまばたき一つせずに聞いていたクーパーは、丸めていた背筋をゆっくりと伸ばし、椅子から立ちあがった。彼は家具のあいだを歩きまわった。その案をあらゆる角度から検討しているように。

おれが持っている土地も開発計画にふくまれるということだな。ビル・カールスンは前もって調べてあるのか。おれを地域のコーディネーターという、名目だけのうまいポジションに祭りあげ、報酬を出すんだろう。おれはかなりの大金を稼げる立場にあるというわけだ。

ビルは娘に向かって、あの男は落ちるとばかりに自信たっぷりにウィンクした。

「おれがどう思うか?」クーパーはビルの問いを反復した。

「そう。わたしはそうきいた」ビルは声をはずませた。

クーパーはまっすぐに彼の目を見た。「おれはこう思う。あんたはごみみたいな野郎だ。あんたの考えもくずだ」彼は強烈な言葉を投げつけた。「ついでに教えてやるが、あんたの娘も同じようなものだ」

クーパーの厳しい非難のまなざしに、ラスティは身動きもできなかった。彼はドアを叩きつける手間さえ省き、足音も荒く出ていった。エンジンのうなりが聞こえ、ドライブウェイの砂利をはね飛ばして車は走り去った。

ビルはわざとらしく咳払《せきばら》いした。「あいつがどういう男か、いっそうはっきりしたよ」投げつけられた侮辱の言葉に一生回復できそうもないほど傷つきながら、ラスティはゆっくりと言った。「パパは取り返しのつかないことをしてくれたわ」

「まったく不作法な男だ」

「彼は正直よ」

「野心もなければ礼儀も知らない」

「見栄《みえ》も気取りもないということよ」

「明らかにモラルもなさそうだ。おまえが一人で歩くこともままならないのにつけ込んで誘惑した」

ラスティは小さく笑った。「どっちがどっちを寝室に引きずっていったのか覚えていないわ。でも、彼が力ずくでベッドへ連れ込んだのじゃないことはたしかよ」

「ということは、おまえたちは恋人同士なのか？」

「もう、ちがうわ」ラスティは涙をにじませた。

クーパーは、わたしも彼を裏切ったと思っている。あのメロディという女性が彼を裏切ったように。彼はわたしを父の手先だと思っている。ベッドで誘惑して、彼を丸め込もうとしたと。彼は決してわたしを許さないだろう。わたしが彼を愛していることさえ信じようとしなかったのだから。

「ずっとそういう関係だったのか？　わたしに隠れて？」

わたしはいいおとなよ。二十七歳よ。私生活についてパパに指図される筋合いはない。ラスティは反駁《はんばく》しようとした。けれど、父をやり込めても、それがなんの役に立つだろう？　スタミナを使い果たしてしまった。強さも、エネルギーも、生きる気力さえなくなった。

「カナダにいたときにはそう。わたしたちは恋人同士だった。でも、あの日、彼が病院を出ていってからは会わなかったわ。きょうの午後までは」

「だとすれば、あの男には思ったより常識があったんだな。おまえとはまったく釣り合わないことがわかったのだろう。おまえは、物事をロマンティックなピンクの霧を通して見ている。理性ではなく、感情に流されている。おまえはそういう、女性ならではの弱さは克服していると思っていたが」

「あいにくだったわね、パパ。わたしは女よ。パパの言う弱さの資質をぜんぶ備えているわ。でも、強さだって持っている。女であることと強いということは、少しも矛盾しないわ」

ビルは立ちあがり、娘のそばに行ってなだめるように抱きしめた。ラスティは松葉杖をついて立っていたので、父は娘が抱擁に抵抗して身をこわばらせていることに気づかなかった。

「わかるよ。ミスター・ランドリーは、またおまえの気持をかき乱した。おまえのことをあんなふうに言うとは、あの男はならず者もいいところだ。ラスティ、あんな男はいないほうがいい。そうだとも」ビルは威勢よく続けた。「しかしだ。彼が不作法者だからといって、ビジネスの話までやめることはない。彼は反対を唱えたが、わたしはこのプランを進めるつもりだ」

「パパ、お願い——」

彼は娘の唇に指を置いた。「しーっ。今夜はもう話はやめよう。明日になれば、おまえの気分も晴れるだろう。まだ精神的にまいっているんだ。救出のあとすぐに形成手術をしたのがあるいはよくなかったのかもしれない。おまえが本来のおまえでないことはよくわかっているよ。だが、遠からず元のラスティに戻るはずだ。わたしを失望させるはずはないと信じているよ」

ビルは娘の額にキスをした。

「おやすみ。この案に目を通しておいてくれ」彼は鰐革《わにがわ》のブリーフケースからファイルを取り出し、コーヒーテーブルの上に載せた。「明日の朝、また寄るよ。おまえの意見を聞くのが楽しみだ」

父が帰ったあと、ラスティは家の戸締まりをして寝室に戻り、熱い泡風呂に体を沈めた。脚を濡らしても問題ないと医者の許可が出た日から、毎日お風呂につかる習慣を復活させた。だが、湯から上がり、体を拭《ふ》いてローションをつけ、パウダーをはたいても、クーパーと交わした愛の名残がまだ体に残っていた。

脚のあいだの心地よい痛み。胸に彼がつけたキスマークは、ばら色の刺青《いれずみ》のようにくっきり残っている。唇はやわらかくふくらんでいる。舌で湿らすたびに彼の味がした。

鏡に映るじぶんの姿をながめ、彼が言ったことは本当だと思った。わたしは、ほんの数秒前まで貪欲《どんよく》に愛の行為にふけっていたように見える。

ベッドは、シーズンオフのフットボールのグラウンドのようにがらんとしていた。シーツにまだクーパーの匂いがするようだった。ラスティは彼とともに過ごした――喜びを与え、喜びを享受した――午後の一瞬一瞬を心の中によみがえらせた。エロティックな言葉のやりとりを思い出した。彼のみだらなささやきが脳裏に響くと、いまでさえ体中が熱くなる。

彼が恋しかった。この先の人生が、空虚な昼といまのような喜びのない夜の連続なのだと思うとたまらなかった。

むろん、わたしには仕事がある。

父がいる。

たくさんの友達がいる。

社交的な付き合いがある。

でも、それでは充分ではない。

愛する男性がいるべきところに、大きな穴が開いている。

ラスティはベッドに起きあがり、シーツをつかんで体に引き寄せた。心を決めて行動を起こすまでそうしていないと、いま気づいたことが消えてしまうような気がしたのだ。

選択肢ははっきりしていた。二つに一つ。夜な夜な寝返りを打ち、死んだも同然に生きるか。あるいは彼を手に入れるために戦うか。もっとも強力な敵はクーパー自身だ。彼は頑固で、人間不信の塊だ。でも、彼のかたくなな心に打ち勝って、わたしが彼を愛していること、彼がわたしを愛していることを、わからせてあげられるかもしれない。

ええ、そう、彼はわたしを愛しているわ！　彼が息を引き取るまでそれを否定し続けたとしても、わたしは信じない。わたしを愛していないなんて信じない。父があの忌まわしい計画を告げたとき、クーパーは軽蔑《けいべつ》に顔をこわばらせる一瞬前に苦痛の表情を浮かべた。

わたしはたしかにそれを見た。もし、彼がわたしを愛していないなら、わたしにあれほど彼を傷つけるパワーはないはず。

ラスティは決意を熱く胸に抱いてベッドに背中を倒した。明日が来たら何をすべきか、はっきりわかっていた。


ビル・カールスンは油断していた。パットン将軍のように抜け目ない策略家だったが、しくじった。急襲を予測していなかった。

翌朝、ラスティが予告なしに父のオフィスに入っていくと、彼は磨きあげられた白いデスクから顔を上げ、大きな声で言った。「おや、おや、ラスティ！　これは……うれしい驚きだな」

「おはよう、パパ」

「いったいどうして？　いや、理由などかまわん。おまえが出歩けるようになったとはめでたい」

「パパに会う必要があったし、仕事が忙しくなる時間帯は避けたかったの」

彼は娘の口調にふくまれた非難を聞き流した。立ちあがってデスクを回り、両手を伸ばして娘の手を取った。「だいぶ元気になったようだな――うん、見ればわかる。ミセス・ワトキンズはコーヒーを勧めたかな？」

「ええ。でも断ったわ」

ビルは娘のカジュアルな服装をながめた。「オフィスには行かないつもりのようだね」

「ええ、行かないわ」

彼は説明を求めるように首をかしげた。が、返事は返ってこなかった。彼は尋ねた。

「松葉杖はどうしたんだね?」

「車の中よ」

「運転してきたのか? わたしはまた――」

「じぶんで運転してきたのよ。ここに、じぶんの力で歩いてきたかったの。じぶんの二本の足で立ちたかったの」

父はちょっとうしろに下がり、デスクの端に腰を載せた。いかにもくつろいだ格好で足首を交差させ、腕組みをした。そのポーズには見覚えがあった。打つ手に窮したとき、ライバルにそれを見せまいとする戦術だ。

「目を通してくれたようだね」彼は頭を動かして、ラスティが脇《わき》に抱えているファイルを指した。

「ええ」

「で、どうだね?」

ラスティはファイルを真っ二つに裂いた。その残骸《ざんがい》を、父のなめらかなデスクの上に投げ出した。「クーパー・ランドリーから手を引いて。ロジャース・ギャップの開発プロジェクトをきょう、即時に中止して」

彼は娘の生意気なふるまいを笑った。困ったというように肩をすくめ、両腕を広げた。

「ラスティ、手遅れだよ。もうボールは転がりはじめてしまったんだ」

「じゃあ、転がるのを止めて」

「無理だ」

「それなら、パパは投資家たちといろいろまずいことになるわよ」ラスティは身を乗り出した。「なぜなら、わたしは私的にも公的にも、この計画に反対しますから。ありとあらゆる自然保護団体に呼びかけて、パパのオフィスの前で抗議行動を展開してもらうわ。パパだってそれは困るでしょう」

「ラスティ、頼むから正気に戻ってくれ」父は娘を制しようとした。

「わたしは正気よ。夜の十二時から二時までのあいだのどこかではっきりわかったの。わたしには不動産の取り引きよりもっと大事なことがある。パパの称賛をかち得るよりずっと大事なことがあるって、はっきりわかったの」

「ランドリーか？」

「ええ」ラスティの声は信念に満ちていた。彼女の心はみじんも揺るぎそうになかった。

だが、ビルは揺さぶりをかけようとした。「彼ごときを手に入れるために、いままで成し遂げてきたすべてを無にするつもりか？」

「クーパーへの愛は、わたしがこれまでにしたことやこれからすることから、何かを奪ったりはしないわ。この愛はとても強いの。この愛はわたしの評判を台無しにするどころか、美しく飾ってくれるわ」

「おまえはわかっているのか？　じぶんがどんなにばかげたことを言っているか」

ラスティは怒るかわりに笑いだした。「ばかげてるかもね。でも、恋をしている人間て、ばかみたいなことばかり言っているものじゃない？」

「笑い事じゃない、ラスティ。そんなことをすれば取り返しがつかなくなる。ここでの地位を失うことになるんだぞ」

「そうは思わないわ、パパ」やれるものならやってごらんなさい。「もっとも有能な部下をくびにするのは、経営上まずいんじゃないのかしら」

ラスティはナイロンのウィンド・ブレーカーから鍵《かぎ》を取り出した。

「わたしのオフィスのよ」父のデスクにその鍵を滑らせた。「いつまでかわからないけれど、留守にするつもりなの」

「ばかなことをしようとしているんだぞ」

「わたしがばかなことをしたのは、グレイト・ベア湖でよ。でも、それはパパを愛してるからなのよ」ラスティは背中を向け、ドアへ向かった。

「どこへ行くつもりだ？」ビル・カールスンは怒鳴った。背中を向けて出ていかれることに、彼は慣れていなかった。

「ロジャース・ギャップへ」

「そこへ行って何をするんだ？」

ラスティは父の方に顔を向けた。父を愛している。とても。けれど、父のためにじぶんの幸せを犠牲にすることはもうできない。ラスティは毅然《きぜん》として言った。

「わたしは、ジェフには決してできなかったことをしに行くの。赤ちゃんを産むつもりよ」

14

ラスティは断崖《だんがい》の上に立ち、冷たく澄みきった空気を胸深く吸い込んだ。

この風景は決して見飽きることがない。常に変わらぬ姿でありながら、常に変化している。青磁の鉢を伏せたようなきょうの空。地平線に連なる山々の頂はまだ雪に覆われている。木々の色は、常緑樹のブルーグリーンから春の芽吹きの淡い緑までさまざまだ。

「寒くないのか?」

夫がうしろから近づき、ラスティを腕で包んだ。ラスティは彼に身を寄せた。

「ええ、だいじょうぶ。子馬は元気?」

「彼は朝食に母親のミルクをもらってるところだ。母子ともにご機嫌だよ」

ラスティは首を傾けてほほ笑んだ。彼は妻のセーターのタートルネックを少し下げ、耳の下にキスをした。

「ところで、こっちの新米ママは元気かな?」

「わたしはまだママじゃないわ」

彼がふくらんだおなかに両手を走らせる。ラスティは喜びに頬を染めた。

「おれにはそう見えるけどな」

「あなたはこんな体形のわたしを面白がっているんでしょう？　きっとそうだわ」

ラスティは首をめぐらせてにらんだが、愛情をたたえた彼のまなざしに出合うと、そんな顔をしてはいられなかった。

「おれはその体形を愛している」

「わたしはあなたを愛しているわ」

二人はキスをした。

「君のことも愛している」クーパーはささやいた。かつては口にするのが不可能だった言葉が、いまはすんなりと唇からこぼれる。彼女はおれに、再び愛することを教えてくれた。

「ほかに仕方がなかったのよね」

「ああ。君が突然戸口に現れたあの晩のことは忘れない。暴風雨の中に、君は宿無しの子猫みたいにびしょ濡《ぬ》れで立ってた」

「長旅のわりには、けっこうすてきに見えたと思うけど」

「おれは、キスすべきか水を拭《ふ》いてやるべきかわからなかった」

「両方したわね」

「ああ。しかし、拭いたのはずいぶんあとだった」

二人は一緒に笑ったが、こう言ったときのクーパーは真顔だった。

「冗談じゃなく、あの嵐《あらし》の中を一人で車を飛ばしてくるとは信じられなかった。カー・ラジオを聞かなかったのか？　嵐の予報を聞かなかったのか？　あの冬最初の猛吹雪が、君のうしろにくっついていたんだぞ。そのことを考えるたびにぞっとする」

クーパーはラスティをいっそう強く抱き寄せ、胸の上で手を交差させて顔を赤褐色の髪にこすりつけた。

「一刻も早くあなたに会わなくちゃならなかったの。勇気がなくなる前に。地獄でも突っ切っていくつもりだったわ」

「本当にそうなるところだった」

「あのときは、そんなにひどい天気だと思わなかったわ。何しろ、わたしは飛行機が墜落しても死ななかったんですもの。ちょっとくらいの雪がなんなのって感じだったわ」

「あれは〝ちょっとくらいの雪〟なんてものじゃなかった。しかも、君はけがをした脚で運転してきたんだ」

ラスティが肩をすくめると胸が揺れ、クーパーの手をかすめた。二人ともそれがうれしかった。クーパーは感謝の言葉をつぶやき、手のひらで胸を包んで、やさしくもんだ。このところ妊娠のせいで張っているのが、ラスティにとっては不快なことを知っていた。

「うずくか？」

「少し」

「やめたほうがいいかな？」

「一生そうしていて」

その返事に満足し、クーパーはあごをラスティの頭に載せて、そっと手を動かし続けた。

「脚の手術が、赤ちゃんが生まれるあとに延びてよかったわ。あなたは醜い傷跡を見るのがいやかもしれないけれど」

「愛し合っているときは、いつも目をつぶっているから」

「知ってるわ。わたしもよ」

「じゃあ、どうしておれが目をつぶっているってわかるんだ？」クーパーはからかった。

二人はまた声を合わせて笑った。なぜなら、愛し合うときには、どちらも目をつぶっている暇などないからだ。たがいを見るのに、一つになっているじぶんたちを見るのに、情熱の高まりを見るのに忙しくて。

鷹《たか》が空にゆっくりと輪を描いて下りてくる。それをながめながらクーパーが言った。

「あの晩、玄関のドアが開くやいなやおれに言ったことを覚えているか？」

「こう言ったのよ。わたし、あなたを愛させてもらいますからね、クーパー・ランドリー。たとえあなたが拒もうが、いやがろうが」

クーパーはそのときのことを思い出して笑った。ここまでやってきた彼女の度胸と風変わりな宣言を思い、胸が熱くなってきた。あの晩もそうだったように。

「おれが君の鼻先でぴしゃりとドアを閉めたら、どうするつもりだったんだ？」

「あなたはそうしなかったわ」

「したとしたらさ」

ラスティは少し考えた。「どのみち勝手に入り込んだでしょうね。服をぜんぶ脱ぎ捨てて、永遠の愛と献身を誓い、あなたが愛してくれなかったら腕ずくで脅して」

「まさにそうしたじゃないか」

「そうね」ラスティは笑った。「あなたがうんと言うまで粘ったわよ」

クーパーは彼女の耳に唇をつけた。

「たしか君はひざまずき、〝わたしと結婚してちょうだい。あなたの赤ちゃんを産ませて〟と哀願したっけ」

「とても記憶力がいいこと」

「ひざまずきながらしたのは、それだけじゃなかったな」

ラスティは彼の腕の中で体の向きを変え、甘い声を出した。

「文句を言っていたようには聞こえなかったけど。それとも、あなたの口から休みなく飛び出していたあのわけのわからない言葉が文句だったのかしらね？」

クーパーは笑った。頭をのけぞらせ、腹の底から大笑いした。

このごろでは、クーパーは始終大笑いする。たまに以前のようにじぶんの中に引きこもることもあるが。人生が悪夢のようだった一時期に、ラスティがついていけないところに、彼の心が引き戻されるときだ。

そんなときも、ラスティは彼を闇《やみ》の外に連れ出せるようになった。辛抱強く愛を注ぐことで忌まわしい思い出を少しずつ消し、かわりに幸福な記憶で彼を満たそうと努めていた。

ラスティは彼のたくましい日に焼けた首にキスをして言った。

「そろそろ中に入って、ロスに出かける支度をしましょう」

彼らは月に一度はロスに行き、ラスティの家で二、三日を過ごす。すてきなレストランで食事をし、コンサートや映画に行き、ショッピングをして、たまには社交の場にも顔を出した。

ラスティは以前の友達といまも交際を続けていたが、クーパーと一緒に夫婦で開拓した新しい交友関係も気に入っていた。その気になれば彼は人当たりよくふるまえるし、さまざまな話題に加わることもできた。

ロスにいるあいだに、ラスティはじぶんの仕事もこなした。結婚後、父の不動産会社の副社長に昇進したのだ。

クーパーはボランティアで、退役軍人のためのセラピーグループのカウンセラーをしていた。彼はいくつかの自助プログラムを始め、それはほかの地域でも参考にされはじめている。

二人はたがいの腰に腕を回して、松の木立に囲まれた我が家へ歩いていった。家からは美しい谷の風景が一望できた。森林限界線の下手にある山の牧場で、牛と馬の群れが草をはんでいる。

「ラスティ」

ガラスの壁に囲まれた寝室に入りながらクーパーは言った。

「君がここに来た晩の話をしているうちに、体が熱くて厄介なことになってきたよ」彼はシャツを脱いだ。

「あなたはいつだって、熱くて厄介よね」

ラスティはセーターを頭から脱いだ。家にいるとき、彼と二人きりのときには、ブラはつけないことにしていた。

彼女の大きくなった胸を見ながら、クーパーはジーンズのボタンをはずして近づいた。

「いつも君のせいなんだ」

「あなたはいまでもわたしに夢中なの？　こんな不格好なわたしなのに？」ラスティはふくらんだおなかを指さした。

返事のかわりにクーパーは彼女の手を取り、ジーンズの中に導いた。ラスティは硬くなった男らしさの象徴を握った。彼は小さくうめいた。

「おれは君に夢中だ」

クーパーは膝を折り、やわらかい胸にキスをした。

「ラスティ、君を愛している。君が君である限り」

「うれしいわ」ラスティはため息を漏らした。「飛行機が墜落したときもそうだったけど、いまもわたしはあなたなしでは生きていられないんですもの」

訳者あとがき

平穏な人生が突然引っ繰り返る。思いもかけない苛酷《かこく》な状況に投げ込まれる。そんなときに人はいかに強くなれるか。サンドラ・ブラウンの小説のテーマは常にそこにあるようです。

この小説でも、作者は降りかかった運命の中で主人公たちがどうなるかではなく、どう立ち向かうかを描いています。彼らが何を選択し、いかにじぶんと戦い、いかに相手と関係を築いていくか。

恐怖、怒り、憎悪、疑惑……生きるか死ぬかのぎりぎりの状況の中では、ありとあらゆる負の感情が渦巻くでしょう。が、ここにはくだくだとした心理描写はありません。内面にどのような葛藤《かっとう》があろうと、しょせんどう行動するかで決まるということでしょう。どういう場面でどうふるまうか、そこに人間の質が表れます。人は行動を見て人を判断します。

カナダの原生林の真っ直中《ただなか》に飛行機が墜落し、生存者は二名。奇跡的に生き残ったラスティは、狩猟ロッジを飛び立ったその便に乗っていたただ一人の女性でした。気づくと飛行機は大破し、ついさっきまで陽気に談笑していた男たちが無残な遺体となっている。かすかに息をしているのは、乗客の中で誰よりもいやな感じの男でした。

一見して一匹 狼《おおかみ》とわかるクーパー・ランドリー。ベトナム戦争に行き、地獄を見、帰還してからは恋人に裏切られ、心に深い傷を負った彼は人との交わりを極力避けて生きてきました。女性に対しては、とくにラスティのように美人で洗練された女性には強い不信感と軽蔑《けいべつ》しか抱いていません。

ラスティ・カールスンはロサンゼルスの裕福な家庭に生まれ、何不自由なく育ちました。父が経営する不動産会社で誰にも負けない業績を上げているキャリアウーマンでもあります。都会生活を謳歌《おうか》している彼女にとって、大自然は常に恐ろしく厭《いと》わしいものでした。

まったく異なる環境、まったく異なる価値観の下で生きてきた男と女。機中では嫌悪し合っていた二人が、極限状況の中で反発を感じながらも惹《ひ》かれていく。ついには肉体的に結ばれる。当然の成り行きとも思われます。けれど、逆のことも起こりえます。忍耐力も勇気も理性もやさしさもない二人だったらどうだったでしょう。醜いエゴばかりがむき出しになり、生き延びるために助け合うどころか、憎悪にまみれ、さらに悲惨な運命をたどることになったかもしれません。

サンドラ・ブラウンの小説のヒロインはしばしば肉体的な苦痛を負わされます。この物語でも、ラスティは脚に大けがをし、麻酔なしに傷を縫合しなければなりませんでした。なぜそんなひどい目に？　肉体という鎧《よろい》がもろくなったときに人間の中身がもっともあらわになる。作者はきっとそこを描きたいのだと思います。

ラスティは弱音を吐きませんでした。根性がありました。クーパーは、ラスティが美しく着飾ることにしか能のない薄っぺらな女だと決めつけていました。けれど、その偏見を捨てざるをえなくなります。またラスティは、粗暴で冷酷だと思っていたクーパーのやさしさを知ります。そこからたがいを見る目が少しずつ変わっていきます。

ラスティとクーパーの関係が単にその場限りの情事に終わらなかったのは、事あるごとに衝突しながらも、というより衝突することによって、たがいへの理解が深まり、敬意が育っていったからです。どちらも第一印象や見かけとはちがっていました。

彼らはじぶん自身も見つめ直します。ラスティは亡くなった兄のかわりに父の期待に応《こた》えようと無理をしていました。おぞましさしか感じない狩猟旅行に同行したのもそのためでした。クーパーは女性に対する不信感を少しずつ解いていきます。

やがて二人は、ラスティの父の財力にものを言わせた捜索によって救出され、それぞれ元の生活に戻ります。ラスティには父流の派手な歓迎が待っていました。美しい家、快適な生活、おしゃべりな友達。けれど人生は以前の輝きを失っていました。何かが欠落しているのです。シエラネバダに帰ったクーパーも同じでした。彼は意を決してロサンゼルスのラスティに会いに行きます。二人は情熱に身をまかせ、ラスティは彼に愛を告げます。しかし、それですんなりと幸福にゴールインすることはできませんでした。ラスティの父は娘とクーパーの仲に反対で、娘をじぶんの価値観で動かそうとし、しかも、クーパーが大事に守ろうとしている自然豊かな美しい土地に大開発の手を伸ばそうと計画を進めます。

　これは生き延び《サバイバル》ることの物語ですが、じつは救出されたあとにこそ、ラスティの勇気――じぶんの生き方を選択する勇気が試されるのです。彼女は行動によって愛を証明しました。ラスティの選択は、一人の男の寒々とした人生を一変させました。ラスティ自身も幸福を手に入れました。

　二人の愛は、偏見を捨て、じぶんの殻を破り、相手を尊重する努力があってこそ実ったのです。

松村和紀子

＊本書は、2008年1月にMIRA文庫より刊行された
『ワイルド・フォレスト』の新装版です。

ワイルド・フォレスト

2022年11月15日発行　第1刷

著　者　サンドラ・ブラウン

訳　者　松村《まつむら》和《わ》紀《き》子《こ》

発行人　鈴木幸辰

発行所　株式会社ハーパーコリンズ・ジャパン
東京都千代田区大手町1-5-1
03-6269-2883(営業)
0570-008091(読者サービス係)

印刷・製本　中央精版印刷株式会社

ISBN978-4-596-75563-6